EDI GRAF

Bombenspiel

TÖDLICHES SPIEL Während die ganze Welt der Fußball-WM 2010 in Südafrika entgegenfiebert, steckt die Tübinger Journalistin Linda Roloff in der Klemme: Der Mann, der sie vor der Mercedes-Benz Arena im Stuttgarter NeckarPark treffen wollte, liegt jetzt erschossen vor ihr. Henning Fries hatte als Ingenieur beim Bau des Fußballstadions in Durban mitgewirkt und war dabei offenbar einem tödlichen Geheimnis auf die Spur gekommen.

Linda, plötzlich selbst unter Mordverdacht, bleibt nur die Flucht nach vorn: Bevor die Polizei sie in Untersuchungshaft nehmen kann, reist sie nach Johannesburg, um vor Ort zu recherchieren. Schon bald stößt sie auf erste Spuren der Terrororganisation »Subafrica«, die einen Bombenanschlag mit Tausenden Opfern während der WM plant. Ziel des Attentats sind die futuristischen Brückenbögen des Stadions in Durban, dem Austragungsort des ersten Gruppenspiels der deutschen Nationalmannschaft …

Edi Graf, geboren 1962 in Friedrichshafen, studierte Literaturwissenschaft und Geschichte in Tübingen. Er arbeitet heute als freier Autor und Journalist. Radiohörer kennen ihn als Moderator diverser Musiksendungen. Zahlreiche Veröffentlichungen über Afrika weisen Edi Graf als profunden Kenner des Schwarzen Kontinents aus. »Bombenspiel« ist bereits sein fünfter Afrika-Krimi.

Bisherige Veröffentlichungen im Gmeiner-Verlag:
Leopardenjagd (2008)
Elefantengold (2006)
Löwenriss (2005)
Nashornfieber (2005)

EDI GRAF

Bombenspiel

Linda Roloffs fünfter Fall

GMEINER *Original*

Ein Großteil der Handlung und
die meisten Namen sind frei erfunden.

Besuchen Sie uns im Internet:
www.gmeiner-verlag.de

Im Ehnried 5, 88605 Meßkirch
Telefon 07575/2095-0
info@gmeiner-verlag.de

1. Auflage 2010

Lektorat: Claudia Senghaas, Kirchardt
Herstellung / Korrekturen: Daniela Hönig / Sven Lang, Doreen Fröhlich
Umschlaggestaltung: U.O.R.G. Lutz Eberle, Stuttgart
unter Verwendung eines Fotos von: aboutpixel.de / Afrika © Markus Möller
Druck: Fuldaer Verlagsanstalt, Fulda
Printed in Germany
ISBN 978-3-8392-1035-2

Der Leopard leckt alle seine Flecken –
schwarze wie weiße.

Weisheit der Ndebele

VORWORT

Ich gebe es zu: ich verstehe nichts von Fußball. Die Anfrage meines Verlags, ob ich einen Afrikakrimi, der die Fußballweltmeisterschaft in Südafrika zum Thema hat, schreiben könne, war daher eine große Herausforderung für mich. Doch als Journalist bin ich es gewohnt, zu recherchieren.

Dabei stieß ich auf den geplanten Skywalk in Durban, ein Bauwerk, das mich wegen seines Symbolcharakters sofort faszinierte. Das Ypsilon, aus der südafrikanischen Flagge übernommen, als Symbol für die Einheit des neuen Südafrika. Meine Idee stand fest: in meiner fiktiven Geschichte sollte der Skywalk zum Ziel eines Anschlags werden.

Ich war beim Recherchieren auf eine Meldung vom Mai 2004 gestoßen, wonach die südafrikanische Polizei fünf Tage vor der Parlamentswahl einen mutmaßlichen Terroranschlag verhindert hatte. Zeitgleich stieß ich in einer Abhandlung über die Apartheid auf einen gewissen ›Dr. Death‹ und ein Biowaffenprogramm namens ›*Projekt Coast*‹ das unter anderem auch ethnische Kampfstoffe gegen die schwarze Bevölkerung zum Inhalt hatte.

Aus diesen Hintergründen entwickelte sich schließlich meine fiktive Geschichte. Das Netzwerk ›Sub Africa‹ ist hierbei frei erfunden und die ›Republik Nasana‹ wird man im Atlas vergeblich suchen.

›Die Welt in einem Land‹, mit diesem Slogan wirbt Südafrika, und bunt, offen, freundlich und sicher habe ich dieses Land auf meinen Reisen kennengelernt. Von der Kriminalität, deren Statistik erschreckend ist, habe ich nichts zu spüren bekommen.

Die Fußballweltmeisterschaft 2010 ist ein Meilenstein für Südafrika und den ganzen Kontinent und ich bin davon überzeugt, dass Südafrika seinen Gästen grandiose und unvergessliche Spiele voll Herzlichkeit und afrikanischer Lebensfreude bieten wird.

Mögen sie ungetrübt und friedlich verlaufen.

November 2009 Edi Graf

PROLOG

Sonntag, 13.Juni 2010, Fußball-Weltmeisterschaft Südafrika

Das Moses-Mabhida-Stadion in Durban war ausverkauft. Das markante Dröhnen der Vuvuzelas, symbolträchtige Lärminstrumente aus buntem Plastik, kündete von der Fußballbegeisterung der Südafrikaner. Die deutsche Nationalelf lag mit 1:0 in Führung, zehn Minuten vor Ende der ersten Halbzeit.

uThembani Mthetwa suchte in den VIP-Lounges nach dem weißen Mann. Der Zulu wusste, dass er jetzt alles auf eine Karte setzen musste. In einem der luxuriös ausgestatteten Räume entdeckte er ihn. Im dunklen Nadelstreifenanzug schritt er, das Martiniglas in der einen, das Handy in der anderen Hand durch die Lounge, aufrecht die Haltung, dazu ein in das Gesicht gemeißeltes kühles Lächeln und ein nervös wirkender Blick, der immer wieder zu der goldenen Rolex huschte. Für das Geschehen auf dem Spielfeld schien er sich nicht allzu sehr zu interessieren.

Das Gesicht des Mannes war glatt rasiert und wirkte dennoch ungepflegt. Schwammige Tränensäcke hingen, durch die Designersonnenbrille nur teilweise kaschiert, unter den Augen, faltige Hautlappen prägten die Wangen, und einige fleischige Auswüchse an Nase und Kinn gaben seinem Gesicht das Aussehen eines Warzenschweins.

Der Unparteiische hatte soeben Freistoß für die

Deutschen gegeben. Der Weiße, dem sich Mthetwa jetzt bis auf wenige Schritte genähert hatte, blickte auf sein Handy und musterte erneut die Anzeige seiner Armbanduhr. Noch zwei Minuten bis zur Detonation.

Mthetwas Blick blieb am Skywalk hängen, jenem bumerangförmigen Bogen, der das Spielfeld des Stadions in Durban um mehr als 100 Meter überragte. An den neuralgischen Stellen, wo die Statik der frei tragenden Konstruktion am labilsten war, lagerten die Sprengsätze. Und in zwei kleinen Hohlräumen auf der Aussichtsplattform des Skywalk hatten sie die Phiolen mit den Viren versteckt. Innerhalb von wenigen Sekunden würden sich 70.000 Menschen infizieren und all diejenigen, auf die das aggressive Virus abgerichtet war, in den nächsten zehn Tagen sterben.

Die Hand des Weißen umklammerte nervös das Handy.

Ballbesitz der Deutschen. Pass von Schweinsteiger.

Noch eine Minute.

Podolski hatte freies Schussfeld und zog durch. Tor! 2:0 für Deutschland!

Noch 30 Sekunden.

Dann würde das Chaos herrschen.

Die Bombe tickte, der Finger des Weißen fuhr über die Handytaste, die Anzeige auf seiner Rolex marschierte im Sekundenschritt dem alles entscheidenden Augenblick entgegen.

Die Bögen des Skywalk, Symbol für das neue Südafrika, würden in sich zusammenkrachen wie ein Kartenhaus.

Deutschland war erneut im Ballbesitz, als der Zeitpunkt kam, die Zündung auszulösen. Der weiße Daumen drückte auf die Taste.

Wenige Tage zuvor, Mercedes-Benz-Arena Stuttgart

Der Tod war im Sekundenbruchteil eingetreten.

Linda Roloff sah das Loch in seiner Stirn, trotzdem kniete sie neben dem Mann nieder und tastete nach dem Puls an seinem Hals. Sie spürte keinen Atem, als sie ihr Gesicht über seine Nase und seinen Mund schob. Er lag auf dem Rücken, so wie ihn der Schuss niedergestreckt hatte, sie kauerte neben ihm.

Über ihnen ragte die geschwungene Geometrie der Mercedes-Benz-Arena wie eine künstliche Felswand senkrecht in den schwarzen Nachthimmel. Nur die großen weißen Leuchtbuchstaben auf halber Höhe der futuristischen Front sorgten hier am Tor 3 für ein diffuses Licht, ringsum herrschte Dunkelheit. In einem der Büros des benachbarten Business Centers brannte eine Schreibtischlampe, doch es schien niemand mehr in dem Raum zu arbeiten. Der Grillpoint, dessen überragendes Dach zusätzlich Licht abschottete, hatte geschlossen und die Stelle, wo sie die Leiche gefunden hatte, war in den Schatten der düster und bedrohlich wirkenden Platanen getaucht. Weder die gelben Lampen der leer gefegten Mercedesstraße noch das grelle Leuchten der Neonröhren im Parkhaus auf der anderen Straßenseite reichten bis hierher.

Das Lüftungsgeräusch, das aus dem Bereich des Tors 2 zu ihr herüberdrang, mischte sich mit dem Knistern des Asphalts unter ihren Schuhen, als sie sich vorsichtig bewegte. Sie suchte nach ihrem Handy, das ihr heruntergefallen war, weil sie sich nach dem Schuss zu Boden geworfen hatte.

Ihre Hand ertastete dankbar die kleine Taschenlampe, die ihr Alan an den Schlüsselbund gehängt hatte. Der Lichtschein, den sie abgab, reichte zwar nicht weit, war aber so grell, dass sie alle Unebenheiten in ihrer näheren Umgebung erkennen konnte. Nach einer halben Minute hatte sie das Handy gefunden. Sie drückte auf ›Kontakte‹, die Nummer ihrer Kollegin Babs kam als zweiter Eintrag. Babs hatte Bereitschaft und würde die Meldung über einen Mord in der Landeshauptstadt sofort absetzen können. Wieder einmal wäre das Radio das schnellste Medium, wie es ihr Redaktionsleiter immer wieder einforderte.

Doch Linda Roloff wählte stattdessen die Notrufnummer und gab der Dienstleitstelle alle nötigen Angaben durch. Ein Toter, erschossen vor dem Tor 3 der Mercedes-Benz-Arena. Dann erst informierte sie Babs Wagner.

Als sie das Gespräch beendet hatte, rief sie noch einmal die SMS auf, die sie von dem Erschossenen vor einem halben Tag erhalten hatte und derentwegen sie an diesem Donnerstag im Mai nachts allein nach Bad Cannstatt gefahren war. Den Treffpunkt hatte der Mann selbst vorgeschlagen, als sie am Mittag miteinander telefoniert hatten. *Alles Weitere direkt. Merce-*

des-Benz-Arena um Mitternacht. Das waren die letzten Worte gewesen, die sie von ihm gehört hatte. Als Journalistin hatte sie die Angewohnheit, sich Dinge, die ihr wichtig schienen, sofort zu notieren. Und so hatte sie auch diesen Wortlaut auf ein Blatt in ihrem Kalenderblock geschrieben: *Mercedes-Benz-Arena um Mitternacht.*

Sie sah zu dem Toten, der mit ausgestreckten Armen und Beinen auf dem Boden lag. Das Einschussloch in seiner Stirn glänzte schwarz. Der Mörder musste ein genialer Schütze gewesen sein. Oder aus kurzer Distanz abgedrückt haben. Die Augen starrten ausdruckslos zum Himmel. Was hatte der Tote ihr Wichtiges mitteilen wollen? Welches Geheimnis hatte er mitgenommen?

Jetzt lag er hier vor ihr. Tot. Erschossen von einem Unbekannten.

Werden sie dir das glauben?, durchfuhr es Linda plötzlich. Würde nicht der Verdacht naheliegen, dass sie es war, die ihn erschossen hatte? Sie waren schließlich befreundet gewesen. Vor Jahren. Zwei Jahre lang. Immerhin.

Warum hatten sie sich hier getroffen? Was wollte er von ihr? *Mercedes-Benz-Arena um Mitternacht.* Oder sie von ihm? Wo war die Tatwaffe? Fragen, die man ihr stellen würde. Gab es Zeugen für ihre Version der Geschichte? Nein. Dann konnte ebenso gut sie die Schützin gewesen sein. Und was war mit der SMS? Diese Botschaft, derentwegen sie überhaupt auf dieses geheimnisvolle Treffen eingegangen war. Klangen die wenigen Zeilen nicht wie die Einladung zu einem Date, ein Abschied für immer? Man konnte daraus – wenn man wollte – eine bevorstehende Trennung herauslesen. Und somit ein Motiv für einen Mord. Sie nestelte an ihrer Umhängetasche, fand das kleine Notizheft und einen Kugelschreiber. Sie kritzelte die Botschaft auf einen Zettel und löschte die SMS.

Was musste sie noch tun? Wie viel Zeit blieb ihr, bis die Polizei eintraf?

Die Handybotschaft beschäftigte sie. Er hatte sie ihr geschickt, aber warum? – Er hatte sie *ihr geschickt!* Der Gedanke durchfuhr sie – *sein Handy!* Wenn *er* die Botschaft nicht gelöscht hatte, würde die Polizei sie auf *seinem* Handy finden. Dort war sie ebenso missverständlich zu lesen.

Linda überwand ihre Scheu und durchsuchte die Kleidung des Toten. In der rechten Hosentasche fand sie sein Handy. Es blinkte und zeigte eine ungelesene Mitteilung an. Sie drückte auf die grüne Taste und las. Die SMS kam von einer Nummer, mit deren Ländercode 0027 sie zunächst nichts anfangen konnte, obwohl er ihr bekannt vorkam. Ein Name erschien nicht. Und was sie las, bestand aus vier Worten, mit denen sie nichts anfangen konnte: *Hoffnung = Sub Africa. Oel.*

Was steckte hinter dieser Nachricht? Wer hatte das abgesendet?

Sie folgte ihrer Intuition, notierte sich auch diese Zeilen auf der Rückseite des Zettels, hackte eine Botschaft als Antwort in das Handy des Toten, verschickte sie und löschte anschließend beides.

Von irgendwo her glaubte sie den Klang eines Martinshorns zu vernehmen. Jetzt musste das Handy verschwinden. Sie sah sich nach einem Versteck um. Der Müllbehälter, der neben dem Grillpoint stand. Sie würde das Gerät dort morgen abholen. Vielleicht fand sie dann Hinweise auf das, was der Tote ihr zu sagen gehabt hatte? Und eine Antwort des Unbekannten? Falls die Müllabfuhr nicht schneller war. Gab es denn kein besseres Versteck? Das Martinshorn dröhnte in ihren Ohren. Es schien sich auf der Mercedesstraße aus Richtung Porsche-Arena und Wilhelma zu nähern.

Die Wilhelma … ihre Gedanken wanderten zurück. Das Blaulicht vor dem Tigergehege. Wie lange war das her?

Der Krankenwagen war langsam und ohne Martinshorn durch die Menschenmenge in Richtung Elefantenanlage gefahren. Vielleicht war ja nur jemand ohnmächtig geworden, hatte sie noch gedacht und im selben Moment die Absperrgitter, das rotweiße Band und die zahlreichen Polizeibeamten erkannt, die sich bemüht hatten, das Publikum auf Distanz zu halten. Sie hatte in ihre Handtasche gegriffen und den Journalistenausweis herausgezogen.

Das großräumig gestaltete und nur durch eine Mauer und einen Wassergraben von den Zuschauern getrennte Freigehege der Sumatratiger, Kernstück der Raubtieranlage, war ringsum abgesperrt worden, ein Mann mit der olivgrünen Latzhose der Wilhelmamitarbeiter, zwei Polizisten und offensicht-

lich Beamte der Spurensicherung hatten sich dort aufgehalten.

Dann hatte sie den Pressesprecher der Wilhelma entdeckt und war ihm ins Innere der Absperrung gefolgt. Ihr Blick war über das halbinselartige Gelände des Tigerdomizils geglitten, das im Hintergrund von den Fassaden des Raubtierhauses und nach vorne von einem breiten Wassergraben eingerahmt wurde, und schließlich bei einem grauhaarigen Mittfünfziger hängen geblieben, der sich Gummihandschuhe übergestreift hatte und einen Gegenstand am Boden zu untersuchen schien. Erst auf den zweiten Blick hatte sie den Toten entdeckt. Dort, wo von der Insel große Steinbrocken eine Art ausgetrockneten Wasserlauf formten, hatten, im tarnenden Dickicht des Pflanzenwuchses fast nicht zu erkennen, zwei Beine unter den Bambusstauden ins Freie geragt.

»Man hat die Leiche erst vor einer Stunde entdeckt«, hatte der Pressesprecher erklärt, »als die Pfleger die Tiger rauslassen wollten. Die Tiger oder auch irgendwelche anderen Tiere haben damit nicht das Geringste zu tun. Fest steht, dass keine Tiger in der Außenanlage waren, seit der unbekannte Tote wie auch immer in das Gehege gelangte.«

»Aber wie ist er dann ums Leben gekommen?«, hatte sie gefragt.

»Der Mann ist erschossen worden.«

Das Martinshorn riss sie aus ihren Gedanken. Sie ging zur Straße.

Die Spur hatte damals nach Afrika geführt, auf die Simba King Lodge.

Das Blaulicht reflektierte in den Scheiben der wenigen geparkten Autos.

Simba King. Dort hatte sie Alan Scott wiedergetroffen.

Das Blaulicht kam näher. Tauchte unter den weißen Leuchtbuchstaben auf. Die Brücke zur Schleyerhalle.

Jetzt war er weiter von ihr entfernt denn je.

100 Meter noch. Dann waren sie da.

Die Hochzeit war geplatzt.

Sie hatte keine Zeit, weiter darüber nachzudenken. Autotüren, die zuschlugen. Schritte auf dem Asphalt. Blendende Lampen. Zwei Polizisten.

»Haben Sie den Notruf abgesetzt? Ihr Name?«

»Linda Roloff. Journalistin.«

»Und was ist passiert?«

Sie berichtete in knappen Sätzen. Von einem kurzen Anruf des Toten, der sie um das Treffen gebeten hatte, um ihr etwas Wichtiges mitzuteilen. Von dem Schuss, der die nächtliche Stille zerrissen hatte, gerade als sie auf die Arena zugegangen war. Davon, wie sie sich auf den Boden geworfen hatte, um kein sichtbares Ziel für einen weiteren Schuss zu bieten. Von dem Geräusch rennender Schritte Richtung Fritz-Walter-Weg; von dem anfahrenden Auto, das sich in Richtung Mercedes-Benz-Museum entfernt hatte. Und sie spürte, dass die Polizisten ihr kein Wort glaubten.

Sie atmete auf, als Minuten später die Kriminalpolizei eintraf. Den Hauptkommissar kannte sie. Kam vom Bodensee. Ein junger, ehrgeiziger Ermittler, verheiratet. Hatte vor zwei Jahren bei der Sonderkommission gearbeitet, als sie den Leopardenmörder gejagt hatten. War danach befördert worden. Kripo Stuttgart, Bienzles Revier. Er würde ihr glauben.

Die Kriminaltechniker sicherten den Tatort. Sie würden Spuren finden, die zu dem Schützen führten. Spuren, die ihre Unschuld bewiesen. Eine Frau, wahrscheinlich Ärztin, kniete bei der Leiche.

Der Hauptkommissar wollte alles noch einmal hören. Also berichtete sie erneut und blickte scheu zu dem Müllbehälter, in dem plötzlich das Handy des Ermordeten klingelte. Die Quintessenz der Botschaft, die ihr der Ermordete geschickt hatte, schoss ihr durch den Kopf, während ein Kriminaltechniker das Handy in der Mülltonne suchte: *Der Weg in den Himmel birgt den Tod.*

2007

Sonntag, 25. November 2007, Stuttgart
928 Tage vor dem Beginn der Fußballweltmeisterschaft in Südafrika

Karin Fleischer verharrte vor dem Fernseher, obwohl sie sich für Fußball eigentlich nicht interessierte. Die ARD übertrug die Auslosung der Qualifikationsgruppen für die erste Fußballweltmeisterschaft auf dem afrikanischen Kontinent um 16 Uhr live.

Ihr Freund Henning hatte in derselben Maschine nach Südafrika gesessen, mit der auch Bundestrainer Joachim Löw, Assistenztrainer Hans-Dieter Flick und Teammanager Oliver Bierhoff geflogen waren.

An jenem Wochenende waren mehr als 3.000 Sportfunktionäre und Journalisten zu Gast in der südafrikanischen Metropole, die von den Zulu eThekwini genannt wurde, ›der Ort, an dem Erde und Ozean sich berühren‹. Die Stadt war berühmt für ihre endlosen Strände und das bunte Völkergemisch, ein multikultureller Schmelztiegel all der Kulturen, die von der Geschichte Südafrikas hier zusammengeführt worden waren.

Die wallenden Saris der Inder begegneten am Strand schillernden Zulugewändern und den Trachten der Xhosa; die Nadelstreifenanzüge der Banker, deren schwarze Schuhe von einem mehlfeinen Hauch Pazifiksand eingestaubt waren, trafen auf kurze Hosen und moderne Bademoden der einheimischen Weißen. Eis essende Touristen aus aller Welt saßen in den Cafés neben Einheimischen. Nirgendwo sonst in Südafrika hatte man das Gefühl, dem Slogan ›Die Welt in einem Land‹ näher zu sein.

Mehr als 1.000 zusätzliche Soldaten und Polizisten patrouillierten auf den Straßen und an den Stränden Durbans, diverse Armee- und Polizeihelikopter wurden aufgeboten, um für die Sicherheit der Gäste zu sorgen.

Karin Fleischer machte sich Sorgen. Zu Recht, wie sie Henning gegenüber schon Wochen vor seiner Abreise behauptet hatte, denn sie hatte im Internet die Kriminalitätsstatistiken Südafrikas studiert. Allein für das Vorjahr hatte die Polizei in dem Land über 19.000 Morde registriert – mehr als 52 Morde pro Tag! Die Zahl der schweren Raubüberfälle hatte bei 126.500 gelegen und die angezeigten Vergewaltigungen hatten mit mehr als 50.000 pro Jahr zu Buche geschlagen. An die Dunkelziffer mochte sie gar nicht denken.

Doch Henning war durch nichts davon abzubringen gewesen, den Job in Durban anzutreten. Er hatte es als eine einmalige Chance angesehen, als Bauingenieur bei diesem von einem bedeutenden Hamburger Architekturbüro geplanten Stadionbau in verantwortlicher Position dabei zu sein und wollte die Gelegenheit nutzen, Natur und Landschaft Südafrikas kennenzulernen. Er hatte Karin jedoch versprochen, sie alle zwei bis drei Monate in Deutschland zu besuchen.

Einen Tag nach der Qualifikationsauslosung saß sie wieder in ihrer Wohnung im Stadtzentrum von Stuttgart, diesmal vor dem Bildschirm ihres PCs, und studierte im Internet die Negativmeldungen aus Südafrika: Ein österreichischer Ex-Fußball-Profi war laut Angaben der südafrikanischen Polizei unmittelbar vor der WM-Auslosung auf einem Golfplatz in Durban/Südafrika durch einen Schuss in die Brust getötet worden.

Und weiter hieß es:

Vonseiten des Deutschen Fußball-Bundes (DFB) wurde in der ARD betont, dass Südafrika als Gastgeber weiter großes Vertrauen genieße, auch wenn es im Moment schwerfalle. Einer der FIFA-Funktionäre wurde mit den Worten zitiert, man könne das Verbrechen nicht in Beziehung zu den Vorbereitungen auf die erste Fußball-WM in Afrika setzen.

Karin schüttelte den Kopf. Hatte sie Henning nicht gewarnt? Als ob sie es geahnt hätte. Ihre Finger huschten unbeirrt über die Tastatur ihres PCs und sie öffnete eine weitere Seite, die sich mit Kriminalität am Rande der WM beschäftigte: Demnach waren Teammanager Oliver Bierhoff und Georg Behlau, Leiter des Büros der Nationalmannschaft beim DFB, in Durban Dieben zum Opfer gefallen. Im Hotel waren ihnen während des Frühstücks, so las sie, die Aktentaschen entwendet worden, in der sich neben persönlichen Dingen auch Unterlagen für die Auslosung der WM-Qualifikationsgruppen befunden hatten.

Trotz dieser Negativmeldungen musste sie schmunzeln, als sie eine Randnotiz über den ›Kaiser‹ las. Franz Beckenbauer hatte auf die Warnung vor erhöhter Kriminalität in Südafrika gelassener als viele andere im DFB-Team reagiert und sich nach Abschluss der WM-Qualifikationsauslosung zu einem demonstrativen Spaziergang entlang der Uferpromenade Durbans entschlossen.

Karin tröstete das wenig. Die junge Frau hatte Angst. Sie ahnte nicht, dass sie ihren Freund über zwei Jahre lang nicht mehr sehen würde.

2008

Sonntag, 23. März 2008, Moses-Mabhida-Stadion, Durban, Südafrika
Noch 809 Tage

Die drei Männer, die sich nach Einbruch der Dämmerung noch auf der Stadionbaustelle aufhielten, kamen aus vier verschiedenen Richtungen zum Treffpunkt, einem der zahlreichen Container, die momentan dort aufgestellt waren, wo sich in knapp zweieinhalb Jahren die weltbesten Fußballmannschaften den Ball abjagen sollten, nämlich auf dem künftigen Spielfeld des Moses-Mabhida-Stadions in Durban.

»Findest du es nicht etwas leichtsinnig, dass wir uns hier treffen?«, fragte Paul Dhlomo und begrüßte den Sicherheitsingenieur mit dem afrikanischen Dreiergriff, bei dem der Händedruck dreimal in unterschiedlicher Position wiederholt wird. »Woher wissen wir, dass nicht plötzlich einer von der Wachmannschaft hier auftaucht?«

Der junge Maschinenbauingenieur, der noch einmal die acht großen Kräne inspiziert hatte, war als Erster vor dem Container mit der Nummer 43 aufgetaucht und hatte fast zehn Minuten allein gewartet. Paul Dhlomo war kein Xhosa, wie sein Name Glauben machte, sondern Shona und stammte aus Zimbabwe. Aber das wusste auf dieser Baustelle niemand. In den Slums von Harare war er im Elend aufgewachsen, umgeben von Gewalt und Brutalität. Die Männer, die seine Mutter besuchten und sie danach wie ein Stück Dreck auf dem beschmutzten, abgewetzten

Fell, das als Bettlaken diente, liegen ließen, hasste er, und er bestahl sie, wo er nur konnte.

Was er in ihren Taschen fand, verschwand auf unerklärliche Weise, und wenn sie zurückkamen, weil sie den Verlust bemerkt hatten, beobachtete er aus seinem Versteck heraus, wie sie seine Mutter schlugen und er hasste die Typen noch mehr.

Seine Mutter starb, als er 15 war, seinen Vater hatte er nicht gekannt. Von da an sorgte er allein für sich und seine beiden kleineren Geschwister. Nur der Stärkere bekam etwas zu essen, nur der Schnellere fing die Ratte, für deren Fell und Knochen ihnen der alte Wahrsager, der mit den Toten reden und Kranke heilen konnte, eine Handvoll Maismehl oder Hirse überließ.

Als er 17 Jahre alt geworden war, starb sein kleiner Bruder und der Shona verkaufte seine jüngere Schwester an einen Offizier in der Armee Mugabes, er lebte fortan von Diebstählen, beteiligte sich an Überfällen auf Ausländer und zog mit einer Bande Jugendlicher brandschatzend und gewaltverherrlichend durch die Stadt.

Mit 18 hatte er den ersten Mann erstochen und sich über einen Freund den Weg in die berüchtigte ›Fünfte Brigade‹ erkauft. Seine nordkoreanischen Ausbilder hatten ihm das professionelle Foltern und Töten beigebracht, einer der Offiziere, dem er dafür nachts zu Diensten war, Lesen und Schreiben. An den Massakern des Ndebele-Stammes beteiligte er sich mit großem Vergnügen. Doch Morden und Vergewaltigen waren ihm nicht genug. Der Shona strebte nach

Höherem. Sein Hunger nach Wissen ließ ihm keine Ruhe, er wollte eine Ausbildung, ein Studium, die Unabhängigkeit.

Als ihm klar wurde, dass er in seinem Heimatland noch durchschnittlich 13 weitere Jahren zu leben gehabt hätte, desertierte er und setzte sich über Botswana nach Südafrika ab. Als blinder Passagier im Gepäckraum der Cherokee eines Schweizer Safariunternehmers war er von Victoria Falls zunächst nach Maun geflogen und hatte sich dort durch einige Raubüberfälle auf Touristen mit genügend Geld versorgt, um sich dann bis nach Südafrika durchzuschlagen. Nach elf Monaten traf der Shona in Pretoria ein, hatte zwei weitere Menschen getötet, ein halbes Dutzend Frauen vergewaltigt, und sich somit bewiesen, dass er auch ohne fremde Hilfe durchkam. Der ›Speer der Nation‹ bot ihm eine politische Heimat, und die Art zu kämpfen, die er bei der ›Fünften Brigade‹ gelernt hatte, machte ihn rasch zu einem gefürchteten Aktivisten der Untergrundbewegung.

Er erwarb sich die Achtung der Anführer, indem er wie ein Schweißhund Verräter in den eigenen Reihen aufspürte, sie paarweise zusammenschnüren ließ, ihnen alte Autoreifen über Genick und Schulter stülpte, Benzin darüber goss und sie in Brand steckte. Das Necklancing war die gängige Bestrafung für Verräter und Spione in den Reihen des ›Speers der Nation‹, ein qualvoller Tod, bei dem sich das schmelzende Gummi in die verbrannte Haut der Todeskandidaten fraß und ihnen unerträgliche Schmerzen zufügte.

Bald waren die Vergeltungszüge des Shona gefürchtet, Freunde und Feinde nannten ihn Yongama, *den, der alles kontrolliert*, und wo er auftauchte, gab es kein Erbarmen. Wo er zuschlug, hinterließ er ein Schlachtfeld, er kannte weder Gnade für Frauen und Kinder, noch Unterschiede zwischen Schwarz und Weiß. Viele der Verräter, die er exekutierte, hatten sich nur Kleinigkeiten zuschulden kommen lassen, Befehle missverstanden oder ein Zeitlimit nicht beachtet. Er kannte für jedes Vergehen nur eine Strafe, den Tod, und er verhängte sie ohne Erbarmen.

Bei einer der letzten Straßenschlachten zwischen Gegnern des African National Congress und Mitgliedern des ›Speers der Nation‹ in Pretoria erschlug er einen jungen Xhosa mit einem Betonbrocken, durchsuchte seine Taschen und fand Papiere, die ihn als Maschinenbaustudenten aus London auswiesen. Er legte seinen Shonanamen ab, nannte sich Paul Dhlomo, und nahm die Identität des Xhosa an. Mit dem Geld, das er auf die Seite gebracht hatte, leistete er sich einen Flug nach Großbritannien und studierte Maschinenbau in der britischen Hauptstadt.

Dort ging er in den Untergrund und traf den Mann, der jetzt sein Boss war. Seine Beteiligung an den U-Bahn-Anschlägen konnte nie nachgewiesen werden, doch hatte er seit dieser Zeit Kontakte zur Terrorszene und wurde nach seiner Rückkehr nach Südafrika als Gegner der versöhnenden Politik Mandelas ins Netzwerk ›Sub Africa‹, wie sich die gegen die Weißen gerichtete Untergrundbewegung nun nannte, eingeschleust.

Seine Kenntnisse, was modernste Baumaschinen anbetraf, die er sich als studierter Maschinenbauingenieur angeeignet hatte, und die Kontakte, die ihm das Netzwerk über korrupte Beamte und Politiker knüpfte, ebneten ihm den Weg zu den Großbaustellen der südafrikanischen Metropolen, wo man sich unter großem Zeitdruck auf die Fußballweltmeisterschaft vorbereitete, und ihn als Experten für Hochbaumaschinen einstellte. Durch seinen guten Draht zum stellvertretenden Construction Inspector des Stadionbaus in Durban, einem weißen Südafrikaner namens Gys de Kock, übertrug man ihm die Aufsicht über den dortigen Baumaschinenpark.

Dhlomo war von Anfang an klar gewesen, dass er nur in diese Position geschleust worden war, um dem Netzwerk bei geplanten Anschlägen auf die WM nützlich zu sein. Er hatte seine Aufgabe gefunden, und das Ziel des Attentats entsprach genau seinen Vorstellungen. Doch er sprach nicht darüber, nicht mit den anderen Verschwörern, denen er nur zum Teil traute, und auch nicht mit dem Boss, den alle nur spöttisch Kalkoen – *Truthahn* – nannten. Paul Dhlomo zählte selbst im erlauchten Kreis der Aktivisten von ›Sub Africa‹ zu den wenigen Vertrauten, die Kalkoens Schlüsselrolle bei dem Vorhaben kannten. Mit zweien von ihnen traf er sich jetzt in dem Container auf der Großbaustelle.

»Die Wachleute habe ich im Griff und die Ingenieure sind alle über Ostern nach Hause gefahren«, entgegnete der Sicherheitsingenieur uThembani Mthetwa.

Als einer der Securitybeauftragten des Organisationskomitees der Fußball-Weltmeisterschaft 2010 hatte er unkontrolliert Zugang zu allen Stadien und Baustellen, befehligte die Wachmannschaften und sein Büro gab die Sicherheitsausweise für die am Bau beteiligten Männer aus.

Mthetwa hatte lange gearbeitet und sich politisch auf die richtige Seite geschlagen, um so weit zu kommen. Jetzt war er kurz vor dem Ziel. Er hatte im Vorfeld des geheimen Treffens die Alarmanlagen kontrolliert und in den letzten zwei Stunden sämtliche Monitore des Sicherheitssystems im Auge behalten. Vom exponierten Standpunkt der Schaltzentrale aus, auf der Tribünenseite, wo sich nach Ende der Bauarbeiten die VIP-Lounges befinden würden, hatte er einen Überblick über die ganze, auch während der arbeitsfreien Tage von hellem Flutlicht beleuchtete Baustelle. Außer den beiden Männern, mit denen er verabredet war, hatte er von dort aus keine Personen gesehen, ehe er sich zum Container 43 aufgemacht hatte.

Es war eine Kleinigkeit für ihn gewesen, die entsprechenden Szenen auf den Videomitschnitten zu löschen und durch neutrale Bilder zu ersetzen. Niemand würde später nachweisen können, dass sie sich heute hier getroffen hatten und dem Chef der Wachleute, die zu unregelmäßigen Zeiten das Gelände inspizierten, hatte er schon vor einigen Tagen von einer Konferenz der Bauleitung erzählt, während der man auf die Rundgänge verzichten würde. Als Weisungsbefugter für die Wachmannschaft hatte er einen etwas schärferen Ton angeschlagen, der keinen Widerspruch zuließ und der Chief Inspector hatte verstanden.

»Unser deutscher Supermann hat sich für zwei Tage nach Kapstadt abgesetzt, wie ich herausgefunden habe«, bemerkte Mthetwa. Er spuckte diese Worte förmlich aus und sein Gesicht verzerrte sich zur ausdruckslosen, steinernen Fratze. Doch wer den jähzornigen Zulu kannte, wusste, dass er dahinter den Hass verbarg, den er allen Andersfarbigen entgegenbrachte. Mthetwa war ein Einzelgänger, der keine Freunde kannte. Wer eine andere Hautfarbe hatte, war automatisch sein Feind. Es ging ihm gegen den Strich, dass sich in das Netzwerk ›Sub Africa‹ inzwischen Inder, Araber und sogar Weiße eingeschlichen hatten. Mehr als einmal hatte es deswegen Auseinandersetzungen mit Paul Dhlomo gegeben.

Jetzt tippte uThembani Mthetwa den sechsstelligen Code an der Tür des Containers ein. Die Automatik surrte, die Metalltür öffnete sich und die beiden Männer traten ein. Eine Taschenlampe flackerte auf und der Sicherheitsingenieur ließ die Jalousien vollständig herunter, um neugierige Blicke von außen auszuschließen. Dann schaltete er die Schreibtischbeleuchtung ein und startete den PC des deutschen Ingenieurs.

»Wir brauchen seine Daten, darum müssen wir uns hier treffen«, erklärte er Dhlomo weiter.

»Wo bleibt der Inder?«, fragte der zurück.

»Ich habe ihn schon auf dem Monitor gesehen«, beruhigte ihn Mthetwa, »er war noch in seinem Container.«

Die beiden Männer stellten sich so, dass sie gute Sicht auf den Flachbildschirm in der Mitte des Raumes hatten. Soeben erwachte er zum Leben, das Logo des Hamburger Architektenbüros erschien. Ein rhythmisches Klopfen an der Tür ließ ihre Köpfe herumfahren.

»Das ist er, lass ihn herein!«, beschied Mthetwa und Dhlomo öffnete die Tür.

Raghunandan Rajah trug einen Turban und einen weißen Kaftan, der bis auf den Boden reichte. Er musterte Paul, nickte Mthetwa zu, der ihn ignorierte, und übernahm unaufgefordert dessen Platz an der Tastatur des Computers. Rajah kam aus Durban und arbeitete als einer der Software-Administratoren auf der Großbaustelle. Er sorgte unter anderem dafür, dass die Welt draußen über Webcams erfuhr, wie es um den Bau der Stadien in Südafrika bestellt war.

»Sehen wir uns zunächst den heutigen Stand des Baus an«, kommentierte Raghunandan, der von allen nur Raghu genannt wurde, das erste Bild, ein reales Foto der Baustelle, wie sie gerade aussah. »Wir sind gut im Zeitplan und so, wie es aussieht«, er blickte zu Paul Dhlomo, »wird es auch zu keinen Verzögerungen kommen.«

Der Maschinenbauingenieur nickte. Die Bauarbeiten waren den Planungen sogar um einige Wochen voraus, das Material wurde pünktlich geliefert, und es war weder mit weiteren Streiks noch anderen verzögernden Maßnahmen zu rechnen.

»Wir waren bis jetzt in der Phase Five für unseren Plan. Nun zur Zukunft«, sagte Raghu und das Bild veränderte sich zu einer animierten Zeichnung. »So sollte es hier in einem Jahr aussehen. Ihr seht, warum wir uns Durban als Ziel ausgesucht haben: wegen der ausgeklügelten Dachkonstruktion des Stadions. Die Tribünen werden von einer zackenförmigen Dachmembran überspannt, die wiederum mit Stahlseilen an diesem gigantischen Stahlbogen aufgehängt ist. Die ganze Konstruktion lagert auf einem Druckring, der das gesamte Stadion umfasst.« Das Bild drehte sich dreidimensional und gab den Stadionanblick aus der Vogelperspektive frei. »Dieser Stahlbogen, auch Skywalk genannt, weil er begehbar sein wird, überragt das Stadion mit einer Spannweite von 340 Metern von Norden nach Süden. Die Brückenbögen werden über 550 Treppenstufen und eine Seilbahn für die Öffentlichkeit zugänglich sein.«

Aus der Luft betrachtet hatte das Gebilde, das in Längsrichtung über das Spielfeld verlief, eine geometrische Form aus der südafrikanischen Flagge übernommen: ein Ypsilon, das durch seine Zusammenführung der Linien als Symbol für die Vereinigung des schwarzen und weißen Südafrika zu einer Nation galt.

»Der Skywalk besteht aus drei Teilen, einem einteiligen und einem zweiteiligen Arm, die sich in einer Höhe von 100 Metern genau über dem Anstoßpunkt des Fußballfelds treffen. Dort, auf dem Bogenscheitel, wird es eine Aussichtsplattform geben und genau an diesem Punkt werden wir die Phiolen unterbringen. Ich habe ein paar Details in den Plänen manipuliert, damit die Kontrolleure später keinen Verdacht schöpfen. Somit werden die Veränderungen, die wir vornehmen müssen, um die Einlagerung der Phiolen zu tarnen, Bestandteil der offiziellen Pläne sein«, erläuterte Raghu.

»Raffiniert«, meinte Paul Dhlomo.

Der Inder grinste.

»Welchen Zeitplan haben wir?«, wollte Mthetwa wissen.

»Wenn das Stadion wie geplant im Herbst 2009 fertiggestellt sein soll, muss der Skywalk bis Mitte Januar, also in zehn Monaten, aufgerichtet sein. Die ersten Elemente des Stahlbogens sind schon diesen Monat per Schiff aus Hamburg eingetroffen. Insgesamt sind es über 1.000 Tonnen Stahl. Das ist gegenwärtig unsere Phase Four.«

»Wo genau sollen die Sprengköpfe angebracht werden?«

Diese Frage hatte Mthetwa an Paul Dhlomo gerichtet, doch der Inder antwortete an dessen Stelle: »Die Bomben platzieren wir nach Meinung unseres Baustatikers dort, wo der Stahlbogen an dem Druckring aufliegt. Das wird in den jeweils unteren vierten Elementen des Bogens sein. Hier wird die Explosion wegen der Durchleitung der Druckkräfte aus dem Ring die größte Wirkung erzielen. Auch hierfür habe ich Änderungen in die ursprünglichen Pläne eingearbeitet.«

»Wo ist dieser Baustatiker, auf den wir uns so blind verlassen? Warum ist er nicht hier?«, fragte Mthetwa misstrauisch.

»Er arbeitet noch in Dubai«, beruhigte ihn Dhlomo,

»das hat sich leider etwas verzögert. Dort entsteht das höchste Gebäude der Welt. Und glaub mir, der Mann kennt sich mit Statik aus wie kein zweiter. Sobald er in den Emiraten abkömmlich ist, reist er hierher. Er hat die Daten der beiden Bogenabschnitte aktuell bearbeitet und die komplette Konstruktion statisch berechnet.«

»Ist er Afrikaner?«

»Nein.«

»Ein Weißer?« Mthetwas Worte klangen verächtlich. Hass schwang in jeder Silbe mit.

»Nein. Er ist ein Arab. Aber jetzt zurück zu unserem Plan«, fuhr Dhlomo fort, der wenig Lust hatte, sich auf eine Diskussion mit Mthetwa einzulassen. »Wichtig ist dabei, dass wir es schaffen, die Sprengköpfe so in den entsprechenden Bauelementen unterzubringen, dass sie später von den Sprengstoffhunden nicht gefunden werden können. Die Bomben werden daher in Hohlräumen unter den Bodenblechen der jeweiligen Stahlkastenträger versteckt. Die aus Deutschland angelieferten Elemente liegen noch auf dem Schiff, bis ich für das Löschen der Ladung grünes Licht gebe. Da die Elemente bis zu zwölf Meter lang sind und bis zu 110 Tonnen wiegen, müssen wir auch noch auf die Bereitstellung der Transporter mit entsprechender Tragfähigkeit warten. Wir werden daher den Einbau in den nächsten Nächten durchführen, sobald der Arab eingetroffen ist.«

Mthetwa nickte. »Und die Phiolen?«

Dhlomo antwortete: »Wir rechnen damit, dass die Elemente des Bogenscheitels nicht vor Mitte Juli fertiggestellt und vormontiert sind. Aus Sicherheitsgründen werden wir die Phiolen erst wenige Stunden vor dem Spiel auf der Aussichtsplattform verstecken. Ein paar Wochen vorher startet Phase Three im Labor in Nasana. Das übernimmt wie geplant der Boss. Er wird den Stoff direkt diesem deutschen Arzt, einem Dr. Goldbäck, überbringen.«

»Warum macht das nicht einer von uns?«, fauchte Mthetwa verächtlich.

»Das hat der Boss so entschieden.«

Mthetwa unterdrückte seinen Missmut. Der Boss war ein Weißer, und kämpfte trotzdem für ihre Sache.

»Dennoch. Ich würde mir diesen Arzt gerne mal ansehen«, schnauzte der Zulu.

»Dann willst du nach Deutschland fliegen und dir Goldbäck vornehmen? Sprichst du Deutsch?«, warf Dhlomo ein.

Mthetwa verneinte. »Goldbäck kann kein Englisch?«

»Doch. Aber du würdest in Deutschland mehr auffallen als der Boss, der sich in der Landessprache verständigt und dem das Land vertraut ist.«

»Und warum kann er den Stoff nicht selbst aus Nasana hierher bringen? Es reicht doch, wenn Goldbäck hier in Aktion tritt.«

»Das ist zu riskant. Du weißt, wie sie Flüssigkeiten auf den Flügen kontrollieren«, antwortete Dhlomo. »Im medizinischen Gepäck eines Mannschaftsarztes werden die Phiolen durchgehen.«

»Trotzdem passt mir das nicht«, widersprach

Mthetwa und unterdrückte nur mit Mühe seinen Zorn. »Warum brauchen wir Weiße für unsere Pläne?«

»Der Boss hat seine Gründe, auf unserer Seite zu stehen.«

»Rache?«

Dhlomo nickte. »Rache und Hass. Und Goldbäck macht es wegen des Geldes«, ergänzte er. »Er ist feige. Wenn der Boss ihm genügend Druck macht, wird er automatisch funktionieren.«

Mthetwa unterdrückte eine Entgegnung. »Wie schalten wir den echten Mannschaftsarzt aus?«, fragte er stattdessen.

»Das wird kurz vor Phase Two entschieden. Aber solange wir noch nicht wissen, welche Mannschaften in Durban spielen, warten wir ab. Raghu wird das manipulieren. Deutschland ist unser Favorit. Die Deutschen werden die Qualifikation schaffen. Sie können sich kein Ausscheiden leisten. Sobald wir den Mannschaftsarzt eliminiert haben, ist Phase Two beendet. Phase One ist dann die Endinstallation der Phiolen im Stadion, 100 Meter über dem Anstoßpunkt. Goldbäck wird sie im Arztkoffer einschleusen und der Boss montiert sie. Phase Zero wird danach kein Mensch mehr aufhalten können.« Paul Dhlomo schwieg und legte den Zeigefinger an den Mund. »Was ist das? – Habt ihr das gehört?« Seine Augen wanderten zu dem Fenster, dessen Jalousien geschlossen waren. Alles blieb still.

Der Mann, dessen Schatten draußen unter dem Fenster verharrte, hatte vergeblich versucht, etwas von der Unterhaltung im Container mitzubekommen.

»Was ist, wenn es irgendwelche – sagen wir mal – menschlichen Schwierigkeiten gibt?«, meldete sich der Inder, der bisher schweigend zugehört und am Computer gearbeitet hatte.

Dhlomo übernahm die Antwort: »Dann schalten wir Bushman ein. ›Sub Africa‹ hat ihn nach Russland in ein Camp geschickt. Wenn er zurückkommt, wird er töten wie ein Krokodil. Heimlich, zuverlässig und ohne Spuren zu hinterlassen.« Dhlomo lachte und Mthetwa stimmte ein. Der Lauscher vor dem Container zog sich leise zurück.

Samstag, 26. April 2008, Hafen Durban
Noch 775 Tage

»Perfekt«, lobte der Mann im hellen Kaftan und kletterte aus dem trapezförmigen Stahlhohlkasten des vormontierten Bogenelements. Die schwarz-weiße Kufija um seinen Kopf flatterte im Wind, der von der Seeseite her über die Kaianlagen bis auf den Frachter wehte.

Die ›MS Kap Stanger‹ wartete an der Südwestseite der Natal Bay am Containerterminal auf das Löschen der Ladung durch speziell dafür angeforderte Hubtransporter.

»Ist das eines der drei Elemente, die wir brauchen?«, fragte Paul Dhlomo, der dafür gesorgt hatte, dass sie an diesem Tag auf dem Containerschiff unbeobachtet agieren konnten. Im größten Hafen Südafrikas waren Dutzende von Containerschiffen angedockt, doch in den Kaianlagen arbeiteten am Samstag nur wenige Menschen und es war niemandem aufgefallen, dass sich die Männer mit der großen Alukiste dem Pier der ›MS Kap Stanger‹ genähert hatten.

Paul Dhlomo als Sicherheitsingenieur der Stadionbaustelle konnte ihnen ungehindert Zugang zu den Bauteilen des Skywalk an Bord verschaffen und sie wussten, dass nur wenige Mann an Bord geblieben waren, da mit dem Löschen der tonnenschweren Bogenelemente nicht vor dem folgenden Tag zu rechnen war.

Sie hatten das Hafengelände über die Victoria Embankment von Norden her erreicht. Touristen sammelten sich in der Gardiner Street Jetty, von wo aus die Hafenbesichtigungen und Bootsfahrten auf den Indischen Ozean starteten.

Der arabische Begleiter Dhlomos musterte durch die dunkel getönten Gläser seiner Brille die prachtvollen Jachten und nahm mit einem missbilligenden Blick die gigantischen Bauten des Sugar Terminals und die Stahlkonstruktionen der Trockendocks wahr. Peanuts gegen das, was sich an den Küsten Dubais in den Himmel schob.

Am Kai im Nordosten des Hafenbeckens lagen zwei große Kreuzfahrtschiffe, deren Passagiere sich wahrscheinlich auf eine Safari in einem der privaten Game-Reserves im Hinterland begeben oder zu einer Besichtigungstour in eines der Zuludörfer aufgemacht hatten.

»Ja, eindeutig«, antwortete jetzt der Mann mit der schwarz-weißen Kufija. »Der Skywalk ist so geplant, dass das jeweils vierte Element der drei Einzelbögen auf dem Stadionring aufliegt. Hier steht das erste.« Er deutete auf den trapezförmigen Stahlkasten, der vor ihnen um die fünf Meter in die Höhe ragte, und legte den Meterstab beiseite. »Nach den Abmessungen haben wir es hier mit dem einteiligen Bogen zu tun. Das Element ist am Kopf fünf Meter breit und misst unten 3,40 Meter. Die Parallelelemente des zweiteiligen Bogens sind schmäler. Ich denke, wir finden sie da drüben.«

Der Araber bahnte sich einen Weg durch die Ladung zwischen den aufrecht nebeneinander stehenden Trapezröhren des gigantischen Bogens und zeigte auf zwei etwas schlanker wirkende Stahlhohlkästen. »Das sind die beiden anderen. Ich hoffe, unser Spielzeug knackt den Stahl«, scherzte er. »Fangen wir an! Ich sollte Anfang Mai in China sein.« Das Lachen über seinen eigenen Witz klang gekünstelt.

»Du reist noch einmal ab?«, fragte Paul Dhlomo, der damit gerechnet hatte, seinen Experten für Baustatik bis zur Phase Zero zur Verfügung zu haben.

»Ja. Es gibt noch andere Baustellen auf der Welt. In Kürze wird die wohl längste Meeresbrücke der Welt zwischen Shanghai und Ningbo eröffnet und danach muss ich wieder in die Emirate. Der Burj Dubai ruft.«

»Und wann bist du wieder hier?«

»Im Herbst, wenn es hier in die heiße Phase geht, so habe ich es mit dem Boss vereinbart.« Er stieg in den ersten begehbaren Hohlkasten und ließ sich von Paul Dhlomo die schwere Alukiste reichen. »Dauert nicht lange«, meinte er, »die Ausführung der Vormontage entspricht genau meinen Veränderungen in den Plänen. Siehst du?« Er löste eines der Bodenbleche. »Brav. Nicht verschweißt, wie ich es wollte. Hier haben wir in jedem unserer Bogenelemente einen Hohlraum angebracht und die Bodenbleche etwas angehoben, damit unsere Überraschungspäckchen darunter passen. Das Bodenblech werde ich so verschweißen, dass der Unterschied nicht auffällt, und sobald die Endmontage der Elemente abgeschlossen ist, wird kein Spürhund dieser Welt etwas bemerken. Los, gib mir den Koffer. Und pass auf, dass nicht gerade jetzt einer der Matrosen vorbeispaziert, solange ich schweiße.«

»Sind die Päckchen dann schon scharf?«

»Worauf du dich verlassen kannst.«

»Und wie werden sie ausgelöst?«

»Das programmiert der Inder. Die Zündung erfolgt per Handy.«

Zwei Stunden später verließen die beiden Männer unbemerkt das Containerschiff. Die Bomben in den Hohlkörpern des Skywalk lagen in ihren Verstecken bereit.

Donnerstag, 5. Juni 2008, Kajaani, unweit der finnisch-russischen Grenze
Noch 735 Tage

Seinen wirklichen Namen hatte er verschwiegen.

Hier im Norden, in diesem Land, in dem die Bäume wie Pfähle in den Himmel wuchsen, die Häuser aus

Holz gebaut waren und das größte Tier aussah wie ein dunkelbraunes Kamel ohne Höcker, dabei aber mit Ziegenbart, dem zottigen Fell des Wasserbocks, den schlanken Beinen einer Antilope und einem Gehörn so breit wie ein Zuluschild, hier nannten sie ihn nur den Afrikaner, denn er war hier von ebensolcher Seltenheit wie ein heißer Tag, der die Menschen schwitzen ließ.

Für den Afrikaner war es eine andere Welt, doch die Tarnung, unter der er den letzten Schliff seiner Ausbildung erhielt, war perfekt, und nirgendwo in seiner Heimat hätte er dieses Training besser absolvieren können als in den dunklen Wäldern der finnischen Grenze, einem mehr als 80 Kilometer breiten Streifen Niemandsland, in dem Bären und Wölfe ihre Verstecke hatten, ein Gebiet, in das sich kein Mensch wagte, da niemand den genauen Verlauf der Grenze nach Russland kannte. Selbst für Schmuggler und Wilderer war der Grenzstreifen tabu, zu groß war die Gefahr, die von unentdeckten Minen, ehemaligen Fallgruben und alten Selbstschussanlagen ausging.

Das Camp lag etwa 100 Kilometer nördlich von Kajaani, wo auf einem kleinen Flughafen mehrmals in der Woche ein paar Touristen eintrafen, um während der Sommermonate wilde Braunbären in freier Wildbahn zu beobachten. Nirgendwo in Europa, so versprachen die Veranstalter, hatte man bessere Chancen, die größten Landraubtiere des Kontinents aus so geringer Entfernung vor das Objektiv zu bekommen, und so reisten Naturfotografen und Tierfreunde von

Österreich bis England in die finnischen Wälder, um dieses Spektakel abzulichten.

Auch der Afrikaner war der Bären wegen aus Johannesburg über Amsterdam nach Helsinki und von dort aus nach Kajaani geflogen. Das war die offizielle Version. Was für die Bären in Finnland galt, sollte auch für Leoparden und andere Nachtjäger Afrikas möglich sein. Zwar gab es Lodges in Kenya und Tanzania, die ebenfalls mit Ködern die nächtlichen Räuber anlockten, doch waren die Ansitzmöglichkeiten für die Touristen unbefriedigend und die Ausbeute an guten Bildern oft nur gering. Südafrikas Reservate wie Umfolozi, für das er als Ranger arbeitete, sollten von den Erfahrungen des Bärentourismus profitieren, die Beobachtungshütten einen vergleichbaren Komfort aufweisen und das ausgebrachte Luder für ähnlichen Erfolg sorgen.

Dem Afrikaner hatten drei Nächte auf Bärenpirsch genügt, um sich ein Bild von der erfolgreichen Geschäftsidee zu machen. Vieles davon konnte eins zu eins auch in Südafrika übernommen werden und er war davon überzeugt, mit entsprechend schmackhaften und wohl dosierten Ködern selbst so seltene Nachtjäger wie den Serval oder den Ozelot vor die Kameras der gut zahlenden Touristen zu bekommen. Nur einen Vorteil des finnischen Sommers konnte er nicht in sein Land exportieren: das geniale Licht der Mittsommernacht, das es den Kamerajägern ermöglichte, die Bären auch noch um 23 Uhr am Luderplatz zu fotografieren.

Die Nächte Afrikas waren stockfinster, nur Mond

und südlicher Sternenhimmel sorgten dafür, dass man in offener Savanne die Bewegungen des Wildes erkennen konnte. In den Wäldern, wo sich Leopard und Ginsterkatze nun einmal aufhielten, war es zu dunkel und kein noch so perfektes künstliches Licht konnte die natürliche Dämmerung der nördlichen Nacht ersetzen.

Diese Eindrücke nahm der Afrikaner mit, als er nach drei Nächten die Bärenlodge verließ und sich auf den Weg in das 100 Kilometer weiter nördlich gelegene Camp machte.

Er empfand die sommerlichen Temperaturen Skandinaviens als kalt und hatte sich den langen Mantel über die Schulter gehängt, eine Wollmütze schützte seinen kahlen Schädel vor dem rauen Wind und verbarg die grässlichen Narben seiner verbrannten Ohren.

Er folgte genau den Instruktionen, die er vor seiner Abreise bekommen und auswendig gelernt hatte, stellte seinen Wagen, einen alten rostzerfressenen VW-Käfer mit zerbeulter Karosserie, in einen halb zerfallenen Schuppen, wo ihn jeder zufällig vorbeikommende Wanderer für einen Schrottwagen halten musste, und setzte seinen Weg zu Fuß fort. Seine wenigen Habseligkeiten trug er in einem Rucksack bei sich, alles, was er für die Ausbildung benötigte, würde ihm im Camp ausgehändigt werden. Nach drei Stunden endete der unbefestigte Weg inmitten der finnischen Wälder an einem Schlagbaum und ein schmaler Wildwechsel war der einzig sichtbare Pfad, der weiter in die Waldeinsamkeit hineinführte.

Der Afrikaner erkannte an den Dunghäufen und den Kratzspuren an den Bäumen, dass es ein Bärenpfad war, dem er folgte, und er benutzte immer wieder die mit kleinen Kieselsteinchen gefüllte Kugelschreiberhülle als Rassel, um die Bären zu verscheuchen, ehe sie sich ihm in den Weg stellen konnten. Der Pfad führte über unwegsames Gelände leicht bergan, zahlreiche Wurzeln und sumpfige Stellen zwangen ihn zu kleinen Umwegen und Klettereien. Plötzlich, der Nadelwald war immer dichter und der Pfad unwegsamer geworden, endete der Weg an einem blauen See. Sumpfiges Grasland bestimmte den Horizont, so weit das Auge reichte. Ein schmales Brett führte wie ein Steg zehn Meter in den See hinein, an seinem Ende lag ein Kanu vertäut.

Dort wurde er von Sergej erwartet. Der bärtige Russe trug den Tarnanzug der ehemaligen Sowjettruppen, schien aber unbewaffnet zu sein. Er begrüßte ihn mit dem afrikanischen Dreiergriff und verlangte ihm das Codewort ab.

»Skywalk«, sagte der Afrikaner und ließ seinen Rucksack in das Kanu gleiten. »Wie weit ist es bis zum Camp?«

»Wir brauchen mit dem Boot etwas mehr als zwei Stunden«, antwortete Sergej auf Englisch mit starkem russischem Akzent. »Aber nur, wenn wir zu zweit paddeln.«

»Gib mir das zweite Paddel!«, verlangte der Afrikaner lachend, doch Sergej schüttelte den Kopf.

»Wir haben nur eines. Du paddelst allein. Und zwar in dem Tempo, das ich dir vorgebe. Und merk dir gleich noch eines: Ab sofort redest du nur noch, wenn du gefragt wirst. Du weißt, warum du hier bist. Etwas anderes wird uns in den nächsten Monaten nicht interessieren. Ich gebe hier die Befehle und du führst sie aus. Hast du mich verstanden, schwarzer Mann?«

Er nickte. Es war so, wie ihm die anderen erzählt hatten. Camp Zero war die härteste Kampfschule der Welt, härter als jedes Militärlager, schärfer als jeder Drill in einer Armee. Aber die Männer, die es überstanden, waren die besten Kämpfer und Märtyrer, die es gab. Sie hatten gelernt, jedes Gefühl zu unterdrücken, Mitleid war ihnen fremd, Schmerzen unbekannt. Sie konnten fünf Tage überleben, ohne zu essen, tranken das Blut ihrer Feinde und den eigenen Urin. Sie kämpften in Irland und in Spanien, in Bagdad und Nairobi. Sie sprengten sich in die Luft, zündeten Bomben, die Unschuldige töteten und es wurde behauptet, die Piloten des 11. September seien ebenfalls im Camp Zero in die Schule gegangen.

Der Afrikaner war am Ziel seiner langen Reise.

Er dachte an Brenda. Sah sie vor sich. Hilflos, im Dreck, zwischen alten Autoreifen und rostigen Mülltonnen von eThekwini. Er fühlte den Schmerz, als sie ihm die Arme auf den Rücken drehten und ihn zwangen, zuzusehen. Er sah ihr Blut und ihre Verstümmelungen, er hörte ihr Wimmern und das höhnische Lachen der weißen Männer, die sich an ihr vergangen hatten, bevor sie sie abstachen wie ein Schlachtschwein. Sein Herz raste, als er seine Hilflosigkeit noch einmal erlebte. Danach hatten sie ihn fortgezerrt, während sie Brenda zwischen den brennenden Reifen auf grässliche Weise verrecken ließen.

Eingebrannt.

Das Bild hatte sich in sein Hirn eingebrannt.

Er hatte es bei Tag vor Augen, wie eine zweite Linse, die sich vor die Bilder der Realität schob. Er hatte es vor sich gesehen auf der gleißenden Leinwand des Kalksteinbruchs, dessen von der Sonne reflektiertes Weiß ihn fast das Augenlicht gekostet hatte. Nachts schreckte er aus seinen Albträumen auf, aus denen er schweißgebadet durch seine eigenen Schreie aufwachte, wenn sie ihn wieder geschlagen hatten.

Inzwischen hatte er gelernt, körperliche Schmerzen zu ertragen und Schreie einfach zu schlucken. Jetzt würden sie aus ihm einen professionellen Killer machen. Eine Tötungsmaschine, die nicht davor zurückschrecken würde, 70.000 Menschen auf einmal umzubringen. Er würde ein unsterblicher Held des neuen freien Afrika sein.

Und er würde Brenda rächen.

Er paddelte allein und sie erreichten Camp Zero in einer Stunde und 45 Minuten.

Freitag, 5. September 2008, Durban
Noch 643 Tage

Am grellsten wurde Durban über der Baustelle des Moses-Mabhida-Stadions erleuchtet, wo die Bauarbeiten auch über Nacht fortgesetzt wurden und die Halogenstrahler ein fast taghelles Licht über die gespenstische Landschaft aus Kranskeletten, Stahlträgern und lärmenden Maschinen warfen.

Der deutsche Bauingenieur Henning Fries und sein südafrikanischer Kollege Leonard Merheim trafen an jenem Morgen zur gleichen Zeit auf der Stadionbaustelle in Durban ein. Der Container 43 hatte inzwischen, wie auch die anderen Container, die sich im Innern des Stadions befunden hatten, seinen Platz gewechselt und war in die blaugraue Containerwand außerhalb der Großbaustelle integriert worden.

»Na, alter Junge, die Ferien gut verbracht, so einsam im fremden Land?«, witzelte Leonard, als er Henning per Handschlag begrüßte. Der Südafrikaner mit dem braunen Teint und der hellgrauen Mähne, die den Mittvierziger um viele Jahre älter aussehen ließ, war in Südafrika geboren, sein Vater stammte aus Deutschland, seine Mutter aus Kapstadt. Inzwischen lebten seine Eltern in Hermanus, wo sie direkt an der Küste eine Lodge für Walbeobachter betrieben.

»Besser, als ich dachte«, antwortete Henning, der jetzt seit zehn Monaten in Durban lebte und noch keine Zeit gefunden hatte, für ein paar Tage in seine deutsche Heimat zu fliegen.

Der junge Ingenieur, der seine rötlichen Haare und die hellgrünen Augen von seiner Hamburger Mutter geerbt hatte, war ebenfalls ordentlich gebräunt, und die hellen Haare auf seinen entblößten Unterarmen glitzerten wie goldene Fäden im Licht der Baustellenscheinwerfer.

»War ein paar Tage in Kapstadt und hab mir auch um Durban herum ein bisschen die Umgebung angesehen. Tal der tausend Hügel, Ezulwini-Reservat. Im Stadion ist alles ruhig geblieben soweit. Und bei dir?«

»Wie immer. Meine Eltern werden langsam alt. Sie schaffen das voll belegte Gästehaus nicht mehr allein. Muss Kim gegenüber wieder einiges gutmachen, nachdem ich sie auch das erste Halbjahr schon ganz allein gelassen habe. Na ja, es scheint ihr nicht langweilig geworden zu sein, zumindest hatte ich nicht den Eindruck.«

»Du warst noch in Kapstadt?«, fragte Henning.

»Nur übers Wochenende. Wir haben mit ein paar Freunden Kims Geburtstag gefeiert. Leute vom African-Renaissance-Stadion waren auch dabei.«

»Und wie läuft es bei denen?«

»Schlagen sich mit ähnlichen Problemen herum wie wir. Und sie liegen nicht so gut im Zeitplan.«

»Für uns Deutsche beginnt ja eigentlich schon morgen die WM«, sagte Henning Fries und Leonard Merheim sah ihn fragend an. »Morgen? Wie meinst du das?«

»Das erste Qualifikationsspiel«, erklärte Henning, »gegen die Mannschaft aus Liechtenstein, und parallel auch für Wales und Aserbaidschan, die in derselben Gruppe spielen.«

»Du bist gut informiert«, meinte Leonard anerkennend.

»Klar. In Deutschland ist Fußball immerhin die Sportart Nummer eins, anders als bei euch hier in Südafrika.«

»Stimmt. Ich hab mich noch nie so richtig für Fußball interessiert. Erst seit ich auf den Stadionbaustellen arbeite.« Merheim wechselte das Thema: »Hattest du Gelegenheit, dich inzwischen noch mal um das Ausgleichen der Toleranzen aus den drei Bogenabschnitten zu kümmern?«

»Natürlich. Ich hab mir die Vermessungsergebnisse aus Deutschland kommen lassen sowie eine dreidimensionale Simulation anhand der aktuellen Daten erstellt. Dabei sind mir in unseren Plänen ein paar Details aufgefallen, die für mich neu waren. Und zwar genau an der Stelle, wo die Druckkräfte aus dem Druckring auf den Stahlbogen treffen. Hier, sieh dir das an. So sehen die Elemente aus. Diese Hohlräume unter den Bodenblechen habe ich nie so eingegeben.« Henning Fries zeigte auf die aus vielen Linien und Ziffern bestehende Querschnittszeichnung eines trapezförmigen Stahlhohlkastens, die auf dem Monitor seines PCs erschien.

»Hier, hier und da. Siehst du die unterschiedlichen Abmessungen zwischen Oberflanschblech und Bodenblech in diesem Scheitelement? Warum ist der Abstand hier größer als sonst?«

»Kann ich so schlecht erkennen«, meinte Merheim. »Aber wichtig ist vor allem, dass die Elemente in allen Systempunkten des Bogens keine größere Abweichung als plus/minus zehn Millimeter aufweisen. Und das scheint doch gegeben?«

»Ja, das passt alles. Trotzdem frage ich mich, warum die lichte Höhe gerade hier abweicht? In allen drei Elementen, die auf dem Druckring aufliegen. Ich dachte, die hätten in Deutschland die Geometrien der Elemente in einer Vormontage überprüft?«

»Und was schlägst du vor?«

»Die Arbeit am Skywalk zu unterbrechen, bis wir das überprüft haben.«

»Du weißt aber, dass wir mitten in der Endmontage der Bogenelemente sind und die ersten Bauteile schon aufgerichtet haben.«

Henning Fries nickte. »Natürlich. Es muss trotzdem möglich sein, das zu klären. Und wenn ich selbst mit dem Lead Construction Inspector rede. Ich jedenfalls werde so nicht die Verantwortung übernehmen.«

»Was sagt der Chefstatiker?«

»Du meinst, der Typ aus den Emiraten, der diesen Wolkenkratzer gebaut hat? Hat der überhaupt eine Ahnung von Stahlbögen? Er pendelt meines Wissens noch immer zwischen hier und Dubai. Ich hatte jedenfalls noch nicht das Vergnügen, ihn kennenzulernen.«

»Ich hab mir mal die Liste seiner Objekte angesehen. Er war außer in Dubai auch in Skandinavien bei der Öresundbrücke dabei und hat in China bei der Hangzhou Bay Bridge mitgearbeitet. China wiederum investiert in die afrikanische Infrastruktur, um sich den hiesigen Markt zugänglich zu machen und hat ihn für die statischen Berechnungen der neuen Brücke über dem Blauen Nil nach Äthiopien geholt. Der Mann ist absolute Spitze auf diesem Gebiet. Du müsstest ihn übrigens kennen. Heißt bin Hadid, Abdulrahman bin Hadid. Behauptet, zusammen mit dir studiert zu haben.«

Abdulrahman bin Hadid. Henning Fries versuchte, sich ein Gesicht vorzustellen. Er erinnerte sich vage an einen Studenten mit arabischen Zügen. Konnte ebenso gut Türke oder Grieche gewesen sein. Sie hatten nie miteinander zu tun gehabt, denn Henning hatte ihn für einen Streber und Eigenbrötler gehalten. Der Orientale war ein halbes Jahr vor ihm von der Uni abgegangen und der Dekan hatte seine Diplomarbeit als beispielhaft und innovativ gelobt.

Merheim riss ihn aus seinen Gedanken: »Bin Hadid hat meines Wissens einige Änderungsvorschläge der ursprünglich von dir angestellten Berechnungen ausgearbeitet. Kann sein, dass es dabei auch um die Abmessung der Hohlkastenträger am Druckring ging. Diese Pläne hier jedenfalls sind die aktuellen, die ich aus Hamburg habe. Hier.« Leonard Merheim zog Computerausdrucke aus seinem schwarzen Koffer und legte sie Henning Fries vor. Der starrte schweigend auf den Plan. Die Zeichnung stimmte mit dem Bild auf seinem Monitor überein, eindeutig.

Aber er hatte ein mulmiges Gefühl. Diese Veränderungen waren nicht mit ihm abgesprochen worden. Nach seinen Berechnungen waren selbst in den neuralgischen Elementen, die auf dem Druckring lagen, weder doppelte Bodenbleche noch andere Änderungen nötig. Man hatte wegen der Durchleitung der Druckkräfte schon spezielle Druckverteilungsplatten verwendet. Er beschloss, die aktuellen Daten noch einmal gründlich zu checken.

»Ich seh mir das noch mal in Ruhe an, wenn es dir recht ist«, sagte er. »Wann kommt dieser Hadid eigentlich endlich hierher? Als Statiker müsste er doch dabei sein, wo hier schon die ersten Bogenkonturen in die Luft ragen.«

»Noch diesen Herbst. Spätestens. Du weißt, im Januar 2009 muss der Skywalk stehen.«

Samstag, 6. September 2008, Vaduz, Liechtenstein
Noch 642 Tage

Der Doc stand am Fenster seines Hotelzimmers und starrte in den Regen hinaus. Das Geräusch der gegen die Scheiben prasselnden Tropfen hatte für ihn etwas Beruhigendes, nur die grauen Wolken, die tief zwischen den Bergen hingen und selbst das fürstliche Schloss hinter einer Nebelwand versteckten, schlugen ihm aufs Gemüt. Vier Europa- und vier Weltmeisterschaften hatte er hinter sich, in zwei Jahren würde er sich von den Jungs verabschieden.

Es war an der Zeit. Immerhin war er im Sommer 65 geworden, auch wenn man ihm sein Alter trotz leicht ergrauter Schläfen nicht ansah. Er fühlte sich gesund, bis auf die Hüften, okay, und die immer wieder auftauchende Enge im Brustkorb, die er aber auf Stress zurückführte und die sicher nichts zu bedeuten hatte. Er trieb regelmäßig Sport, hielt sich fit, hatte kein Gramm Fett zu viel, sein Körper war muskulös, die Haut leicht gebräunt und bis auf wenige Stellen fast faltenfrei. Er war ein Mann in den besten Jahren, auch in den Augen vieler Frauen, die in seine Privatklinik kamen.

Wie Brinkmann im Schwarzwald, dachte er. Ein Gott in Weiß. Er war eine Koryphäe in der Sportmedizin. Hatte lange dafür gearbeitet. Zwei Jahre noch, dann war Schluss. Vielleicht noch in der Klinik, drei Tage in der Woche, bis 70? Aber nicht mehr als Mannschaftsarzt für den DFB. Die Flüge, die Reisen im Bus, die einsamen Nächte im Hotel, die stressigen Stunden am Spielfeldrand, die inszenierten Verletzungen, der Druck des Trainerstabs und die Diskussionen um die Spielfähigkeit, die Promblemе der Stars.

Seine Kollegen Johann Schmied und Tom Müller hatten ihn in dieser Zeit begleitet und konnten sich auch ohne ihn um die deutsche Elf kümmern. Und junge Sportmediziner, Ärzte in den deutschen Clubs, standen Schlange, um seine Nachfolge anzutreten. Dr. Fred Goldbäck befand sich dabei in der Poolposition. Nein, eineinhalb Jahre noch, dann Südafrika und tschüss.

Er sah auf die Uhr. Der Countdown zum Anpfiff lief. Der Dauerregen über Vaduz ließ nicht nach. Doc Fox, wie der Mannschaftsarzt Dr. Karl-Heinrich Maier-Fuchsberger im DFB-Team genannt wurde, hatte sich Ballacks Sehnenentzündung im linken Mittelfuß noch einmal angesehen und den Kopf geschüttelt. Bundestrainer Joachim Löw würde auf seinen Kapitän verzichten müssen. Auch Torsten Frings würde ausfallen, nachdem er sich während eines PR-

Termins beim Basketballspielen mit Teamkollegen die Nase gebrochen hatte. Löw war wenig begeistert gewesen, denn obwohl mit der heutigen Partie eine lösbare Aufgabe anstand, galt es gleich beim ersten WM-Qualifikationsspiel, der Favoritenrolle in Gruppe 4 gerecht zu werden.

Das Rheinparkstadion an der Grenze zur Schweiz war ausverkauft. Der Gegner: Liechtenstein. Ein Fußballzwerg, hatten die Fans gelästert. Doc Fox schüttelte den Kopf über eine solche Überheblichkeit. Er hatte gelernt, den Gegner nie zu unterschätzen. Die Niederlage im EM-Endspiel gegen Spanien saß noch tief, war erst knapp 70 Tage her. Und die Ansage des Trainers war deutlich: klarer Sieg zu Null gegen Liechtenstein, also kein Tor für den Gegner!

Sie mussten bis zur 21. Minute warten, ehe Lukas Podolski nach einem hervorragenden Zusammenspiel mit Piotr Trochowski den Bann brach. Dabei blieb es allerdings, denn das war schlichtweg alles bis zur Halbzeitpause. 1:0 für Goliath gegen David, lächerlich. Doc Fox half, die Gemüter zu beruhigen.

Anpfiff zur zweiten Halbzeit. Diesmal ging alles schnell: Trochowski leitete den Angriff ein und Podolski ließ Peter Jehle im Tor der Liechtensteiner keine Chance. Es folgte der erste Länderspieltreffer von Simon Rolfes. Schweini legte eine Minute später nach und dann sorgten Thomas Hitzlsperger und Heiko Westermann im regelmäßigen Abstand von jeweils zehn Minuten schließlich für den standesgemäßen Endstand von 6:0.

Ziel erreicht.

Doch während Doc Fox am Spielfeldrand seinen kleinen Koffer zusammenpackte und sich wieder diese Enge wie ein zu straff gezogener Gürtel um seine Brust schnürte, dachte er schon an den nächsten Gegner, der es den Jungs nicht so leicht machen würde.

Noch hatten sie die Flugtickets für Südafrika nicht in der Tasche.

Mittwoch, 10. September 2008, Helsinki
Noch 638 Tage

Der kleine Mann fiel trotz seiner dunklen Haut kaum zwischen den 40.000 Fußballfans im Olympiastadion von Helsinki auf. Schwarzer Bartflaum kaschierte die Brandnarben in seinem Gesicht und über seinen kahlen, ohrenlosen Schädel hatte er seine Wollmütze gestülpt.

Es war das erste Mal, dass der Afrikaner in einem Stadion war, und es war überhaupt das erste Mal, dass er ein Fußballspiel erlebte. Bevor er den Weg in die Arena gefunden hatte, war sein Blick am Wahrzeichen des Stadions hängen geblieben, einem Turm, dessen Höhe mit 72,71 Meter genau der Siegweite eines finnischen Speerwurf-Olympiasiegers entsprach. Merkwürdig, weshalb Menschen so viel Mühe drauf verwandten, sich für solche Nebensächlichkeiten derartige Denkmäler zu setzen.

Der Bogen, der das Stadion seiner Heimatstadt überspannen sollte, würde diesen Turm noch um

30 Meter überragen, und er war nicht als Denkmal für eine sportliche Leistung konzipiert, sondern als Symbol für die Einheit seines Landes, wie sie sich in der Nationalflagge widerspiegelte: das liegende grüne Ypsilon, das eingerahmt wird von den Farben Rot, Blau, Weiß, Schwarz und Gelb. Rot für das Blut, blau für die beiden Ozeane, Gelb für die Bodenschätze und Schwarz und Weiß für die beiden Bevölkerungsmehrheiten. Er hatte seinen einzigen freien Tag in Camp Zero genutzt, um nach Helsinki zu fliegen und die Deutschen siegen zu sehen.

Die Teilnahme Deutschlands an der Fußballweltmeisterschaft in seinem Land war Teil ihres Plans. Er war nur ein Rädchen im Uhrwerk von ›Sub Africa‹, aber er war wichtig. Und die Deutschen waren es ebenfalls, ohne es zu wissen. Darum war er gekommen. Um die Mannschaft siegen zu sehen, aus deren Spielfeld ›Sub Africa‹ ein Schlachtfeld machen würde. Wenn sie die Qualifikation schafften. Finnland, das hatte er sich sagen lassen, war ein schwieriger Gegner.

Er liebte schwierige Gegner und hatte kein Problem mit ihnen. Er hatte sie alle besiegt. Mit jedem Mittel, das sich bot. Das erwartete er auch heute von den Deutschen, während er in Helsinki saß und bei acht Grad Celsius trotz seines pelzbesetzten Ledermantels fror.

Er hatte die Aussagen der Spieler und Kommentare in den Zeitungen gelesen und es war ihm egal, dass ein Spieler namens Philipp Lahm an diesem Abend sein 50. Spiel in dieser Nationalmannschaft absolvierte.

Der Afrikaner hatte seine Aufträge nie gezählt und

führte auch keine Statistik über seine Erfolge. Er verstand nicht, wie man im Vorfeld von Wichtigkeit und Schwierigkeit einer Partie sprechen konnte: Für ihn zählte allein der Erfolg, und der hieß eindeutig Sieg. Als er davon hörte, dass der deutsche Trainer von seiner Mannschaft Konzentration und Tunnelblick gefordert hatte, schüttelte er den Kopf. Wie sonst hätte er je seine brisanten und – das musste er zugeben – gut bezahlten Aufträge erledigen können, wenn nicht durch Konzentration und den Blick auf das Ziel?

Er hasste Statistiken. Wobei seine eigene eindeutig aussah: alle Aufträge kompromisslos erfüllt, kein Ausfall, kein Verlust, keine Niederlage. Doch er würde sich nie damit brüsten. Seit 85 Jahren war die DFB-Elf gegen Finnland unbesiegt geblieben, hatte er gelesen. Was sollte das? Spielten denn immer noch dieselben Leute in den Teams? Insgesamt waren 15 Siege, vier Unentschieden und eine weit zurückliegende Niederlage zu verzeichnen gewesen. Eine Niederlage zu viel, dachte er.

Er hatte von Streitigkeiten gelesen und erneut den Kopf geschüttelt. Unprofessionell, dachte er. Ein Dauerzoff zwischen Manager und Kapitän würde bei ihm nicht zu einer Belastungsprobe auf dem Weg zu einer Weltmeisterschaft werden. Und wenn der Mann, den sie in Deutschland ›Kaiser‹ nannten – der einzige Fußballer, der ihm etwas sagte – nun einen Friedensgipfel einforderte, war das für den kleinen Beobachter aus Afrika der falsche Weg. Sollten die Kontrahenten doch für zwei Tage zu ihm ins Camp Zero kommen, er würde das Problem lösen, da war er sich sicher. Auf seine Weise. Todsicher.

Der Anpfiff lenkte ihn von seinen Gedanken ab. Er verstand nicht viel von Fußball. Als das erste Tor für Finnland fiel, schrie er auf. Beim 2:2 in der Spielpause blieb er auf seinem Platz sitzen und wartete auf die zweite Halbzeit. Als die Deutschen in der 53. Minute ein Kopfballtor einfingen, stand er auf und verließ enttäuscht das Stadion.

›Sub Africa‹ würde sich nach einer Alternative umsehen müssen.

Dienstag, 7. Oktober 2008, Durban
Noch 611 Tage

Henning Fries war einer der Ersten auf der Baustelle. Er hatte in der vergangenen Nacht eine Kontrolle im Skywalk vorgenommen und bei den Bodenblechen tatsächlich Änderungen festgestellt, die er dort so nie vorgesehen hatte, da war er sich sicher. Ein Blick auf seinen Monitor zeigte aber, dass diese Änderungen genau so eingeplant waren. Er griff zu den Ordnern, wo er die Pläne, in allen Phasen dokumentiert, ausgedruckt aufbewahrte. Der Plan vom Dezember 2007 zeigte nichts dergleichen.

Der deutsche Ingenieur griff zum Telefon und rief das Büro von Michael Fugger, Lead Construction Inspector des WM-Stadions in Durban, an. Doch Fugger war mit einem Delegationsteam der FIFA auf der Baustelle unterwegs. Seine Sekretärin stellte ihn zu seinem Stellvertreter, Gys de Kock, durch.

Der war gestresst und hatte wenig Zeit. Die Vorsitzende der strategischen Projektgruppe für die WM-Vorbereitungen der Stadt Durban wartete auf ihn, um über den aktuellen Stand des Baus informiert zu werden. Er ließ Fries nicht mal ausreden, würgte ihn rüde ab und bezeichnete ihn als eitel und gekränkt. Dann sagte er, scheinbar ohne dabei Luft zu holen: »Sie sollten sich damit abfinden, dass sich die Verantwortlichen auf die überarbeiteten Pläne des Chefstatikers geeinigt haben. Akzeptieren Sie das einfach und versuchen Sie nicht, mir noch mehr Stress zu machen, als ich ohnehin schon habe! Wir werden den Bau keine Sekunde aufhalten, um Ihren Hirngespinsten nachzugehen. Die ganze Welt schaut auf uns und auf die pünktliche Vollendung der Stadien. Durban gilt als das Juwel der WM und wir sind der Konkurrenz weit voraus. Das lasse ich mir nicht von Ihnen kaputt machen!«

Fries blieb keine Chance für einen Einwand, denn Gys de Kock hatte wütend aufgelegt.

Henning Fries traf auf der Baustelle ein, als der Lead Construction Inspector einen Überblick über den aktuellen Stand der Arbeiten gab. Er mischte sich unter die Besucher und kam gerade rechtzeitig, um das Lob für die am Stadionbau beteiligten Teams mitzubekommen.

»Die zahlreichen tragenden Strukturen des Stadions sind zum größten Teil fertiggestellt«, erklärte der Inspector, »Stützmauern, Pfahlkonstruktionen, Säulen und Bodenträger auf jeder Ebene. Insgesamt ist das Projekt schon zu etwa 65 Prozent abgeschlossen, das heißt, wir sind dem Zeitplan und unserer Konkurrenz auf den anderen Stadionbaustellen weit voraus. Aber auch die externen Arbeiten sind im Soll. Abwasserkanäle, Parkgaragen und Sanitärbereiche laufen wie geplant. Sogar mit einzelnen Abschlussarbeiten wie Verputz, Fassaden, Türen und Fenstern haben wir in verschiedenen Abschnitten schon beginnen können. Derzeit werden die Betoneinbringungen für die Sitzplatzfertigteile erstellt, und Sie sehen, dass auch die Arena langsam Formen annimmt. Schauen Sie sich um.« Beifälliges Nicken der Delegation war die Antwort, doch Fugger trumpfte noch weiter auf: »Sie sehen an den beiden Längsseiten schon die ersten Bogenteile des Skywalk, das Herzstück unseres Stadions, in den Himmel ragen. Der Kompressionsring, auf dem er aufliegt, und der um den gesamten Dachumfang verläuft, ist zur Hälfte fertiggestellt.« Alle reckten die Hälse, um die Anfänge der Bogenkonstruktion zu bestaunen. »Schon jetzt«, betonte Fugger abschließend, »kann das Stadion-Team dieser Stadt mit Fug und Recht stolz auf diese großartige Arena sein. Eine atemberaubende Spielstätte, ein architektonisches Meisterwerk, ein Juwel für Afrika. Und wir können davon ausgehen, dass das Stadion noch vor der von Ihnen gestellten Deadline im Oktober 2009 fertiggestellt sein wird.«

Beifall brandete auf.

Henning Fries ging das alles viel zu glatt. Warum hörte niemand auf ihn? Warum nahm keiner seine Warnung ernst? Die Antwort hatte er gerade bekommen: Was zählte, war nur der Ehrgeiz der Macher. Die eben verklungenen Worte verdichteten sich in seinen Gedanken und mischten sich mit dem Lärm der Baustellenfahrzeuge, die nun wieder ihre Arbeit aufnahmen, zu einer schmerzenden Kakofonie: Projekt abgeschlossen – atemberaubende Spielstätte – der Konkurrenz weit voraus – architektonisches Meisterwerk – vor der Deadline fertiggestellt – Juwel für Afrika.

Henning Fries verließ die Arena.

Samstag, 11. Oktober 2008, Dortmund
Noch 607 Tage

Doc Fox hatte vor zwei Tagen mal wieder auf Anhieb die richtige Diagnose gestellt: Die Hand des deutschen Torhüters Robert Enke war gebrochen. Ärgerlich, dass das Ganze ausgerechnet im Geheimtraining der DFB-Auswahl vor dem Spiel gegen Russland passiert war, und die deutsche Elf somit ohne länderspielerfahrenen Torhüter gegen einen als gefährlich eingestuften Gegner antreten musste.

Der Mannschaftsarzt der deutschen Elf hatte Enkes Faustabwehr nach einem Schuss von Philipp Lahm beobachtet und sofort registriert, dass der Kapitän von Hannover 96 seine Hand nicht richtig stabilisiert hatte und ihm das Gelenk nach hinten weggeknickt war. Sekunden später hatte er den Verletzten untersucht und einen Bruch an der Handwurzel vermutet. Seine Einschätzung wurde am nächsten Tag von der Kernspintomografie bestätigt: Das Kahnbein der linken Hand war gebrochen, und die Verletzung somit schwerwiegender als es zunächst ausgesehen hatte.

»Wie lange fällt er aus?«, hatte der Trainer seinen ersten Mannschaftsarzt genervt.

»Rechne mal mit mindestens acht Wochen«, hatte Maier-Fuchsberger geantwortet. »Das hängt davon ab, ob ein Gips genügt oder eine Operation nötig ist. Das muss ein Spezialist entscheiden. Ich habe Dr. Goldbäck schon angerufen.«

»Fred Goldbäck?« Der Coach kannte den Mediziner aus seiner Zeit in Freiburg.

»Ja, Fred Goldbäck«, nickte Doc Fox und lachte. »Er war zwei Jahre Assistenzarzt in meiner Sportklinik. In den vergangenen Jahren hat er sich einen hervorragenden Ruf als Handspezialist erworben.«

»War er nicht Mannschaftsarzt in der Volleyball-Bundesliga?«

»Genau. In Friedrichshafen. Und wenn wir die Qualifikation schaffen, ist er unser Ersatzdoc in Südafrika. Falls mich ein Krokodil frisst oder so …«

»Na ja, malen wir den Teufel lieber nicht an die Wand. Was mir mehr Kopfzerbrechen macht, ist die Torhüterfrage gegen Russland«, hatte der Trainer laut gedacht und natürlich von Doc Fox keine Antwort erwartet.

»Adler oder Wiese. Wer denn sonst?«, meinte der zu seiner Überraschung und klopfte ihm dabei lachend auf die Schulter.

Doc Fox war froh, dass er diese Entscheidung nicht zu treffen hatte und sich Löw und Torwarttrainer Andreas Köpke darüber den Kopf zerbrechen mussten. Er hatte den Coachs lediglich bestätigt, dass Adlers Schulterverletzung kein Problem mehr darstellte und aus medizinischer Sicht grünes Licht für dessen Einsatz gegeben.

Dies ging dem Arzt durch den Kopf, als er jetzt im ausverkauften Dortmunder Signal-Iduna-Park, dem legendären ehemaligen Westfalenstadion, das Spiel gegen die Russen beobachtete und dabei den deutschen Keeper nicht aus den Augen ließ. Nur zwischendurch schielte er nach dem Trainer, der heute im braunen Rollkragenpullover und ohne den gewohnten Schal zum Spiel erschienen war und sich mit Hitzlsperger statt Frings für einen gewagten Personalwechsel entschieden hatte.

Keine vier Minuten lief das Spiel, als es auch schon eng für Adler wurde. Jedoch wurde aus der Torchance für die Russen durch Pogrebnyak nichts, weil der eine Hereingabe von Zhirkov über das Tor drückte.

Bereits in der neunten Minute klopfte der Doc sich erfreut auf die Schenkel, als Lukas Podolski einen Steilpass von Miroslav Klose mit dem Rücken zum Tor annahm, zwei russische Abwehrspieler stehen ließ und das erste Tor erzielte.

Doch die Verteidigung der Deutschen erschien Doc Fox heute unsicher, wobei er das nicht professionell einschätzen konnte. Er fieberte förmlich einem größeren Vorsprung entgegen, um René Adler etwas Luft zu lassen. 20 Minuten wurde seine Geduld auf eine harte Probe gestellt, dann endlich legte der Kapitän aus kurzer Distanz zum 2:0 nach.

Als der Schiri zur Halbzeit pfiff, atmete der Mannschaftsarzt auf.

In den zweiten 45 Minuten musste René Adler doch noch einen Treffer der Russen durch Stürmerstar Andrej Arschawin einstecken, der schließlich auch noch dafür sorgte, dass Michael Ballack mit einer verletzten Wade vom Platz humpelte.

René Adler hatte sein Können unter Beweis gestellt und den Ausgleich mit seiner Klasse vereitelt, allerdings auch eine Portion Glück genossen, als Alan Dsagojew kurz vor dem Schlusspfiff nur den Pfosten traf.

Doc Fox klopfte dem Debütanten im deutschen Tor auf die Schultern, als er den Platz verließ. Auf der Homepage des Focus war kurz nach dem Spiel von einem Weltklassekeeper zu lesen, der ›auch noch in den hitzigsten Situationen eiskalt seine Kunst beherrscht‹.

Könnte von mir sein, der Satz, dachte Doc Fox, der sich zu diesem Zeitpunkt schon wieder ernsthafte Sorgen um die Wade Ballacks machen musste. Die Enge in seinem Brustkorb ignorierte er.

Montag, 13. Oktober 2008, Durban

Noch 605 Tage

Die Baustelle lag verlassen da. Nur in einem der Container vor dem Stadion brannte Licht, dessen Schein aber nicht nach außen drang, weil die Männer im Innern die Jalousien heruntergelassen hatten. Der Maschinenbauingenieur Paul Dhlomo, der Sicherheitsbeauftragte uThembani Mthetwa und der indische Softwareadministrator Raghunandan Rajah warteten.

»Gehen die Uhren in Dubai etwa anders?«, Mthetwas Frage verriet seine Ungeduld, »oder gibt es hier zu wenig Hochhäuser, um sich zurechtzufinden?«

»Schon da!«, erklang jetzt eine Stimme von der eben geöffneten Tür.

»Komm rein und mach die Tür zu!«, fauchte Mthetwa zornig, nachdem ein Mann mit arabisch geschnittenen Gesichtszügen und langem Kaftan eingetreten war.

Abdulrahman bin Hadid hatte die Kufija um den Kopf geschlungen, seine scharf geschnittenen arabischen Züge erinnerten an das Gesicht eines Falken. Die Nase war schmal und spitz, fast schnabelförmig gebogen, die Augen schwarz wie Kohle, der Blick stechend, streng, berechnend. Haare und Ohren wurden durch das Tuch verdeckt, der klassisch geschnittene gepflegte Bart, der Wangen, Kinn und die Mundpartie wie eine scharfe Tuschezeichnung einrahmte, ließ ihn um Jahre älter wirken.

Der arabische Baustatiker war erst jetzt endgültig

nach Durban gekommen, weil die statischen Berechnungen beim Bau des Wolkenkratzers Burj Dubai in den Vereinigten Arabischen Emiraten alles andere als einfach gewesen waren. Die Stararchitekten hatten sich für ein asymmetrisches Bauwerk entschieden, das sich trotz seiner enormen Höhe, die noch während des Baus als Geheimnis gehütet wurde, durch Leichtigkeit und schlichte Eleganz auszeichnete, und das bei einer Fassade, die immerhin die Fläche von etwa 17 Fußballfeldern umfasste. Dazu kamen Unmengen von Beton und die extrem hohen Außentemperaturen, die eine besondere Qualität und Verarbeitung des Edelstahls erforderten. All diese Details und die Tatsache, dass der Megatower in seiner Spitze nicht mehr als einen Meter schwanken sollte, waren große Herausforderungen bei den statischen Berechnungen des Baus.

Dieser Wolkenkratzer überragte alles, was es in der Welt an Türmen und Hochhäusern bislang gab. Selbst die hoch aufragenden Emirates Towers, bisher Wahrzeichen von Dubai City, oder das Burj Al Arab, ein einem geblähten Segel nachempfundenes Sieben-Sterne-Hotel der Superlative, wirkten sich im Vergleich zum Burj Dubai wie Kinderspielzeug aus.

Abdulrahman bin Hadid war der zweitälteste Sohn des Sheiks der Bani Owaddin, er wuchs mit den Traditionen seines Landes auf, jagte mit Falken und ritt die stolzen Araberpferde. Sein Vater war ein erfolgreicher Geschäftsmann, der großes Ansehen genoss und seine beiden Söhne nicht nur streng nach den

Regeln des Korans erzog, sondern ihnen auch eine umfassende Schulbildung und ein Studium in England ermöglichte.

Während sein Bruder, ein stiller und zurückgezogener, ja in sich gekehrter Student, sich allen Regeln der westlichen Welt unterwarf, begehrte der freiheitsliebende und stürmische Abdulrahman gegen die Traditionen des Abendlandes auf. Sein Bruder legte die arabische Kleidung ab, schnitt sich den Bart und trug Jeans und dunkle Anzüge.

Abdulrahman nahm es in Kauf, in den Straßen Londons im Kaftan aufzufallen und sich durch die muslimischen Gebetsrituale und das Einhalten des Ramadan dem Spott seiner Kommilitonen auszusetzen. Als sie ihn während des Fastenmonats zu Alkoholkonsum zwangen und ihm unter Gewalt Gin und Archer's einflößten, schwor er bittere Rache.

In jener Nacht fischte ihn Paul Dhlomo aus einer Kneipe in Soho und nahm ihn mit zu sich. Mit Paul blieb er in engem Kontakt, auch nachdem er in den Emiraten dank der Beziehungen seines Vaters für das Burj-Dubai-Projekt als einer der beiden Chefstatiker ausgewählt wurde. Im Januar 2004 hatten sie mit dem Bau begonnen. Abdulrahman bin Hadid nützte die Verbindungen, die er in der Unterwelt Londons geknüpft hatte, auf seine Weise.

Nachdem die Auslosung der WM für Südafrika erfolgt war und die Aufträge für die Stadien in Kapstadt, Pretoria und Durban ausgeschrieben waren, holte Paul Dhlomo Abdulrahman in sein Team. Zu diesem Zeitpunkt arbeitete der Araber für Architekturbüros in der ganzen Welt als freier Statiker. Doch das war nur die eine, offizielle Seite seines Lebens. Die andere blieb selbst seinem Vater verborgen und nicht einmal seine engsten Freunde ahnten etwas davon.

»Wir werden den 11. September in den Schatten stellen«, hatte Dhlomo gesagt. »Wenn du willst, bist du dabei.«

Und Abdulrahman bin Hadid wollte.

Bis auf Paul Dhlomo, mit dem er auf dem Containerschiff im Hafen von Durban die Bomben eingebaut hatte, war er noch keinem Aktivisten des ›Sub Africa‹-Netzwerks begegnet.

»Wie ihr wisst, werden wir nach Abdulrahmans Plan die Verstecke für die Phiolen hier am Scheitelpunkt des Skywalk auf der Aussichtsplattform anbringen. Unter dem Bodenblech des letzten einteiligen Elements, direkt am Anschluss zum Druckring, liegt die erste Bombe, hier die anderen beiden«, erläuterte Paul Dhlomo und deutete mit den Fingern auf die Skizze, die Raghu am PC jetzt zu Leben erweckte, und die sich automatisch um ihre eigene Achse drehte. »Das sind genau die Punkte, wo wir die größtmögliche Wirkung erzeugen. Wenn der Bogen nach der Explosion der Bomben an den drei vorgesehenen Stellen gleichzeitig einstürzt, reißt er die komplette Membrandachkonstruktion mit ein.«

»Die Viren werden am höchsten Punkt des Skywalk freigesetzt, rieseln mit den einstürzenden Pfeilern in die Arena und breiten sich unter dem Dach wie unsichtbarer Nebel über das ganze Stadion aus«, ergänzte Raghunandan Rajah, »allerdings macht mir dieser deutsche Ingenieur, Fries, Sorgen. Er hat die Veränderungen in den Plänen bemerkt und sich einen Termin beim Lead Construction Inspector geben lassen, nachdem er bei de Kock abgeblitzt ist.«

»Er ist sehr ehrgeizig«, kommentierte Mthetwa, »sogar bei den Sicherheitssystemen hat er Verbesserungsvorschläge gemacht. Er mischt sich in alles ein, auch wenn er keine Ahnung davon hat.«

»In diesem Fall hat er aber leider Ahnung«, widersprach Paul Dhlomo, »der ursprüngliche Plan, den er ausgearbeitet hatte, beruht auf neuesten wissenschaftlichen Statikberechnungen. Die Veränderungen, die Abdul zur Tarnung der Bomben vorgenommen hat, sind nicht zwingend nötig. Die in den besonders druckanfälligen Elementen vorgesehenen massiven inneren Knoten und die schweren Druckverteilungsplatten reichen völlig aus.«

»Was können wir tun?«, fragte Mthetwa.

»Ich kann versuchen, mit Fries zu reden. Vielleicht gelingt es mir, seine Skepsis einzuschränken«, meinte Abdul.

»Dann solltest du das tun.«

»Wenn Fries es trotzdem auf eine Untersuchung der geänderten Positionen anlegt«, fasste der Inder mit sorgenvoller Miene zusammen, »müssen wir davon ausgehen, dass die Bomben entdeckt werden.«

»Verdammt! Das hat uns gerade noch gefehlt!«

Mthetwa fügte noch einige Flüche in seiner Stammessprache hinzu.

Paul Dhlomo fasste ihn scharf ins Auge: »Hat denn der Boss eine Chance, eine Untersuchung aufzuhalten?«

»Das Risiko würde ich nicht eingehen«, meinte der Zulu. »Aber er kann sie vielleicht hinauszögern, bis wir …« Er zögerte und Mthetwa setzte seinen Satz fort: »… den Deutschen zum Schweigen gebracht haben?«

Paul Dhlomo nickte und sagte mit einem geheimnisvollen Unterton in der Stimme: »In diesem Fall wird sich Bushman des Problems annehmen. Es dürfte für ihn kein allzu großes Problem sein, den Deutschen irgendwo am Umfolozi in einem Krokodilmagen verschwinden zu lassen.«

Die anderen stimmten durch Schweigen zu und Paul lachte. Er kannte den Mann, der erst dann in Aktion treten sollte, wenn es nicht mehr anders ging. Er war der Mann für alle Fälle, dazu da, ›menschliche Probleme‹ unauffällig und professionell zu beseitigen, falls sie das Projekt gefährdeten, ein Berufskiller, dem keine Aufgabe zu schwierig, aber auch kein Auftrag zu schmutzig war. Es war seine, Paul Dhlomos Aufgabe, ihn zu rekrutieren.

»Halten wir zunächst Folgendes fest«, fasste er zusammen: »Raghu beobachtet alle Aktivitäten des Deutschen an dessen PC. Abdul wird mit ihm sprechen. Ich halte den Boss auf dem Laufenden. Wenn der Deutsche weiterhin auf einer Untersuchung besteht, wird er unauffällig eliminiert.«

Der Mann, der sich im Schatten der Containerwand angeschlichen hatte, duckte sich, als die Tür aufging und die Männer den Raum verließen. Die Wortfetzen, die er aufgeschnappt hatte, reichten nicht aus, um seinen Verdacht zu bestätigen.

Mittwoch, 15. Oktober 2008, Mönchengladbach
Noch 603 Tage

Für das Mannschaftstraining am Montag und Dienstag hatte der Teamarzt dem Kapitän sehr zum Leidwesen Jogi Löws kein grünes Licht gegeben. »Eine intensive medizinische und physiotherapeutische Behandlung ist jetzt wichtiger«, hatte Doc Fox gesagt.

Ballack hatte vor vier Tagen im Spiel gegen Russland beim Zweikampf gegen den russischen Stürmer Arschawin einen Tritt in seine ohnehin schon angeschlagene rechte Wade bekommen und sich mit schmerzverzerrtem Gesicht am Boden gewälzt. Doc Fox wusste, dass es Ballacks Schwachstelle war und kümmerte sich daher intensiv um die Behandlung. Bereits vor zwei Jahren, vor der WM 2006 in Deutschland, hatte der Mittelfeldstratege Wadenprobleme gehabt und konnte vom damaligen Bundestrainer Jürgen Klinsmann nicht für das Eröffnungsspiel eingesetzt werden.

Doch die von Doc Fox verordnete zweitägige Ruhepause hatte zur Folge, dass er schließlich guten

Gewissens am Spieltag sein Okay für einen Einsatz des Kapitäns gegen Wales geben konnte. Dies war umso wichtiger, weil es aufgrund der Affäre Kurányi sowohl dem Bundestrainer als auch der Mannschaft schwer fiel, sich voll und ganz auf das Spiel zu konzentrieren. Kevin Kurányi, der auf der Gegentribüne saß, hatte am Samstagabend kurz nach 21.30 Uhr während des Spiels gegen Russland das Dortmunder Stadion vorzeitig verlassen und war nach Hause gefahren, wofür ihn Löw aus der Nationalmannschaft verbannt hatte.

Was Doc Fox freute, war, dass sich Löw, nach René Adlers gelungener Premiere gegen Russland, erneut für den Keeper entschieden hatte. Somit bot Löw gegen die Waliser die Siegermannschaft gegen Russland auf, doch wurde die Geduld der deutschen Fans auf eine harte Probe gestellt.

Dem Vize-Europameister fehlten Inspiration und Genauigkeit, gelangen kaum echte Torchancen, denn die Waliser staffelten ihre massive Defensive oft mit fünf Spielern auf einer Linie. Nach der Halbzeit gab es Arbeit für den Doc, als Klose wegen einer schmerzhaften Prellung am rechten Knöchel gegen Helmes ausgewechselt werden musste.

Die beste Torgelegenheit vergab Piotr Trochowski, der nach glänzender Vorarbeit von Schweinsteiger den Ball verfehlte, und auch Helmes kam kurz darauf einen Tick zu spät. Uns fehlt heute das Glück, dachte Doc Fox, als sowohl Schweinsteiger als auch Lahm weitere Chancen verpassten. Seine Geduld wurde weiter auf die Folter gespannt. Es dauerte bis zur 72. Minute, als dem Hamburger Piotr Trochowski mit einem Gewaltschuss aus 20 Metern Entfernung das Tor für die deutsche Nationalmannschaft gelang und er somit den Endstand von 1:0 erzielte.

Fünf Monate hatten sie nun Zeit, ehe im März gegen Liechtenstein die WM-Qualifikation weitergehen sollte.

Donnerstag, 23. Oktober 2008, Durban
Noch 595 Tage

Täglich pilgerten die Durbanites zu dem neuen Wunderwerk von eThekwini und bestaunten den gigantischen Stahlbogen, der sich wie eine riesige Wirbelsäule über die Dachkonstruktion des Moses-Mabhida-Stadions spannte. Man erzählte, dass man eines Tages dort sogar über 100 Stufen hinaufsteigen und vom Tal der tausend Hügel bis zum Indischen Ozean blicken könne. Sogar eine Seilbahn solle es geben, hatte in der Zeitung gestanden. Noch ein Jahr Bauzeit, hatte die Leiterin der strategischen Projektgruppe für die WM-Vorbereitungen der Stadt bei einem Fernsehinterview verkündet, dann würde das Stadion den Bewohnern von Durban mit seiner großartigen Atmosphäre zur Verfügung stehen.

Ihr werdet nicht lange Freude daran haben, hatte der Weiße gedacht und den Fernseher ausgeschaltet. Vom Fenster seines Appartements aus sah er den weißen Bogen am Abendhimmel leuchten und stellte sich vor, wie dieser nach der Detonation in sich zusammenkrachte.

... und ihr werdet euch wünschen, es hätte ihn nie gegeben ...

2009

Mittwoch, 14. Januar 2009, Durban
Noch 512 Tage

Henning Fries war nicht nur beim stellvertretenden Construction Inspector Gys de Kock auf taube Ohren gestoßen. Auch Michael Fugger hatte eine Untersuchung erneut abgelehnt, da alle Veränderungen im Skywalk vom Chefstatiker Abdulrahman bin Hadid überprüft worden waren und die Architekten in Hamburg dessen Berechnungen bevorzugt hatten. Wichtig schienen allein die Einhaltung des Zeitplans und die Fertigstellung des Stadions bis Oktober 2009 zu sein.

Aber das Misstrauen des deutschen Ingenieurs war geweckt und Henning Fries versuchte fieberhaft herauszufinden, wer hinter den Änderungen steckte. Sein Verdacht richtete sich mehr und mehr gegen Abdulrahman bin Hadid, und er hatte versucht, über das Internet mehr über den Statiker herauszubekommen. Doch es gab keine Hinweise auf eine Verbindung zu Al Kaida, keine Anzeichen auf irgendwelche extremistischen Aktionen in seiner Vergangenheit.

Nein, Abdul war sauber. Und trotzdem traute Henning Fries ihm nicht. Ein Anruf in Hamburg sollte ihm Gewissheit verschaffen. Seine Pläne seien sehr wohl umgesetzt worden, hieß es. Henning Fries ließ seine Vermutung, dass diese Pläne nach den Vorstellungen des Arabers manipuliert worden waren, nicht verlauten, denn einen Beweis für diesen Verdacht hatte er nicht.

Am nächsten Tag traf er Abdul.

Donnerstag, 15. Januar 2009, Durban
Noch 511 Tage

Der Geschäftsführer des Organisationskomitees der Fußball-Weltmeisterschaft 2010 war begeistert. Der Skywalk war vollendet! Ein gigantischer Kran hatte das letzte Stück von 56 Teilabschnitten des Bogens in die Gesamtkonstruktion eingefügt. 60 Tonnen wog allein dieses zehn Meter lange Element des Skywalk, der jetzt, nach seiner Fertigstellung, das Moses-Mabhida-Stadion an seiner höchsten Stelle um 106 Meter überragte.

»Die Südafrikaner können stolz auf dieses Stadion sein«, bemerkte der Baustatiker Abdulrahman bin Hadid. »Und die Ingenieure auch«, fügte er hinzu und blickte Henning Fries an, der neben der Projektkoordinatorin und Obed Mlaba, dem Bürgermeister von Durban, stand, während das Puzzle über dem Stadion zusammengefügt wurde.

Das gesamte Stadionteam war angetreten, um dem denkwürdigen Augenblick beizuwohnen und hatte lang anhaltenden Beifall gespendet, als die Errichtung des technischen Bauwunders vollendet worden war.

Die Leiterin der strategischen Projektgruppe bezeichnete die Fertigstellung des Bogens in ihrer kurzen Ansprache als einen Meilenstein bei der Vorbereitung der südafrikanischen Stadien auf die WM. Scharenweise waren Bewohner Durbans und auch Touristen zum Besucherzentrum geströmt, um das künftige Wahrzeichen der Stadt am Indischen Ozean zu bestaunen.

uThembani Mthetwa hielt sich im Hintergrund, stand bewusst so, dass er den deutschen Ingenieur und den arabischen Baustatiker im Auge behielt. Er konnte zwar nicht verstehen, was die beiden besprachen, schloss aber aus den Gesten, dass der Araber versuchte, beschwichtigend auf den Deutschen einzureden. Dieser gestikulierte wild und schien heftig zu widersprechen. Schließlich ließ er den Araber stehen, der ihm kopfschüttelnd nachblickte, und tauchte in der Menschenansammlung unter.

Jetzt blickte der Araber zu uThembani Mthetwa und fing einen Blick des Zulu auf, der mit der flachen Hand an seinem Hals eine eindeutige Geste andeutete. Abdulrahman sah weg und umging so eine Antwort.

Samstag, 28. März 2009, Leipzig
Noch 439 Tage

DFB-Mannschaftsarzt Karl-Heinrich Maier-Fuchsberger musste die Hoffnung des Bundestrainers, dass alle Spieler im WM-Qualifikationsrückspiel gegen Liechtenstein zur Verfügung stehen würden, zumindest was Torwart René Adler anging, enttäuschen. »Das ist besonders schade, weil die Wettervoraussetzungen fast dem südafrikanischen Winter entsprechen«, hatte er schmunzelnd hinzugefügt, »und die Jungs sich gleich mal mit dem Klima vertraut machen könnten.«

»Schnee in Afrika?«, hatte der Trainer zweifelnd gefragt, »ich dachte, den gibt's nur auf dem Kilimanjaro?«

»Oh, das täuscht«, wusste es der Doc besser, »bei vier Grad in Johannesburg im Juni kann der Südwinter pfiffig kalt sein. Vor ein paar Jahren hat es sogar in Pretoria geschneit.«

»Soll das heißen, wir müssen uns darauf einstellen, auf weißem Rasen zu spielen?«

»Äußerst unwahrscheinlich, aber theoretisch möglich«, antwortete der Arzt und teilte dem Bundestrainer mit, dass er mit René Adler, Piotr Trochowski und Per Mertesacker zumindest beim Fitnesstest in der Leipziger Sportschule nicht rechnen könne.

Im Anschluss an das tatsächlich bei leichtem Schneefall absolvierte Training der restlichen 18 Akteure untersuchte Doc Fox noch einmal die Blessuren der drei Verletzten. Er entschied, Mittelfeldspieler Piotr Trochowski, der eine Innenband-Dehnung im rechten Knie auskurierte, wieder ins Lauftraining einsteigen zu lassen. Besser stand es um Mertesacker, der an einer Prellung am Fuß litt, und bei der nächsten Übungseinheit wieder mit der Mannschaft trainieren durfte. Der Bundestrainer hatte sich noch einmal von Doc Fox beraten lassen, und Mertesacker dann aufgestellt. Für Tormann René Adler hingegen, der sich am Ellenbogen verletzt hatte, war nach einem Regenerationstraining im Hotel die Teilnahme am Spiel gegen Liechtenstein ebenso gestrichen wie der Flug nach Cardiff, wo die Mannschaft in vier Tagen ihr nächstes Qualifikationsspiel gegen Wales zu absolvieren hatte.

Im ausverkauften Leipziger Zentralstadion gingen die Deutschen schon in der vierten Minute durch ein spektakuläres Tor von Michael Ballack in Führung, und bereits fünf Minuten später kam es durch einen Treffer von Marcell Jansen zu einem Spielstand von 2:0, bei dem es zur Enttäuschung der deutschen Fans bis zur Halbzeitpause blieb.

Schweinsteiger und Podolski legten zu Beginn der zweiten Halbzeit noch nach, doch im Vergleich zu anderen Begegnungen mit dem Alpenzwerg, bei denen es sechs, acht oder neun Tore gegeben hatte, war das 4:0 kein wirklicher Triumph. Von einem ›Pflichtsieg‹ sprach dann auch Schweinsteiger tags darauf in der Presse, während sich Joachim Löw unterm Strich zufrieden zeigte und die ›Pflichtaufgabe als erfüllt‹ betrachtete.

Montag, 30. März 2009, Durban
Noch 437 Tage

Der Sicherheitsbeauftragte uThembani Mthetwa stellte sich dem Araber in den Weg, als dieser in der Dämmerung die Baustelle verlassen wollte. Abdulrahman bin Hadid war eine Schlüsselfigur in ihrem Plan und Paul Dhlomo hielt große Stücke auf ihn. Der Zulu hingegen war dem Baustatiker aus Dubai von Anfang an mit großem Misstrauen begegnet.

»Was hat der Arab mit uns zu tun?«, hatte er Paul Dhlomo geifernd gefragt. «Reicht es nicht, dass der Inder mitmischt und ein Weißer der Boss ist?« Aus seiner Stimme klang der Hass, den er allen Andersfarbigen entgegenbrachte.

»Wir brauchen ihn«, hatte Paul geantwortet. »Er kämpft für unsere Sache.«

»Ich traue ihm nicht.«

»Dann stell ihn auf die Probe.«

Noch am selben Abend hatte uThembani Mthetwa den Araber vor der Baustelle abgepasst, den schmächtigen, schmalen Mann bei den Schultern gepackt und ihn gegen die Sichtschutzmauer der Großbaustelle gepresst. Die breiten Nüstern Mthetwas bebten, Schweißtropfen bildeten sich auf seiner hohen Stirn und rannen über Nase und Wangen bis auf das Kinn, wo sie sich in wirrem Bartflaum verfingen. »Du bist ein Muselmann. Warum bist du hier?«

Die Augen des Arabers verengten sich zu schmalen Sehschlitzen und die schwarzen Brauen krümmten sich nach innen. Sein Blick hatte etwas Stechendes, als er antwortete: »Ich bin ein freier Araber und kämpfe, für wen es mir passt.«

»Und wer sagt mir, dass ich dir vertrauen kann?«

»Paul vertraut mir. Er hat mich in London kämpfen sehen.«

»Paul! Paul ist ein Shona. Auch wenn ihn jeder für einen Xhosa hält! Er lügt schon, wenn er von seiner Herkunft spricht und kann mir viel erzählen. Ich glaube nur, was ich gesehen habe.«

»Ich habe dir nichts zu beweisen. Ich arbeite für Paul und das reicht.«

»Mir reicht das nicht!«, zischte der Zulu, hielt plötzlich sein Kurzschwert in der Hand und zielte auf Abduls Hals. Rot glänzten die Kerben in dem grauen hölzernen Griff. Das Schwert war sein einziger Besitz, den er nach seinen Jahren auf Robben Island wiederbekommen hatte. Der Mann, der es für ihn aufbewahrt hatte, hieß Paul Dhlomo. Auf Mthetwas breiter Nase glänzten die Schweißperlen und seine blutunterlaufenen gelblichen Augen schienen vor Hass förmlich zu sprühen. Die wulstigen Lippen spuckten die Worte aus, die er jetzt dem Araber entgegenstieß: »Zeig mir, wie du tötest, Arab! Los!«

Er zerrte ihn zu seinem Wagen, einem halb von Rost zerfressenen, ehemals sandfarbenen Nissan, zwängte ihn hinter das Steuer und schob sich neben ihn auf den Beifahrersitz. Er steckte den Schlüssel ins Zündschloss und kommandierte, das Schwert an Abduls Kehle: »Los, fahr! Ich sage dir wohin!«

Sein Gesicht glühte, als der Araber aufs Gaspedal trat und nach seiner Anweisung Richtung Norden fuhr.

Abdulrahman bin Hadid steuerte schweigend und ohne ein Zeichen von Furcht neben dem Zulu stadtauswärts. Die Dämmerung hatte sich rasch über Durban herabgesenkt und Mthetwa dirigierte ihn in eine der Wohnsiedlungen. An einer unbeleuchteten Straßenecke ließ er ihn anhalten, machte den Motor aus, und suchte mit einer Hand auf dem Rücksitz nach einem Gegenstand, der sich unter einer schmutzig braunen Decke verbarg.

»Kannst du damit umgehen?«, krächzte er und hielt dem Araber die Mündung der Kalaschnikow unter die Nase. Der nickte stumm und drückte die Waffe sanft mit zwei Fingern aus seinem Gesichtsfeld.

Mthetwa zielte mit der Klinge weiter auf Abduls Hals. »Los! Nimm das Gewehr und leg an. Da vorne ist dein Ziel.«

Abdulrahman starrte aus dem geöffneten Fenster. Vorsichtig, fast liebevoll nahm er das MG und schob den Lauf nach draußen. Er sah die Menschen näher kommen. Eine Familie. Weiße.

»Zuerst den Mann, dann die Frau, dann das Kind!«, befahl Mthetwa. »Jetzt!«

Der Araber spürte das Metall der Klinge an seinem Hals. Die Familie näherte sich, nichts ahnend, dem Nissan. Der Mann war Anfang 30, schlank, Managertyp in Anzug und Krawatte. Vielleicht war er gerade von der Arbeit nach Hause gekommen und hatte mit seiner Frau die Kleine vom Schulbus abgeholt. Sein letzter Gang … Seine Frau, hübsch, brünett, schulterlange Haare, vorteilhaft gekleidet. Lehrerin vielleicht oder Vorzimmerdame in einer Arztpraxis oder Kanzlei? Hatte zu Hause gekocht, freute sich auf den Abend mit ihrer Familie. Ihr letzter Abend … Das Kind. Ein Mädchen. Blond, zwei Zöpfe, Blümchenkleid, fröhlich hüpfend an den Händen von Mama und Papa. Erzählte vielleicht von der Schule, von ihrer Freundin, die krank war und die sie noch anrufen wollte. Sie würde sie nie wieder sehen.

Abdulrahman bin Hadid dachte an seine Frau und seinen kleinen Sohn. Der Zulu ließ ihn keine Sekunde aus den Augen.

Er zielte auf die Brust des Mannes und konnte die Worte verstehen, die sie sprachen. Ein Ausflug am Wochenende. In den Addo. Die Kleine hatte noch nie einen Elefanten gesehen.

Hadid hob den Oberarm, um das Gewicht der Waffe besser austarieren zu können und ballte seine Hand unauffällig zur Faust. Dann ließ er alle Kraft in seinen Arm fahren und rammte Mthetwa die Spitze seines Ellbogens mit voller Wucht in das Brustbein. Der Zulu schrie auf, zog im Reflex die Hand mit dem Kurzschwert zurück und sank verkrampft auf dem Beifahrersitz zusammen.

Abdulrahmans Rechte presste sich um Mthetwas Handgelenk und entwand ihm die Waffe. Innerhalb von Sekunden hatte der Araber den Spieß umgedreht. Der Zulu starrte ihn mit schmerzverzerrtem Gesicht an und registrierte seine Niederlage. Die Familie war jetzt auf Höhe des Nissans und drei Augenpaare blickten im Vorbeigehen neugierig in den Wagen.

»Daddy, was machen die Männer da?«, hörte Abdulrahman die Kleine fragen. Dann entfernten sich die Stimmen.

Er setzte dem Zulu dessen Schwertklinge an den Hals und ritzte die Haut. Blut vermischte sich mit Schweiß und floss als dünnes Rinnsal unter das Hemd.

»Jetzt hör mir mal gut zu, schwarzer Mann!«, flüsterte der Araber und versetzte dem Zulu einen zweiten Schnitt. »Es hat mich noch nie jemand gezwungen, etwas gegen meinen Willen zu tun. Wenn du es das nächste Mal versuchst, bist du tot!«

Ein dritter rascher Schnitt verband die beiden ersten miteinander und formte ein stilisiertes großes ›A‹.

»Das wird dich an Abdulrahman erinnern. Vergiss es nie!«

Der Araber trennte das Magazin von der Waffe, warf die jetzt nutzlose Kalaschnikow auf den Rücksitz, schleuderte das Kurzschwert aus dem Fenster und stieg aus. Er würdigte den Zulu keines Blickes mehr, als er zu Fuß in die Stadt zurückging. Ein Feind mehr in seinem Leben.

Der Zulu fuhr sich mit seinen Fingern über den blutenden Hals. Der Araber war so gut wie tot.

Mittwoch, 1. April 2009, Cardiff, Wales
Noch 435 Tage

In Cardiff hatte an diesem Mittwoch das Aprilwetter der vergangenen Tage strahlendem Sonnenschein Platz gemacht, kurze Hosen und T-Shirts prägten in der walisischen Hauptstadt das Straßenbild. Doch trotz des schönen Wetters füllte sich das Millennium-Stadion, in dem das Qualifikationsspiel der Deutschen gegen Wales ausgetragen wurde, nur zur Hälfte.

In Deutschland hatte ein Privatsender den Aprilscherz verbreitet, dass die Mannschaft aus Wales nicht genug unverletzte Spieler zusammenbekomme und daher bei der FIFA offiziell einen Antrag auf Verlegung des Spiels gestellt habe. Doc Fox schmunzelte, als er kurz vor Spielbeginn davon hörte. Solche Sorgen plagten ihn diesmal nicht. Nur Marcell Jansen hatte er nach der Untersuchung wegen eines grippalen Infekts Auszeit empfohlen, für ihn war Simon Rolfes dabei.

Der Mannschaftsarzt empfand die Leistung der elf Jungs zunächst eher durchschnittlich, denn obwohl sie das Spiel eindeutig dominierten und dem Gegner technisch überlegen waren, dauerte es elf Minuten, bis Ballack mit einem Gewaltschuss aus 30 Metern Entfernung endlich das 1:0 erzielte. Mehr schien zunächst nicht drin zu sein.

Drei Minuten nach der Halbzeitpause holte sich Mario Gómez den Ball und schoss ihn so überraschend auf Ashley Williams, dass dieser das Leder aus kurzer Entfernung unhaltbar für seinen Keeper Hennessey Wayne ins eigene Tor beförderte. Spannend wurde es noch einmal in der 57. Minute, als Torhüter Robert Enke mit einer Glanzparade gegen Robert Earnshaw den Anschlusstreffer der Waliser verhinderte.

Naja, dachte Doc Fox und unterdrückte wieder einmal die Schmerzen in seiner Brust, immerhin 16 von möglichen 18 Punkten auf dem Qualifikationskonto.

Wie äußerte sich Jogi Löw später so schön vor der Presse: »Wir sind in der Qualifikation absolut im Soll.«

Mittwoch, 27. Mai 2009, Republik Nasana, Zentralafrika
Noch 379 Tage

Das Hospital lag unter dem grünen Dach der Baumriesen, beschattet und kühl, umgeben von kurz geschorenem Rasen, über den sich keine Viper und keine Ratte ungesehen dem eingeschossigen, weiß getünchten Bau nähern konnte. Ein breites Vordach, von einer dicken Schicht geflochtener Palmwedel bedeckt, spendete zusätzlich Schatten und machte die Veranda, die das Gebäude wie ein auf Stelzen gebauter Steg umlief, zu einem bevorzugten Aufenthaltsort in den Arbeitspausen. Der alte Mann, weißbärtig und kahlköpfig, dessen von der afrikanischen Sonne gegerbtes, faltiges Gesicht sich wie ein knorriger Baumstumpf ausnahm, saß in einem der Rattansessel und beobachtete aus zusammengekniffenen Augen seine Umgebung.

Sein Blick schien an dem Gebäude festgeklebt, das sich jenseits der Rasenfläche hinter einer doppelten Einfriedung aus Stacheldraht und Elektrozaun wie ein Hochsicherheitsgefängnis ausnahm. Darin verbarg sich das Herzstück von N'kuwaloobo, sein Labor, dessen wahre Bestimmung nur er allein kannte. Nirgendwo sonst auf der Welt hätte er die Genehmigung bekommen, seine Forschungen durchzuführen, die im Ergebnis explosiver waren als ein Lastwagen voll Dynamit, und in der Fachwelt umstrittener als Atomwaffen und Landminen. Hier hatte er sich ungehindert entfalten, seine Visionen leben, seinen Traum verwirklichen können. Für die Menschen um ihn herum kam er gleich nach Gott, sie verehrten ihn als den großen Daktari, den Arzt und Wunderheiler. Doch das Hospital von N'kuwaloobo war nur äußerlich eine Zuflucht für die Verlorenen, die Verdammten, die Infizierten.

Diejenigen, die dort unterkamen, waren seine Lieferanten, seine lebenden Zuchtstationen. Die Viren, die ihre Körper im Fieber zerfraßen, waren der Kern seiner Vision, ihre Immunität der Ausgangspunkt seines ungeheuren Planes.

Der verbitterte Arzt von N'kuwaloobo hatte noch eine letzte Rechnung offen. Eine Abrechnung mit all denjenigen, denen er seine Verbannung in diese grüne Hölle zu verdanken hatte, die seine Karriere und sein Leben zerstört hatten. Er würde sich seinen Traum erfüllen, den Traum eines weißen Afrika. Den Traum seiner Ahnen.

Er hatte sein Land verlassen, das Land, für das seine Vorfahren gekämpft und ihr Leben gelassen hatten. Sie waren der erfolgreichste weiße Stamm in Afrika gewesen, bis dieser Mandela an die Macht gekommen war. Heutzutage schob man es den Kaffern vorne und hinten hinein, nannte es ›affirmative action‹, so ein Schwachsinn! Man konnte ganz genau erkennen, wohin das führte. Eine Million Weiße hatten das Land nach Abschaffung der Apartheid verlassen. Unter anderem er.

Und jetzt war er allein. Der einzige Weiße unter all diesen Kaffern. Schlief im Schlamm, wenn der Regen tagelang das Land peitschte, aß den Fraß, den ihm sein Kafferkoch vorsetzte, ließ sich, was für ihn noch vor wenigen Jahren ein Unding gewesen war, von den Huren des Waldes befriedigen und überlebte die Krankheiten, an denen sie verreckten.

In jedem Krankenhaus dieser Welt wäre er eine Koryphäe gewesen, mit seinen Forschungen hätte er den Nobelpreis bekommen. Ebola und Denguefieber wären weltweit besiegt, stattdessen verfaulte sein Lebenswerk im Labor von N'kuwaloobo. Seine Tage waren gezählt. Doch vor seinem Tod hatte er sich den Triumph gesetzt.

In seinem Labor lagerte ein umfassendes Arsenal an Biokillern. Die Kontakte zu amerikanischen Pharmakonzernen, Giftgasfabriken im Nahen Osten und der deutschen Chemieindustrie hatte er durch getarnte Identitäten gepflegt. Ohne Probleme hatte er im Seuchenkontrollzentrum in Atlanta die Viren bestellt, die er für seine Experimente benötigte. Die von ihm gezüchteten Killerkeime erzeugten Seuchen und Krankheiten und suchten ihre Opfer getrennt nach Hautpigmenten.

Er würde sie vernichten. Alle. Ohne Ausnahme. Die ganze Welt würde es erleben, wie sie am Boden lagen, zerfressen und zerstört, die schwarze Rasse ausgerottet von der Seuche, die er geschaffen hatte.

Und dann, wenn sie bereit waren, sich zu unterjochen, dem weißen Volksstaat Südafrika zu dienen, würde er ihnen die Hand reichen. Sein Glanz als Rettungsengel würde alles überstrahlen. Er würde die Macht auskosten, die Macht zu entscheiden, ob er die ausgestreckte Hand wieder zurückziehen würde.

Sein Name würde unsterblich werden, genannt in einem Atemzug mit Darwin, Le Corbusier und Robert Koch. Professor Dr. med. Samuel Strijdom, zu Zeiten der Apartheid Chefarzt im Tygerberg Hospital, dem Universitätskrankenhaus von Stellenbosch.

Davon träumte er, im Urwaldhospital von N'kuwaloobo.

Freitag, 19. Juni 2009, Durban
Noch 356 Tage

Henning Fries hatte festgestellt, dass fremde Personen seinen PC manipuliert und dabei seine ursprünglichen Pläne den geänderten Ausführungen von Abdulrahman bin Hadid angeglichen hatten. Diese waren schließlich von den Architekten aus Hamburg abgesegnet worden. Sofort hatte sich sein Verdacht gegen den Softwareadministrator Raghunandan Rajah gerichtet, der sich als Einziger Zugang zu allen Computern verschaffen konnte.

Zeitgleich waren Ausdrucke der Originalpläne aus seinen Ordnern verschwunden und er hatte Spuren gefunden, die darauf hindeuteten, dass sich während seiner Abwesenheit fremde Personen in seinem Container aufgehalten hatten.

Henning Fries hatte sich angewöhnt, wenn er den Container verließ, eine kleine leichte Perlhuhnfeder in einer bestimmten Weise auf seinem Schreibtisch zu drapieren. Eines der schmalen Oberfenster hielt er gleichzeitig gekippt. Beim leisesten Luftzug durch Öffnen der Tür musste sich die Feder bewegen und ihm so verraten, dass sich fremde Personen Zugang verschafft hatten. Er selbst musste dann nur daran denken, die Tür behutsam und vorsichtig zu öffnen, was er zunächst auch sehr bewusst tat.

Doch im Laufe der Zeit, als die Feder sich stets in derselben Position befunden hatte, wurde er nachlässiger und öffnete eines Morgens, als er auch noch zu spät auf den Bau gekommen war, die Tür so heftig, dass die Feder auf dem Boden lag. Er schrieb dies jedoch seiner Eile zu und konnte nicht ahnen, dass just in diesem Fall die Feder seinen Verdacht bestätigt hatte. Nachdem Wochen ohne besondere Vorkommnisse vergangen waren, hatte er die Feder wieder verschwinden lassen.

Allerdings ließ ihm die Sache keine Ruhe.

Mittwoch, 19. August 2009, Baku, Aserbaidschan
Noch 295 Tage

Das Tofik-Bakhramov-Stadion in Baku, Austragungsort des ersten Qualifikationsspiels der Deutschen gegen die von Berti Vogts trainierte Mannschaft von Aserbaidschan, hatte seinen Namen von einem Linienrichter, der sich bei deutschen Fußballfans nicht gerade großer Beliebtheit erfreute.

Bakhramov hatte vor über 30 Jahren im legendären Finale der Fußballweltmeisterschaft in England durch seine Entscheidung maßgeblich zur Endspielniederlage der Deutschen beigetragen. In der 101. Minute hatte Geoff Hurst damals im Londoner Wembley-Stadion den Ball an die Unterkante der Latte geschossen, von wo aus er senkrecht nach unten geprallt und schließlich vom deutschen Verteidiger Wolfgang Weber ins Aus geköpft worden war. Allerdings hatte der Schweizer Schiedsrichter nach Rücksprache mit Linienrichter Bakhramov auf Tor entschieden, was als das berühmte Wembley-Tor in die Fußballgeschichte eingegangen war und seither als Vorentscheidung für den WM-Sieg Englands gegolten hatte.

Daran dachte Doc Fox, als er die Spieler heute in das Tofik-Bakhramov-*Stadion* einziehen sah. Der Kapitän war an Bord, obwohl er am Vortag beim gemeinsamen Training schon nach einem kurzen Sprint wieder die Segel streichen musste. Sein Zehenbruch war zwar auskuriert, doch Michael Ballack war auf Nummer sicher gegangen. Doc Fox hatte schließlich ernste Probleme ausschließen und sehr zur Freude Jogi Löws grünes Licht für das Spiel geben können. Auch Miroslav Kloses Knochenhautentzündung war soweit überstanden, dass er am Sonntagabend die erste Trainingseinheit in Frankfurt ohne Beschwerden durchziehen konnte und Doc Fox hatte nach einer abschließenden Untersuchung keine Bedenken gegen eine Aufstellung des Stürmers. Somit fiel in Baku nur Lukas Podolski verletzungsbedingt aus, was dem Doc unmittelbar vor dem Spiel ein freundschaftlich anerkennendes Schulterklopfen des Trainers beschert hatte.

Jetzt schüttelte der erste Mannschaftsarzt allerdings den Kopf, als nach sieben Minuten der erste Torschuss des Spiels von der gegnerischen Seite aus erfolgte. Doch dann ging die deutsche Mannschaft dank Schweini in Führung und wiederholte das Szenario zehn Minuten nach der Halbzeitpause durch Klose. Dabei blieb es. 2:0 gegen Aserbaidschan.

Da hat Jogi noch zu tun – der Doc dachte mit Grausen an das nunmehr alles entscheidende Oktoberspiel gegen Russland, als er zurück in die Kabine ging.

Montag, 31. August 2009, Durban
Noch 283 Tage

Der Sicherheitsingenieur uThembani war Henning Fries vom ersten Tage an unsympathisch gewesen. Sein Sicherheitssystem hatte Mängel, doch war er offensichtlich beim Lead Construction Inspector zu gut angesehen, um Konsequenzen befürchten zu müssen.

Henning war sich sicher, dass Mthetwa es war, der sich mithilfe von Raghunandan Rajah Zugang zu seinem PC verschafft hatte, um an das Passwort für seine Dateien zu gelangen. Aber er konnte nichts beweisen.

Henning Fries nahm sich vor, den Zulu künftig noch besser im Auge zu behalten und seinen Bereich, so gut es ging, vor ihm abzuschotten. Zunächst hatte daran gedacht, an seinem Container die Schlösser austauschen lassen. Da Mthetwa jedoch von allen Schlössern die elektronischen Schlüsselkarten verwahrte und die Codierung vornahm, ließ er den Plan wieder fallen.

Henning versah seinen Laptop mit zusätzlichen Sicherungen, obwohl ihm klar war, dass es für einen Computerspezialisten wie Raghunandan Rajah eine Kleinigkeit wäre, seine Zugangsverschlüsselungen zu knacken. Außerdem hatte er von außen Zugriff auf fast alle Programme und Fries ahnte, dass Raghu seinen PC auch ohne seine Einwilligung fernsteuern konnte.

Sein Versuch, eine kleine Kamera zu installieren, die den Container während seiner Abwesenheit abfilmte, wurde von dem Sicherheitsbeauftragten mit der Begründung unterbunden, dass es an sämtlichen relevanten Stellen der Baustelle Überwachungskameras gab, die zeit- und flächendeckend alle Bewegungen dokumentierten. Private Zusatzinstallationen waren aus Sicherheitsgründen nicht gestattet.

uThembani Mthetwa hatte auf einem seiner offiziellen Rundgänge auch den zigarettenschachtelgroßen Rekorder entdeckt, den Fries zwischen den Akten versteckt hatte, und ihn daraufhin zu einem Gespräch gebeten. Fries war nichts Besseres eingefallen, als von Ratten zu erzählen, deren Spuren im Container ihm aufgefallen seien und deren Anwesenheit er mit dem Kamerarekorder oder dem Aufnahmegerät nachzuweisen hoffe. Mthetwa hatte ihm daraufhin eine Packung Rattengift gebracht und eine Falle aufgestellt.

Verzweifelt schärfte Henning dem Boss der Wachmannschaft ein, bei den Kontrollgängen ein besonderes Augenmerk auf seinen Container zu werfen. Doch war er sich sicher, dass uThembani Mthetwa auch davon erfuhr.

Für die nächsten Tage würde es ihn ohnehin nicht interessieren, denn jetzt flog er erstmal nach Kapstadt.

Mittwoch, 9. September 2009, Hannover
Noch 274 Tage

Mit Mario Gómez und Robert Enke hatte der deutsche Mannschaftsarzt gleich zwei Patienten vor dem Rückspiel gegen Aserbaidschan. Mario Gómez hatte vier Tage zuvor wegen Beschwerden im rechten Knie das Training abgebrochen. Die von Doc Fox daraufhin angeordnete Kernspintomografie hatte ergeben, dass weder Bruch noch Bänderriss vorlag. Während Gómez' Gesundheitszustand sich über Nacht deutlich verbessert hatte und kein schwerwiegender Schaden nachzuweisen war, gab der rätselhafte Infekt des Nationalkeepers Anlass zur Sorge. Ihn hatte Jogi Löw vorsorglich vom Trainingslager im Sporthotel Fuchsbachtal in Barsinghausen befreit. Zwei Tage vor dem Spiel hatte der Deutsche Fußball-Bund dann offiziell den Ausfall des achtmaligen Nationalkeepers mitgeteilt.

Das Spiel gegen Aserbaidschan in der AWD-Arena zu Hannover verlief souverän, wenn auch die erste Halbzeit mit nur einem Tor durch Ballack den deutschen Fans eher fad erschien. René Adler vereitelte den Gästen in der 38. Minute den Ausgleich, zweimal Klose und einmal Podolski sorgten schließlich für den Endstand von 4:0.

Damit stand nun fest, dass es am 10. Oktober in Moskau tatsächlich zum ›Endspiel‹ gegen Russland kommen würde, denn die Schützlinge von Cheftrainer Guus Hiddink hatten am selben Abend gegen Wales ebenfalls gewonnen.

Einen Tag nach dem Sieg der Deutschen über Aserbaidschan holte sich die deutsche Frauenfußballnationalmannschaft zum fünften Mal in Folge den Europameistertitel. Mit 6:2 Toren im Spiel gegen England ging dieses Ergebnis als höchster EM-Finalsieg in die Fußballgeschichte ein.

Vielleicht sollte ich auf meine alten Tage doch noch die Mannschaft wechseln, dachte Doc Fox erneut bei sich.

Sonntag, 4. Oktober 2009, Kapstadt
Noch 249 Tage

Der junge Ingenieur und seine Geliebte bummelten über die berühmte Victoria & Alfred Waterfront in Kapstadt. Der weiße Mann und die kupferfarbene Schönheit an seiner Seite fielen nicht auf im Gedränge der Einheimischen und Touristen, darunter zahlreiche Liebespaare aus aller Welt.

Hier, in der Tafelbucht, wo 1605 die ersten Schiffe der niederländischen Vereinigten Ostindischen Kompanie vor Anker gegangen waren, hatte man im 19. Jahrhundert geschützte Hafenbecken errichtet, und heute galt das restaurierte Werftviertel als eine der Hauptsehenswürdigkeiten der Stadt am Fuße des Tafelbergs.

Der besondere Reiz dieser alten Hafenanlage besteht in ihrer Mischung aus Alt und Neu, und aus der Kombination von malerischen Restaurants für die Touristen und lebendiger Seefahrt. Fasziniert schlenderten die beiden eng umschlungen an den Docks entlang, vorbei an farbenprächtigen Kuttern, beobachteten, wie zwei alte Kähne über einen Kanal in das hintere Hafenbecken geschleppt wurden, spazierten danach über die Schwenkbrücke zum Marktplatz, am achteckigen roten Clock Tower vorbei, der zu den ältesten Gebäuden im Hafen zählt.

Gleich gegenüber grüßten Gallionsfiguren alter Segelschiffe statt moderner Kunst vor dem hellblauen zweigiebeligen Port Captain's Building, daneben zeigten Wegweiser mit Kilometermarken Entfernungen und Richtungen der größten Städte in aller Welt an und machten Kapstadt für den Betrachter zum Mittelpunkt der Erde.

Den Nachmittag hatten die beiden Verliebten, da der Himmel bewölkt war und der Tafelberg sich unter seinem berühmten Tischtuch versteckt hatte, zum Besuch des botanischen Gartens Kirstenbosch genutzt. Die Kirstenbosch Botanical Gardens waren 1913 an den Südosthängen des Tafelbergs angelegt worden, hier stand noch ein Teil jener Bittermandelhecke, die der erste Kap-Gouverneur Jan van Riebeeck 1660 zum Schutz vor den Hottentotten angepflanzt hatte.

Auf dem über 500 Hektar großen Gelände fanden sich all die vielen landestypischen Fynbos-Arten. Protea und Erika zählten zu den berühmtesten Vertretern dieser Pflanzengruppe, aber auch Gänseblümchen, Lilien und Iris sowie Geranien; daneben leuchteten die gelben Strelizien in der Sonne, die knallrot blühenden Korallenbäume, federblättrige Palmen und intensiv grüne Akazien. Malachitnektarvögel und andere Kolibriarten schwirrten zwischen den Blüten umher, auch Drongoschnäpper, Hagedaschs und Perlhühner fühlten sich hier wohl.

»Fynbos bezeichnet allgemein den *feinen Busch*, eben die niedrigen Büsche mit kleinen Blättern, deren Vielfalt mit 8.500 Arten am Kap am größten ist«, erklärte der Ingenieur seiner Begleiterin. Er hatte große Lust verspürt, sie einfach zwischen den farbenfrohen blühenden Büschen auf die Wiese zu betten und seinen Gefühlen freien Lauf zu lassen, doch wussten beide, dass derartig freizügige Liebesspiele in der Öffentlichkeit riskant waren und beließen es bei heißen Streicheleinheiten auf einer der versteckten Bänke unter Schatten spendenden Palmen.

»Wie wär's noch mit einem Abstecher nach Stellenbosch?«, hatte die dunkle Schönheit ihren Lover gefragt. »Wir haben noch Zeit. Wir können nicht zu mir, bevor mein Mann zum Flughafen fährt.«

Groot Constantia. Hier lag Südafrikas ältestes Weinanbaugebiet und eines der nobelsten Wohnviertel Kapstadts. Bis an die Flanken der Berge reichten die Weinflächen, Reben in Reih und Glied, soweit das Auge reichte; es war auffallend, dass zwischen den Rebstöcken jeweils ein paar Reihen Getreide angebaut wurden. Mit zu den schönsten Herrenhäusern der Kapprovinz gehörte das von Groot Constantia.

Im Schatten einer mächtigen alten Eichenallee spazierten sie auf das im kapholländischen Stil erbaute Haupthaus zu, vorbei an einem künstlichen Teich im Hof und den einstöckigen reetgedeckten Stallungen, in denen alte Kutschen ausgestellt waren.

Er hatte sie während der Weinprobe keine Minute aus den Augen gelassen. Er beneidete ihren Mann und fühlte etwas wie Eifersucht in sich. Es war das erste Mal, dass er sich in eine dunkelhäutige Frau verliebt hatte, und die Exotik ihres Körpers, der Duft ihrer Haut und die Zärtlichkeit ihrer fleischigen, vollen Lippen hatten ihn fasziniert. Sie bewegte sich grazil wie eine Katze, ihre Körperbeherrschung bei fast akrobatischen Stellungen im Bett hatte ihn an den Rand des Wahnsinns getrieben und ihre Fantasie ihn ständig aufs Neue überrascht.

Zum Abendessen waren sie nach Kapstadt zurückgefahren, um die Zeit totzuschlagen. Majestätisch und inzwischen wolkenfrei erhob sich hinter der alten Hafenanlage der Tafelberg am Horizont, und der Mann und die junge Frau ließen sich, als die Sonne schon tief im Westen stand, in einem der zahlreichen Restaurants an der Waterfront nieder. Die milde Luft trieb das Salz des Atlantiks über die Kaianlagen, einlaufende Schiffe brachten Gäste aus der ganzen Welt in die Stadt, und die kreischenden Möwen sorgten zusammen mit dem heiseren Bellen der Robben für eine einzigartige akustische Atmosphäre.

»Du warst lange in Durban!«, stellte die junge Frau fest.

»Dann hast du mich also vermisst?«, fragte er.

»Ein bisschen.«

»Nur ein bisschen?«, hakte er ungeduldig nach.

»Was willst du jetzt hören? Dass ich jeden Tag an dich gedacht und jede Nacht von dir geträumt habe?«

»Zum Beispiel.«

»Und was wird jetzt? Das Stadion ist bald fertig.«

Er zögerte. Natürlich hatte er auch schon daran gedacht. Ein paar Monate noch, dann war seine Aufgabe erledigt und auch Kims Mann würde danach wieder regelmäßig bei ihr sein. In Deutschland wartete Karin. Sie kannten sich seit mehreren Jahren und er hatte die Hochzeit nur aufgeschoben, um das Projekt in Durban zu Ende zu bringen.

»Wirst du nach Deutschland zurückkehren?«

Er nickte.

»Sie weiß nichts von uns?«

»Nein. So wenig wie dein Mann.«

»Er war kaum in Kapstadt in den letzten Wochen. Er wird auch über Weihnachten nicht hier sein. Bleibst du heute Nacht bei mir?«

Er nickte und küsste sie. Ihre fordernde Zunge signalisierte Gier und er registrierte fasziniert, wie sich ihre Hand, durch den breiten Tisch und das überhängende Tischtuch getarnt, seinem Schritt näherte. Er genoss die zärtlichen Bewegungen ihrer Fingerspitzen, die nur wenige Zentimeter vor seiner Erektion eine Rumba trommelten. Dann schlichen sie weiter, tasteten ihn ab und begannen, ihn sanft zu massieren.

Er unterdrückte ein Stöhnen und seine Hand suchte unter ihrer Bluse Kontakt zu ihrer feucht geschwitzten Haut. Seine Finger glitten nach unten, verschwanden in ihrem Hosenbund und er fühlte ihre Pobacken in seinem Handteller.

Sie hauchte ihm einen Kuss zu und flüsterte: »Lass uns gehen. Mein Mann muss längst auf dem Flughafen sein.«

Sie nahmen sich in ihrer Wohnung kaum die Zeit, sich auszuziehen, rissen sich, was im Wege war, vom Leib und fielen auf das breite Bett im Schlafzimmer. Er spürte ihre gierigen Finger, die sich in sein Brusthaar gruben, und sich bis zum Bauchnabel und von dort in seinen Schoß vorarbeiteten. Der Griff, mit dem sie ihn umschloss und zu massieren begann, war hart, die Bewegungen heftig, wie er es gerne hatte.

Er ertastete mit seiner Zunge ihre feuchte Bereitschaft, ihn aufzunehmen, schob sich auf sie, und ließ sich in sie gleiten, nahm ihren pulsierenden Rhythmus auf, und hielt erst inne, als er sich zeitgleich zu ihrem Schrei, der die höchste aller Lüste artikulierte, mit einem bebenden Keuchen in ihr ergoss.

»Wann sehe ich dich wieder?«, fragte der Mann, als er sich aus ihrer Umarmung gelöst hatte.

»Was machst du an Weihnachten? Fliegst du nach Deutschland?«

Er zögerte.

»Sie wartet auf dich, stimmt's?«

»Ja.«

Sie nickte traurig und küsste ihn.

Samstag, 10. Oktober 2009, Moskau
Noch 243 Tage

Das Spiel gegen die Russen war zum wichtigsten Spiel der deutschen Fußball-Nationalmannschaft um die direkte Qualifikation zur WM in Südafrika geworden. Im Vorfeld diskutierten die Experten vor allem ein Thema: den Kunstrasen im Moskauer Luschniki-Stadion. Zum ersten Mal in ihrer über 100-jährigen Geschichte musste die deutsche Elf auf diesem ungewöhnlichen Belag antreten und trainierte extra dafür in Mainz auf demselben Spielfeld.

Der Mann, den sie verächtlich Kalkoen nannten, traf schon zwei Tage vor dem Spiel im verregneten Moskau ein. Er hatte die meisten Spiele der Deutschen mit Spannung im Fernsehen verfolgt, doch jetzt drängte die Zeit.

Sollte die Mannschaft in Moskau scheitern und sich deren Teilnahme an der WM in Südafrika erst nach zwei weiteren Relegationsspielen im November entscheiden, würde ›Sub Africa‹ den Plan ändern müssen. Als Ersatz stand Spanien fest, das sich bereits qualifiziert hatte. Auch einen Ersatzmannschaftsarzt für die Spanier hatten sie schon ins Auge gefasst. Dann musste noch geregelt werden, dass die betreffende Mannschaft in Durban spielte, doch das war Raghus Part.

Doch Kalkoen vertraute auf die Deutschen. In entscheidenden Spielen hatte man sich noch immer auf sie verlassen können. Und das WM-Quartier in der Nähe von Johannesburg hatte der Deutsche Fußball-Bund bereits nach dem letzten Sieg gegen Aserbaidschan gebucht.

Kalkoen hatte sich nicht getäuscht: Es gelang zwar nur ein 1:0, aber es war ein Sieg. Miroslav Klose schoss in der 35. Minute das goldene Tor und sicherte seiner Mannschaft letztendlich das Ticket zur WM in Südafrika. Die Russen hatten nach der Führung der Deutschen zwar dann in der zweiten Halbzeit enormen Druck auf das deutsche Tor gemacht, doch es war beim 1:0 geblieben.

Zufrieden hatte die deutsche Mannschaft im Hotel

Baltschug Kempinski ihren Sieg gefeiert. Unter den Gästen, die nach der Gratulation durch DFB-Präsident Theo Zwanziger den Blick auf den erleuchteten Kreml genossen, war auch ein deutscher Arzt namens Goldbäck, den Mannschaftsarzt Dr. Maier-Fuchsberger zu der Partie nach Moskau eingeladen hatte. Am Tag zuvor hatte er ihn beiseitegenommen und ihm von den Schmerzen in seiner Brust erzählt, die ihn in unregelmäßigen Abständen heimsuchten. Goldbäck hatte ihm eine gründliche Untersuchung zugesagt, sobald sie zurück in Deutschland waren.

Als das Handy des deutschen Mediziners klingelte, trat Goldbäck ans Fenster und sah hinunter auf den Roten Platz. Der Mann, der dort mit dem Handy stand, blickte nach oben und schien ihm zuzuwinken. »Sie sind im Boot«, sagte er. »Der Termin ist der 9. Januar, um 9 Uhr in der Limes-Therme in Aalen. Am Wasserspeier im Außenbereich. Jemand aus Südafrika wartet dort auf Sie.« Dann legte er auf.

Goldbäck lächelte hämisch und blickte dem Mann nach, der mit hastigen Schritten den Roten Platz verließ.

Dienstag, 17. November 2009, Durban
Noch 205 Tage

Der Bau des Moses-Mabhida-Stadions lag im Zeitplan, der Skywalk gehörte zur Skyline der Stadt und nichts deutete auf irgendwelche Unregelmäßigkeiten hin. Der Südwinter kam, warm und mild am Indischen Ozean. Henning Fries verschob noch einmal seinen Urlaub, um während der Endphase des Baus vor Ort zu sein.

Freitag, 4. Dezember 2009,
International Convention Centre, Kapstadt
Noch 188 Tage

Der Bauingenieur Leonard Merheim verfolgte die Live-Übertragung der WM-Gruppenauslosung mit Spannung im Fernsehen. Im Gegensatz zu den Millionen Fußball-Fans, die in 200 Ländern dem Startschuss zur heißen WM-Phase entgegen fieberten, war er nur daran interessiert, welche Mannschaften im Moses Mabhida-Stadion in Durban spielen würden.

Unter den 1600 Sicherheitskräften, die an jenem Freitagabend in Kapstadt aufgeboten wurden, war auch uThembani Mthetwa. Der Zulu hatte Kalkoen beobachtet, der nur wenige Sitzreihen hinter dem Bundestrainer der deutschen Nationalmannschaft Platz genommen hatte.

Vor der Auslosung hatte es zwei Bombendrohungen in Kapstadt gegeben. »Jede Drohung dieser Art müssen wir ernst nehmen und entsprechend unseren Richtlinien reagieren«, hatte ein Polizeisprecher den Journalisten gesagt, als nach kurzer Zeit die Entwarnung kam. uThembani Mthetwa hatte müde gelächelt.

Der südafrikanische Staatspräsident Jacob Zuma

und Fifa-Boss Blatter eröffneten die Zeremonie, die von der südafrikanischen Oscarpreisträgerin Charlize Theron moderiert wurde. Kalkoen konzentrierte sich auf den ersten Auslosungstopf, in dem sich neben der Mannschaft Südafrikas auch die Deutschen und die Spanier befanden. Es kam wie geplant: als gesetzter Kopf der Gruppe D würde die deutsche Mannschaft ihr Auftaktspiel am 13. Juni in Durban bestreiten. Der Gegner hieß Australien.

Kalkoen beobachtete das Lächeln in den Gesichtern des deutschen Trainers und seines Managers. Dann verließ er zufrieden das International Convention Centre.

Das Bombenspiel war perfekt.

Donnerstag, 24. Dezember 2009, Heiligabend, Kapstadt
Noch 168 Tage

Die einheimischen Weißen nannten es einen ›Champagne Day‹. Dazu gehörten ein wolkenloser Himmel über dem Tafelberg und sommerliche Werte von knapp unter 30 Grad, die durch einen leichten Wind vom Atlantik her als angenehm und nicht zu heiß empfunden wurden. Die Victoria & Alfred Waterfront mit ihren Tausenden von Besuchern hatten sie am frühen Nachmittag verlassen, nachdem Henning sie bei Willoughby & Co zu einem hervorragenden Sushi eingeladen hatte, und waren zum Kap der Guten Hoffnung hinunter gefahren.

Den Abend würde Kim mit ihm in ihrer Wohnung in Kapstadt verbringen und erst am nächsten Morgen würde er wieder nach Durban zurückfliegen. Ihr Mann war über Weihnachten in Hermanus bei seinen Eltern geblieben, die ein Gästehaus an der Küste betrieben, und während der Feiertage Hochsaison hatten.

Kim hingegen konnte das Haus mit Meerblick in Kapstadt nicht allein lassen, da das Hausmädchen frei bekommen hatte und sich jemand um die fünf Katzen kümmern musste.

Die Abwechslung, die Henning unter diesen Bedingungen in Kims Feiertage brachte, war ihr mehr als willkommen, zumal Leonard, seit er als leitender Ingenieur von Kapstadt nach Durban versetzt worden war, oft zwei oder sogar drei Wochen lang nicht nach Hause kam. Kim hatte Henning kennengelernt, als sie ihren Mann vor einigen Monaten in Durban besucht hatte. Ein junger Deutscher, Anfang 30, ehrgeizig und voll Tatendrang, sportlicher Typ, charmant und einem kleinen Abenteuer offensichtlich nicht abgeneigt, seine Freundin, deren Ring er an der linken Hand trug, 11.000 Meilen entfernt im kalten Germany.

Sie schliefen zum ersten Mal miteinander in seinem Hotelappartement, während Leonard auf der Baustelle eine Nachtschicht einlegte. Ihr Mann hatte seinen Kollegen und Freund Henning gebeten, sich an dem Abend um seine Frau zu kümmern, sie hatten zusammen in einem der Strandrestaurants eine Fischplatte gegessen und waren während des Sonnenuntergangs schwimmen gegangen.

Daran erinnerte sie sich jetzt wieder, während sie, an ihn gelehnt, unter dem Leuchtturm von Cape Point stand, die salzhaltige Luft einatmete und das Farbenspiel bewunderte, das die untergehende Sonne zwischen den grauschwarzen Wolkenfetzen auf die noch vor wenigen Minuten melancholisch silbern glitzernde Oberfläche des Atlantiks zauberte. Das Funkeln und Gleißen der Sonnenstrahlen blähte den Ozean im Westen zu einer gold glänzenden Ellipse, deren oberes und unteres Ende vom Horizont und den Felsklippen von Cape Point begrenzt wurde.

In der Mitte, wo sich der Bauch der Spiegelung am weitesten nach Norden und Süden ausdehnte, schien das Wasser zu glühen; ein Kreuzfahrtschiff, das sich wie ein Spielzeugboot in die Unendlichkeit gleitend, seinen Weg um das Kap suchte, schien von den reflektierenden Strahlen verschluckt zu werden, seine Konturen wurden erst wieder deutlich erkennbar, als es aus der Ellipse der untergehenden Sonne in das blaue Wasser trat.

»Erinnerst du dich an unseren ersten Sonnenuntergang in Durban?«, flüsterte seine Stimme sanft an ihrem Ohr, während seine Finger sich unter ihrer Bluse auf nackter Haut den Weg zu ihren Brüsten suchten. Seine Zähne knabberten sanft an ihren Ohrläppchen und sie stöhnte lustvoll auf. War es ein Zufall, dass er sich im selben Moment wie sie an den Abend am Meer erinnerte? Hatte er wie sie nie vergessen können, wie das warme Wasser sie umspült hatte, als sie nach dem Ritt durch die schäumenden Wellen des Pazifik nebeneinander in den bernsteinfarbenen Sand gesunken waren? Wie sich ihre Fingerspitzen wie durch Zufall berührten und sie das Pochen des Bluts in seinen Schläfen fühlte, während ihre Zunge gierig seinen Hals, sein Kinn, seine Lippen ertastete? Wie sie sich peinlich ertappt gefühlt hatten, als die spielenden Kinder sie bei ihrem wilden Kennenlernen überraschten, gerade als ihre Hand über seinen von kleinen schwarzen Härchen überzogenen Bauch in Richtung seiner Badehose glitt?

Ihre Finger rieben auch jetzt die Härte, die sie durch den Stoff seiner Jeans spürte und sie nahm sein gedehntes kehliges Schnurren als Zustimmung für ihr Tun. Damals hatten sie den Strand stumm verlassen, hatten sich, die Finger ineinander gehakt, schweigend auf den Weg zu seinem Hotel gemacht und waren auf dem Doppelbett in seinem Appartement übereinander hergefallen.

»Weißt du noch, was wir damals danach gemacht haben?«, fragte die Stimme und sie verstärkte statt einer Antwort den reibenden Druck ihrer Finger.

»Lass uns zu dir nach Hause fahren«, flüsterte er, »jetzt gleich!«

Sie registrierte im Unterbewusstsein, dass auch sie nichts anderes wollte, als mit ihm zu schlafen. Ihre Wohnung war frei und heute, an Heiligabend, würde sie kein unangemeldeter Besuch stören. Morgen oder übermorgen würde sie nach Durban fliegen, um auf Leonard zu warten, der noch bei seinen Eltern war.

Bis er kam, würde sie im selben Hotel übernachten, in dem Henning wohnte und von dessen Appartement aus man nicht nur einen traumhaften Blick auf die Natal Bay hatte, sondern es auch ein Schlafzimmer mit einem wundervollen breiten Doppelbett und romantischer Beleuchtung gab. Und Henning würde ebenfalls da sein.

»Was ist, gehen wir, oder …?« Er stoppte ihre reibenden Bewegungen mit seiner Hand und sog die Luft ein.

»Es ist Weihnachten«, hauchte sie. »Das Fest der Liebe …«

Samstag, 26. Dezember 2009, zweiter Weihnachtstag, Frankfurt am Main
Noch 166 Tage

Der Himmel zeigte an diesem Wintertag sein strahlendstes Blau, während die Nadelbäume am Straßenrand sich dem Raureif erwehrten. Sie hatte ausreichend Zeit und war früh genug losgefahren, um rechtzeitig am Flughafen in Frankfurt zu sein.

Irgendwie verrückt, dachte sie, setzt dich Hals über Kopf in eine Maschine nach Südafrika. Doch ihre Sehnsucht nach Henning war einfach größer als alles andere auf der Welt. Wie hatte sie sich durch den Heiligen Abend gequält, mit ihrer Schwester und deren Familie gegessen und unterm Weihnachtsbaum Geschenke ausgepackt. Sie musste die Tränen unterdrücken, als sie, vom Blockflöten- und Geigenklang ihrer Patenkinder begleitet, ›Stille Nacht‹ und ›Leise rieselt der Schnee‹ gesungen hatten, und hatte dabei unentwegt an Henning gedacht.

Allein und einsam in diesem fremden Land hatte er Heiligabend verbringen müssen und nicht einmal ein Geschenk von ihr erhalten. Immerhin hatte sie erst vor zehn Tagen von ihm erfahren, dass er Weihnachten in Südafrika bleiben würde.

Ihre Freundin Linda hatte sie schließlich auf die Idee gebracht, kurzfristig einen Flug nach Südafrika zu buchen. »Du vergräbst dich hier und gehst in deiner Einsamkeit ein. Warum überraschst du ihn nicht? Du fliegst am Abend los und wenn du aufwachst, bist du da!«, hatte sie am Telefon zu ihr gesagt.

»Ich weiß überhaupt nicht, ob ihm das recht sein wird. Er hat sicher viel zu tun, sonst wäre er nicht über Weihnachten in Durban geblieben.«

»Dann finde es doch einfach heraus. Sicher hat er viel zu tun, aber mehr als zwölf Stunden wird auch Henning nicht arbeiten. Und wenn du nur drei Tage bleibst, habt ihr 36 Stunden Zeit. Und das werden Stunden sein, die du nie vergessen wirst.«

Linda wusste sicher, wovon sie sprach. Sie war seit einigen Jahren mit Alan Scott zusammen, der in Afrika lebte und arbeitete. Sie hatten sich immer nur für kurze Zeit gesehen und Linda hatte jedes Mal davon geschwärmt. Jetzt war er zum ersten Mal für längere Zeit geblieben und die beiden würden den Jahreswechsel auf einer Skihütte in den Bergen verbringen.

»Alan soll endlich mal einen richtigen Winter kennenlernen«, hatte Linda gesagt, »und nicht nur den Schnee auf dem Kilimanjaro.«

Dann würde sie also wieder allein dasitzen, dachte Karin. Ihre Schwester fuhr mit ihrer Familie in den Taunus zu Freunden, Linda würde in Vorarlberg sein, und sich bei Bekannten, die sie eingeladen hatten, in einen festen Partykreis zu drängen, um ohne Partner einsam den Silvesterfrust zu schieben, dazu hatte sie keine Lust.

In der Maschine der SAS über Johannesburg nach Durban war noch ein Platz frei gewesen und so entfloh sie dem deutschen Matschwinter. In Stuttgart war der Schnee rechtzeitig vor Weihnachten wieder geschmolzen, aber kurz vor Pforzheim wurde die Landschaft weiß. Viele Familien waren zu einem Ausflug in den verschneiten Schwarzwald aufgebrochen, um wenigstens dort noch eine Spur von weißen Weihnachten vorzufinden.

Als es dämmerte, verließ sie die Autobahn und hatte noch Stunden Zeit. Sie stellte ihren Twingo in einem der privaten Parkhäuser in Flughafennähe ab, in deren Preis der Transfer zum Airport inbegriffen war. Drei Stunden vor Abflug war sie am Terminal und hatte Glück, ihre Reisetasche gleich aufgeben zu dürfen.

In der kurzen Warteschlange, die um diese Zeit schon bei der South African Airways entstanden war, reihte sich hinter ihr ein kleinwüchsiger Afrikaner ein, dessen Gesicht von einem schwarzen Bartflaum eingerahmt wurde. Er hatte sich eine rot-gelb-grüne Wollmütze tief über den Kopf gezogen und trug einen pelzbesetzten Ledermantel, der eher nach Lappland als zum Kapland passte. Seine Zähne glänzten weiß, als er sie anlachte und sie bat, für zwei Minuten auf seinen Koffer aufzupassen, da er noch telefonieren müsse. Verlegen hatte sie zugestimmt, obwohl ihr nicht ganz wohl bei dem Gedanken war, jetzt mit dem Koffer eines wildfremden Afrikaners auf dem Frankfurter Flughafen zu stehen.

Wie magisch angezogen starrten ihre Augen auf das Schild ›Don't leave your luggage unattended!‹, als zusätzlich auch die weibliche Stimme vom Band davor warnte, Gepäckstücke unbeaufsichtigt herumstehen zu lassen. Sie suchte nach dem Afrikaner, der sich in Richtung einer Menschenmenge an einem anderen Schalter mit eiligen Schritten davongemacht hatte. Warum konnte er mit seinem Handy nicht von hier aus telefonieren? Wohin war er gegangen? Sie entdeckte die rosarot gekennzeichneten Telefonzellen am anderen Ende des Terminals. Doch der Schwarze war zu klein, um zwischen den vielen Reisenden aufzufallen.

Die Schlange vor ihr bewegte sich in Richtung Gepäckaufgabe. Sie schob ihre Reisetasche über den Steinboden und zog zögernd den braunen Lederkoffer des Afrikaners hinter sich her. Keine Explosion, kein Knall, kein seltsames Ticken. Jetzt sah sie den Pelzkragen in einer der Telefonzellen aufleuchten. Er schien tatsächlich zu telefonieren. Wieder bewegte sich die Schlange um drei Meter nach vorn. Als sie seinen Koffer anfassen wollte, stand er plötzlich wieder hinter ihr und nahm ihr den Griff aus der Hand.

»Danke sehr vielmals«, sagte er artig und hielt ihr sein Handy vor das Gesicht. »Akku leer!«

Zehn Minuten später rollten die 15 Kilogramm ihrer kleinen Reisetasche über das Förderband und sie hielt ihre Bordkarte in der Hand. Den kleinen Afrikaner verlor sie aus den Augen.

Sie liebte die Flughafenatmosphäre und beobachtete interessiert die Passagiere, die auch heute, am Feiertag, in gewohnt großer Anzahl zwischen den Terminals pendelten. Was trieb die Menschen dazu, dachte sie, an Weihnachten in alle Welt zu fliegen? Sie gönnte sich einen Cappuccino in einer der Cafébars, später ein Pils an einer Stehtheke, und ging zwei Stunden vor Abflug in den Check-in-Bereich.

Unter den Passagieren des Flugs nach Johannesburg waren zahlreiche Afrikaner, die, teils in dunklem Anzug, teils in traditionelle bunte Kleider gehüllt, der Abflughalle etwas Exotisches verliehen. Sie nahm auf einem der freien Plastikstühle Platz und wartete, bis der Flug aufgerufen wurde. Da sie mit dem Rücken zum Gang saß, bemerkte sie nicht, wie sich ihr der Afrikaner mit dem pelzbesetzten Ledermantel näherte.

»Sie fliegen auch weiter nach Durban?«, raunte er und lächelte sein zahnlückenloses Lächeln.

Sie fuhr herum. »Woher wissen Sie das?«, fragte sie und ihre Stimme klang rau.

»Ich habe das Kürzel auf ihrem Gepäckabschnitt gesehen.«

Sie erschauderte. Warum interessierte sich der Mann für ihr Reiseziel?

»Dann haben wir dieselbe *destination*«, bemerkte er und sprach das letzte Wort englisch aus. »Darf ich fragen, wo Sie sitzen – oder ist es Ihnen unangenehm?« Sie schüttelte ihren Kopf und zeigte ihm ihre Bordkarte. 17B.

»Oh, welch ein Zufall!«, rief er und starrte auf seine Flugpapiere. »Wahrscheinlich, weil ich direkt hinter Ihnen am Schalter war – 17A. Freut mich sehr. Mein Name ist Moses Samuba.« Es schien ihn nicht zu stören, dass sie schwieg, und sie überlegte für einen Augenblick, ob sie bei einer der Flugbegleiterinnen nach einem anderen Platz fragen sollte, als das Boarding begann.

Moses Samuba überließ ihr den Fensterplatz. Er sei die Strecke schon so oft geflogen, und außerdem sei es ja Nacht. Sie sei sehr müde, entgegnete sie, und wandte ihren Kopf zum Fenster. Es war eine Gabe, die sie von ihrem Vater geerbt hatte, in jeder Situation und überall tief und fest schlafen zu können. Wie im Traum nahm sie aus weiter Ferne noch die Stimme Samubas wahr, der ihr irgendetwas von finnischen Bären erzählte, dann die Sprecherin des Animationsfilms, die mit den Sicherheitsvorkehrungen an Bord vertraut machte.

Auch Moses Samuba lehnte sich zurück und schloss seine Augen. Er ließ den finnischen Winter hinter sich, um in den südafrikanischen Sommer zu fliegen. Tauschte die ewige Nacht mit dem Kreuz des Südens. Seine Heimat war der Umfolozi, dorthin kehrte er zurück, um das, was er in Finnland über die Braunbären gelernt hatte, auf Löwen und Leoparden anzuwenden. Niemand hier in diesem Flugzeug ahnte, dass er in Finnland noch eine ganz andere Ausbildung erhalten hatte. Stolz und siegessicher flog er jetzt in sein Land.

Afrika würde schon sehr bald wieder nur den Afrikanern gehören.

Sonntag, 27. Dezember 2009, Durban
Noch 165 Tage

Sie verließ den Durban Airport und hielt direkt auf den Taxistand zu. Der Fahrer kannte das Hotel, lud ihre Reisetasche ein und fuhr sie durch das dichte Verkehrsgewimmel einer südafrikanischen Großstadt. Sie war noch nie in Afrika gewesen, kannte den Kontinent nur aus Filmen und Büchern. Und aus den Erzählungen ihrer Freundin Linda.

Hier lernte nun auch Karin die afrikanische Realität kennen. Mehrspurige Highways, von Bougainvilleen und Palmen begrenzt auf der einen, armselige Hütten mit Wellblechdächern inmitten von Schutthaufen statt Gärten auf der anderen Seite. Limousinen und Pickups nahmen an den Kreuzungen am Stadtrand den Handkarren und Eselgespannen die Vorfahrt. Barfüßige Kinder mit kranken Augen, die im Straßengraben lungerten, erweckten ihr Mitleid, Halbwüchsige mit Knüppeln und Knarren, die auf den Ladeflächen der hupenden Kleintransporter lärmend durch die Straßen fuhren, machten ihr Angst.

Die Zufahrt zum Hotel brachte sie in eine andere Welt. Palmenarkaden, von einem künstlich angelegten Rinnsal bewässert, muntere Springbrunnen, ganze Beete voll farbenfroh blühender Proteen, Flamingoblumen, Agaven und Hibiskus, der Parkplatz für ankommende Gäste unter einem gewölbten Baldachin, auf dem in goldenen und blauen Buchstaben das Wort ›Willkommen‹ in mehreren Sprachen zu lesen war.

Livrierte Bedienstete eilten herbei, schafften ihr Gepäck an die Rezeption, reichten ihr einen duftenden Begrüßungscocktail und führten sie freundlich lächelnd zum Aufzug, nachdem sie sich als Freundin von Mr. Fries zu erkennen gegeben hatte. Eine der blutjungen Afrikanerinnen hinter dem Empfangstresen nannte ihr Hennings Zimmernummer und wies ihr den Weg zum Aufzug.

Es war kurz vor ein Uhr mittags, als sie an die Tür des Zimmers 414 klopfte. Zunächst dachte sie, die Nummer falsch verstanden zu haben, als sie in das Gesicht der dunkelhäutigen Frau starrte, die ihr geöffnet hatte. Doch dann hörte sie im Hintergrund Hennings Stimme rufen: »Wer ist es denn, Darling?«, und spürte im selben Augenblick, wie sich ihr Magen verkrampfte und ihr der bittere Geschmack von Galle in die Kehle stieg. Sie hörte noch das »keine Ahnung, ich kenn die Frau nicht« der schwarzen Schönheit, als ihr schwindelig wurde, und sie sich mit schwankenden Schritten an der Wand entlang zum Aufzug tastete. Wie sie nach unten kam, wusste sie nicht mehr, ihre Gedanken wurden erst wieder klar, als sie sich draußen vor dem Hotel vor einer Palme kniend wiederfand, die Hände am rauen Stamm aufgeschürft, die Lippen blutig gebissen und die Augen brennend gerötet.

»Schwein!« Wie in Trance trommelten ihre Fäuste gegen den Baum und ihre Lippen formten immer nur die eine Silbe, die ihrer heiseren Kehle wie ein Grunzen entwich, während ihr Tränen die Wangen runterliefen: »Schwein!«

Und die Gedanken, die dieses Wort stumm begleiteten, waren vernichtend.

»Schwein!«

2010

Samstag, 9. Januar 2010, Aalen, Schwäbische Alb
Noch 152 Tage

Zeitpunkt und Ort waren ideal gewählt. Die Limes-Therme Aalen war an diesem klirrend kalten Wintermorgen dichter von Nebelschwaden umhüllt als ein schottisches Hochlandmoor in einem Gruselfilm. Der Schnee, der in den letzten Tagen den Winter erneut auf die Ostalb gebracht hatte, war in den kalten Nächten bei nahezu minus 20 Grad zu hartem Firn erstarrt und reichte so weit an das Thermalbecken heran, dass man ihn vom Wasser aus mit ausgestrecktem Arm erreichen konnte.

Die Köpfe der wenigen Menschen, die an diesem Morgen kurz nach Öffnung der Kassen draußen schwammen oder am Beckenrand an den Massagedüsen hingen, tauchten nur schemenhaft zwischen den Dunstwolken auf, und der Gast, der soeben aus der Schwimmhalle in den Außenbereich getaucht war, hatte zunächst Mühe, sich im Nebel einen Überblick zu verschaffen. Der warme Dampf, der sich in der eiskalten Luft über der Wasseroberfläche wie in einer Dunstglocke hielt, hüllte die Gesichter der Mitschwimmenden in blasse Anonymität, und wenn man nach oben sah, ließ sich ein blauer Morgenhimmel mit einem seltenen Hauch einsamer weißer Wolken erahnen. Es würde ein sonniger Tag werden, ein Wintermärchen auf der Schwäbischen Alb.

Der Gast versuchte, im Nebel die Wasserspeier zu entdecken, die sie als Treffpunkt ausgemacht hatten. Dort musste der andere auf ihn warten. Wie Periskope einer Miniatur-U-Bootflotte tauchten die zehn Metallrohre am halbkreisförmigen Ende des Beckens auf. Zwei Menschen, ein Mann und eine Frau, ließen sich das warme Wasser auf Genick und Rücken platschen. Er hielt auf den Mann zu und peilte die Wasserdüse neben ihm an. Das Rauschen übertönte alle anderen Geräusche, und um mit seiner Stimme dagegen anzukommen, drehte er seinen Kopf und beugte seinen Oberkörper leicht in die Richtung des anderen. Er musterte dessen Gesichtszüge. Dunkle Haare, durch das Wasser wie am Kopf festgeklebt, die Haut glatt rasiert. Tränensäcke unter den Augen, Falten und Warzen entstellten das Gesicht.

»Skywalk.« Mit Mühe übertönte er das Rauschen der Wasserspeier.

Der Warzige sah kaum merklich auf und nickte. »Dr. Goldbäck? Deutscher Arzt?«

Der Angesprochene bejahte. Er spürte die wohltuende Kraft des Thermalwassers auf seiner verspannten Rückenmuskulatur. Ein guter Treffpunkt. Nicht nur im Nebel anonym und durch das Wasserrauschen für Abhörwanzen untauglich, sondern auch gesundheitsfördernd. Er würde die Therme wieder besuchen. Privat. Ohne sich dabei mit einem warzigen Südafrikaner zur Absprache einer Verschwörung zu treffen. »Und Sie sind …?«

Der Mann unterbrach seine Frage unwirsch. »Unwichtig. Wir haben hier eine klare Abmachung. Sie bekommen von mir Ihre Instruktionen. Ich stelle zuerst die Fragen und Sie antworten. Danach umgekehrt. Fünf Minuten dafür. Sind Sie soweit?«

Der Arzt nickte und schwieg. Irgendwie hatte er nicht mit einem Weißen gerechnet, als es hieß, er werde sich in der Limes-Therme mit jemandem aus Südafrika treffen.

»Sie wissen, wofür wir Sie brauchen?« Das Deutsch des Südafrikaners klang fast akzentfrei. Ob er wirklich aus Südafrika stammte, ließ sich weder aus seiner Stimme noch aus seinem Gesicht herauslesen.

»Ja. Ich habe die Anweisungen bekommen.«

»Und Sie sind dem gewachsen?«

Stummes Nicken.

»Und was bewegt Sie, bei uns mitzumachen? Sie sind ein Weißer.«

Die Antwort kam ohne Zögern: »Das Geld.«

»Gut. Sie wissen, dass Sie als Kurier auf afrikanischem Boden arbeiten müssen?«

»Ich fliege in drei Monaten.«

»Wohin? Addis Abeba?«

»So wurde es mir gesagt. Ich soll am Tanasee auf weitere Instruktionen warten.«

»Das ist gut. Die Phiolen kommen aus Nasana in Zentralafrika. Dort ist das Labor. Sie wissen, was Sie dann zu tun haben?«

»Nicht genau.«

»Es werden zwei Phiolen sein. Unzerbrechlich. Außer bei einer Detonation. Sie werden diese beiden Phiolen von Äthiopien nach Südafrika schaffen. Als Teil Ihres Arztgepäcks. Sie müssen vor Beginn der Weltmeisterschaft dort eintreffen. Mit Ihrer Hilfe werden wir die Phiolen in das Moses-Mabhida-Stadion in Durban schleusen. Dort findet, wie geplant, am 13. Juni das erste Spiel der Deutschen statt. Wir haben die Sicherheitssysteme im Griff. Danach ist Ihre Aufgabe beendet. Alles Weitere erledigen unsere Männer vor Ort. Gut, dass Sie schon als Mannschaftsarzt gearbeitet haben. Es war leicht, Sie als Ersatz für Dr. Maier-Fuchsberger in das DFB-Team einzuschleusen.«

»Ich war 2006 vor der WM Assistenzarzt von Dr. Maier-Fuchsberger und habe dann zwei Jahre lang in der Volleyball-Bundesliga praktiziert. Unter anderem in Friedrichshafen.«

»Wir sind informiert. Sie kennen auch das deutsche Team.«

»Ja. Ich war in Moskau dabei.«

Der andere nickte und Goldbäck fuhr fort: »Ich kenne Löw schon seit meinem Studium in Freiburg. Er hat mich damals beim DFB empfohlen.«

Der Warzige sah auf seine wasserdichte Armbanduhr. »Ist uns bekannt. Noch zwei Minuten. Jetzt Ihre Fragen.«

»Was passiert mit Maier-Fuchsberger, während ich zum Einsatz komme?«

»Wir kümmern uns um ihn.«

»Es wurde mir zugesichert, dass ihm nichts passiert.«

»Dann werden wir uns daran halten. Ich schätze, er wird sich eine kleine Tropenkrankheit holen und für ein, zwei Spiele ausfallen.«

»Diese Phiolen. Was ist ihr Inhalt?«

Der Warzige sah ihn an und seine Augen hatten etwas Stechendes. »Diese Frage sollten Sie nicht stellen. Nicht heute und nie wieder. Sie bekommen viel

Geld für eine vergleichsweise geringe Gegenleistung. Machen Sie Ihren Job, wir kümmern uns um den Rest. Kein Mensch wird je von Ihrer Teilnahme an unserem Projekt erfahren. Weitere Fragen?«

»Was mache ich, wenn ich die Phiolen übergeben habe?«

»Ihre Mission ist dann beendet und zu Ihrer eigenen Sicherheit sollten Sie während des Spiels nicht im Stadion bleiben. Es wird Ihnen schon was einfallen.«

Die Stimme klang schneidend und der Arzt fröstelte trotz des warmen Wassers. Er schwieg und beobachtete die Nebelschwaden über dem Thermalbecken. Schließlich fragte er: »Man hat mir gesagt, eine halbe Million sofort als Anzahlung ...?«

»Ist hinterlegt. Hier.« Der Südafrikaner reichte ihm einen Schließfachschlüssel, der an einem roten Armband befestigt war. In einer schwarzen Hülse steckte eine blaue Plastikmünze in der Größe eines Eurostücks. Mit diesem Coin war das Drehkreuz am Eingang zu den Umkleidekabinen zu öffnen, wenn man vom benachbarten Hotel in den Thermenbereich ging.

»Kommen Sie damit heute Nachmittag um 14 Uhr noch einmal in die Therme. Seien Sie pünktlich! Im Schließfach mit der Nummer 199 wird ein weißer Bademantel hängen, darüber zwei weiße Handtücher drapiert. Wundern Sie sich nicht über das Gewicht. Tauschen Sie Ihre Handtücher und Ihren Bademantel aus und schließen Sie den Schrank wieder ab. Das ist alles. Haben Sie noch Fragen?«

»Werde ich erfahren, was Sie wirklich vorhaben?«

Der Warzige fasste ihn scharf ins Auge und senkte

seine Stimme zu einem Flüstern, das fast vom Rauschen des Wassers verschluckt wurde. Doch ganz nah an seinem Ohr hörte der deutsche Arzt die Worte: »Je weniger Sie über die Sache wissen, desto besser ist das für Sie. Sie haben geschworen, mit niemandem darüber zu reden.«

»Man würde mich töten?«

Der Südafrikaner tauchte mit seinem Kopf unter, blieb für Sekunden unter Wasser verschwunden und kam direkt vor ihm wieder hoch. Seine Hände lagen wie Eisenklammern auf seinen Schultern und er ahnte, dass es für den Mann ein Kinderspiel sein würde, ihn einfach unter Wasser zu drücken und zu ertränken.

»Nicht Sie. Ihre Frau! Ihre Tochter! Ihren Sohn! Und Sie erst ganz zum Schluss. Vielleicht … Vielleicht würde man sich aber vorher noch um Ihre Kollegin kümmern.«

Der Arzt schluckte trocken. Was wussten sie von Ulrike?

»Diese blonde langbeinige Anästhesistin, die Sie bumsen, wenn Ihre Frau glaubt, Sie seien auf einem Kongress oder auf Dienstreise.« Er machte eine Pause, um die Wirkung seiner Worte abzuwarten, nahm die Pranken von den Schultern seines Gegenüber und tätschelte ihm aufmunternd die Wangen. Als der Arzt betreten schwieg, fuhr er fort: »Das muss genügen. Die Zeit ist um. Sie sollten das Bad jetzt verlassen. Ich bleibe noch ein wenig hier. Es kann nichts schaden, wenn wir im videoüberwachten Bereich nicht zusammen gesehen werden.«

Der Deutsche nickte und wollte schon zu einer Schwimmbewegung ausholen, als er plötzlich den Griff des Warzigen wie eine Handschelle um sein Armgelenk spürte. Dessen Mund näherte sich dem Ohr des Arztes, der trotz des Thermalwasserdufts die intensive Knoblauchfahne roch, die ihm entgegenschlug.

»Ich kann Sie übrigens verstehen«, sagte der Südafrikaner leise, »diese Ulrike ist wirklich eine Granate im Bett.«

Sein Lachen mischte sich mit dem Gurgeln des Wassers, als Goldbäck untertauchte und sich mit zwei Schwimmstößen aus dem halbrunden Massagebereich entfernte. Er hatte mit einem Mal das Gefühl, dass das Wasser kälter geworden war. Merklich kälter. Als er auftauchte und zurückblickte, war der Warzige im Nebelgrau des kalten Albmorgens verschwunden.

Samstag 20. März, Menzenschwand, Schwarzwald
Noch 82 Tage

Das Tal mit dem schmalen Flüsschen namens Alb, das sich durch die verschneite Landschaft des Schwarzwalds schlängelte, war ein Paradies für Langläufer. Die Loipen waren seit Tagen gespurt, und schon in den frühen Morgenstunden waren die ersten Wintersportler in der kalten Luft unterwegs.

Der ›Hirschen‹ lag verträumt in der Mittagssonne,

die sich nach langem Aufstieg mühevoll ihren Weg über die Schwarzwaldhügel im Osten gebahnt hatte, und jetzt von Süden her das Tal erwärmte, nur für wenige Stunden, und viel zu kurz, um die Schneemassen zum Tauen zu bringen. Draußen auf der Terrasse des gemütlichen Traditionshotels, von dessen Stirnseite bunte Fahnen und der künstliche Kopf eines Hirsches die Besucher grüßten, hatte Susanne, die junge Wirtin, die ersten Liegestühle aufgestellt, und einige Gäste, die, angelockt von der guten Küche des Hauses, hier zu Mittag gegessen hatten, gönnten sich eine Ruhepause in der Wintersonne, mit Wolldecken gegen die kalte Luft geschützt.

Linda Roloff kam mit ihrer elfjährigen Tochter Sarah jeden Winter für ein verlängertes Wochenende hierher. Diesmal waren einige Freunde und auch Alan dabei. Von Tübingen aus benötigte sie keine zwei Stunden über die A81 und dann durch den Schwarzwald, am romantischen Titisee vorbei, Richtung Feldberg, vorm Schluchsee rechts ab und über ein paar Serpentinen bergauf und bergab hinunter in das Hinterdorf, den verträumten, am Ende des Albtals gelegenen Ortsteil von Menzenschwand.

Es war Urlaub für die Seele, denn Gottfried, der aus dem Schwäbischen stammende prächtige Wirt und Chefkoch und seine reizende Frau Susanne verwöhnten ihre Gäste in dem altehrwürdigen Haus nicht nur kulinarisch. Jeder Abend, den Linda mit ihren Freunden und der Wirtsfamilie in der gemütlichen Gaststube verbrachte, war geprägt von Herzlichkeit und viel Gelächter, und gekrönt von der

Spezialität des Hauses, den selbst gebrannten Himbeergeist.

Dieser war nicht nur eine hervorragende Verdauungshilfe für den üppig garnierten ›Fallschirmjägerteller‹, den Linda traditionsgemäß am ersten Abend genoss, sondern auch ein Schelmenstück von Gottfried par excellence. Nicht nur, dass der Himbeergeist in seinem Haus einfach dem Schwarzwälder Kirsch den ersten Rang in der Beliebtheitsskala ablief, nein, Gottfried krönte den puren klaren Schnapsgenuss noch durch Hinzufügen einer tiefgefrorenen Himbeere und stellte außerdem die Spielregel auf, dass der Klare auf Ex zu trinken war und dabei die Frucht aus dem Glas gekippt werden musste. Wem dies nicht gelang, war für die nächste Runde Himbeergeist zuständig. Dies war allerdings leicht zu manipulieren und Gottfried machte sich immer wieder einen Spaß daraus, gewissen Gästen die Himbeere besonders tief und fest ins Glas zu drücken.

Alan Scott spürte an seinem Brummschädel, dass er am Abend zuvor offensichtlich von Gottfried zum ›Schluckspecht‹ auserkoren worden war, ständig war seine Himbeere im Glas zurückgeblieben, und die nächste Runde unvermeidlich gewesen. Nach fünf Himbeergeist hatte er aufgehört zu zählen und irgendwann festgestellt, dass sich Gottfried in sein Schlafzimmer zurückgezogen hatte. Er wusste heute nicht mehr, wie und wann er wirklich ins Bett gekommen war.

Er war allein aufgewacht. Linda war offensichtlich schon aufgestanden und auf der Loipe unterwegs und Sarah hatte sich nach dem Frühstück ins Spielzimmer verkrochen. Alan blieb noch ein paar Minuten mit geschlossenen Augen liegen, um seinen Träumen nachzuhängen. Linda und er. Die Frau, derentwegen er Afrika verlassen hatte. Sie hatte es geschafft, ihn mit ihrem Lächeln um den Finger zu wickeln, ihn mit ihrer Liebe an sich zu binden und ihm Herzklopfen zu verursachen, wenn er nur an sie dachte. Ein Kerl wie du, dachte er, der sich in Afrika sein Steak vom Löwenriss holt und zu Fuß durch eine Büffelherde spaziert, verliebt sich über beide Ohren in eine deutsche Journalistin und gibt seine Freiheit für sie auf.

Manchmal warf er sich vor, ein Narr zu sein, dann, wenn sie ihn Abend für Abend versetzte, weil ein Nachtdienst den anderen jagte und sie ein geplantes gemeinsames Essen wieder nicht in ihren Kalender eingetragen hatte. Idiot, sagte er zu sich selbst, wenn er stundenlang auf die Beantwortung einer SMS wartete und ihn das Handy schwarz und stumm anstarrte. Und dann, Stunden später, wenn sie ihn aus dem Schlaf klingelte und er ihre Stimme hörte, war aller Zorn vergessen und er lag ihr wieder zu Füßen.

Er war ihr verfallen, das spürte er, doch er wusste auch, dass es nicht ewig so weitergehen konnte. Er brauchte einen Job, wollte nicht nur von ihr abhängig sein. Und er sehnte sich nach Afrika. Mehr, als er Linda gegenüber zugab.

Mühsam hievte er seinen Oberkörper aus dem Bett,

blieb einen Augenblick sitzen, um den Schwindel in seinem Kopf in den Griff zu bekommen und schwor sich, nie wieder auf Gottfrieds Himbeergeist hereinzufallen. Der Mann aus Afrika war den deutschen Schnaps einfach nicht gewöhnt.

Er trank höchstens einen Gin Tonic, wenn er Touristengruppen durch die Reservate am Samburu oder Tana führte, im Amboseli den Anblick des Kilimanjaro bei Sonnenuntergang genoss oder in der Hemingway-Bar die abenteuerlichen Geschichten erzählte, die seine Kunden hören wollten.

Im Bad empfing ihn der kalte Schauer der Dusche, machte ihn mit einem Schlag hellwach und brachte ihm den Winter Deutschlands ins Bewusstsein. Er frottierte sich trocken und betrachtete, während er sich in dem gemütlichen Hotelzimmer anzog, die Eislandschaft vor seinem Fenster. Es hatte noch einmal geschneit in der durchzechten Nacht, wie gezuckert grüßten die Schwarzwaldtannen von den Hängen, die das Tal an drei Seiten einrahmten, riesige Eiszapfen hingen von den Firsten der benachbarten Häuser, und vom Dach des ›Hirschen‹ schoben sich lawinenverdächtige Schneebretter von oben in sein Blickfeld.

Alan Scott fröstelte, obwohl das Hotelzimmer gut geheizt war. Es wurde ihm erneut klar, dass er den deutschen Winter hasste. Er war nur auf Lindas ausdrücklichen Wunsch mit hierher gekommen und musste zugeben, dass es – zumindest kulinarisch gesehen – keinen Grund zur Reue gab. Nur den Winter wünschte er zum Teufel.

Nunmehr lebte er seit fast drei Monaten in Deutschland. Drei lange, kalte Wintermonate. Der Afrikamann hatte lange gebraucht, um zu realisieren, dass eine Frau wie Linda Roloff es wert war, Afrika zu verlassen. Er war unter afrikanischer Sonne aufgewachsen, brauchte die Savannen, die langen Fahrten offroad, die Nächte unter dem Kreuz des Südens. Er liebte den Duft von Elefantenkot, das heisere Bellen der Zebrahengste und den Händedruck der Massai. Er war einer von ihnen. Nie hatte er sich vorstellen können, Afrika einmal den Rücken zu kehren und lange hatte er sich dagegen gewehrt. Auch nachdem Linda in sein Leben getreten war.

Sie hatten sich kennengelernt, als sie vor fünf Jahren nach Kenya gekommen war, um ihren verschollenen Exmann zu suchen. Alan hatte ihr geholfen und sie hatten sich ineinander verliebt. Doch Alan war an den Diani-Beach zurückgekehrt, wo sein Boot, die Marlin II, vor Anker lag und hatte weiterhin die Touristen zum Hochseefischen auf den Indischen Ozean hinausgefahren.

Auf der Simba King-Lodge in der Massai Mara hatten sie sich wiedergesehen, und nachdem ihn Linda vor zwei Jahren in Südafrika davor bewahrt hatte, wegen Mordverdacht ins Gefängnis zu wandern, hatte er beschlossen, ihr nach Deutschland zu folgen. Aber diesmal war das Schicksal gegen sie gewesen, und es hatte erneut über ein Jahr gedauert, bis er sich endlich in Nairobi in die Maschine gesetzt hatte und über Amsterdam nach Stuttgart geflogen war.

Nie zuvor in seinem Leben war er sich einer Sache so sicher gewesen wie bei dieser Frau. Bereits nach seiner Ankunft auf dem Stuttgarter Flughafen hatte er ihr einen Heiratsantrag gemacht. Die Hochzeit hatten sie auf den 9. Mai festgelegt. Linda schwebte seither auf Wolke sieben. Dass sie und Alan in Deutschland leben würden, schon wegen Sarah, stand für sie fest, darüber gesprochen hatten sie allerdings nie. Die Hochzeitsreise, so viel hatte Linda schon mal durchgesetzt, würde nicht nach Afrika führen. Alan hatte zugestimmt, aber je länger er darüber nachdachte, desto mehr bedauerte er diese Entscheidung.

Er liebte Linda, er liebte sie mehr, als er je eine Frau geliebt hatte. Doch er liebte auch Afrika Und Afrika war sein Leben gewesen. Bisher. Jetzt war er dem deutschen Winter ausgesetzt. Nass. Kalt. Dunkel.

Er vermisste die Sonne. Das bisschen, was sich von ihr zeigte, an den trostlosen grauen Tagen am Neckar, reichte nicht, um ihm Heiterkeit zu bescheren. Er machte sich auf den beschwerlichen Weg hinauf zum Tübinger Schloss, um ihr näher zu sein, auch dort war nur der Himmel hell, grell, fast weiß, blendete ihn, doch die Sonne sah er nicht. Unten floss der Neckar. Von laublosen Platanen begrenzt, Enten schnatternd im kalten Wasser, kahle Ufer, trostlos trist. Der Neckar war eben weder der Uaso Nyiro noch der Mara. Er vermisste die Savannen an seinen Ufern. Junges grünes Gras, oder gelbes, in der Sonne verbranntes weites Land.

Wenn er droben stand, an der Mauer des Schlosses Hohentübingen, und sein Blick hinüberging nach Südwesten zu den Höhenzügen des Rammert und – weiter östlich – der Schwäbischen Alb, stellte er sich die grünen Hügel der Massai Mara vor, gesprenkelt wie ein Gepardenfell von den Leibern der Gnus und Zebras, die an ihren Hängen grasten.

Er fuhr hinaus aus der Stadt Richtung Hechingen oder Reutlingen. Stand im Stau. Ampeln bremsten jeden Fluss, die Verkehrsführung ein Chaos. Er vermisste die langen Fahrten offroad. Sand zwischen den Zähnen, die Sonne tief im Gesicht stehend, während man die Einfahrt zum nächsten Camp passierte. Nach dem Essen eine Runde am Lagerfeuer, Gin Tonic, das Lachen der Hyänen, und der Honigdachs, der kam, um sich die Reste der T-Bone-Steaks zu sichern. Er vermisste die Nächte unter dem Kreuz des Südens. Und das Erwachen bei Tagesanbruch.

In Deutschland stand er um 7 Uhr auf, eine Stunde später als sonst, und blickte bei geöffnetem Fenster in eine Nebelwand und kalten Niesel in stockfinstrer Nacht. Die Luft roch nach Abgasen, der Lärm der Reifen, die über regennassen Asphalt rauschten, verdrängte jedes andere Geräusch und beim Bäcker unten am Eck, bei dem er morgens fast immer der erste Kunde war, gab es statt eines Händedrucks und dem Lächeln Afrikas höchstens ein mürrisches ›Morga!‹ – oder ›'s Gott!‹.

Er vermisste den Duft von Elefantenkot, das heisere Bellen der Zebrahengste und den Händedruck der Massai. Und er sehnte sich nach dem Rhythmus

Afrikas, der ihn der Hektik des deutschen Alltags entreißen würde.

Jetzt, hier in Menzenschwand, genoss er das Pole-Pole, denn es gab niemanden, der ihn drängte. Linda war auf der Loipe und er hatte alle Zeit der Welt. Bis zu dem Augenblick, als das Handy ihm eine eingehende SMS signalisierte. Alan sah den Absender: Jeff van Rossen von Olifants Goud, der Lodge in Mpumalanga, Südafrika. Die Nachricht war kurz und präzise: *Hi, scottie, kannst du hier aufschlagen? Brauche leute wegen der wm. Best wishes. Jeff.*

Alan Scott speicherte die Nachricht ab und witterte Probleme. Falls er Jeff zusagte.

Die Versuchung war groß: Die Sonne Südafrikas. Elefanten, Zebras und Zulus, Savannen statt einsames Warten, bis die Frau, die er liebte, mal wieder Zeit für ihn hatte. Wahrscheinlich würde sie ihn nicht mal vermissen. Auch jetzt war ihr Handy ausgeschaltet. Nicht mal die Mobilbox war aktiviert. Sollte er es per SMS versuchen? Es konnte ewig dauern, bis sie antwortete.

Alan Scott ignorierte seine Gedanken an Linda, als er Jeff zurückschrieb. Wie oft hatte sie ihn ignoriert! Es wäre ja nur für kurze Zeit. Und er dachte nicht an die Hochzeit. So antwortete er: *Hi, Jeff. Bin dabei. Wann und wie lange?*

Die SMS aus Südafrika kam nach wenigen Minuten: *Am besten sofort. Bis mitte juni.*

Linda fiel aus allen Wolken, als sie es später las.

Am selben Tag, Durban

Die Abendsonne sandte ein glühendes Rot vom westlichen Horizont über die unruhige Oberfläche des Indischen Ozeans. Durban versank in der Dämmerung und die zahlreichen Lichter der Straßenbeleuchtung, Werbeanzeigen an den Hochhausfassaden, die Scheinwerfer der Fahrzeuge und die gedämpfte Helligkeit aus den Zimmern und Büros, die nach außen drang, formten sich über dem Smog der Stadt zu einer halbkugelförmigen fluoreszierenden Lichtglocke, die den südafrikanischen Sternbildern keine Chance am Nachthimmel ließ. uThembani Mthetwa wartete auf seine Leute.

Seine Finger tasteten über die Narbe an seinem Hals. Fast ein Jahr war es her, und ständig wünschte er sich nichts sehnlicher, als es dem Araber heimzuzahlen. Zurzeit brauchten sie ihn, aber schon bald würde seine Aufgabe erledigt sein, und dann würde er ihm gehören. Der Zulu schloss die Augen und seine Hand krampfte sich um den Griff des Kurzschwerts, das unter seinem Hemd aus dem Gürtel ragte.

Sein Name bedeutete *Hoffnung* und seine Vorfahren entstammten dem Geschlecht Shakas in direkter Linie. Sein Ururururgroßvater war ein Vetter des Zulukönigs und hatte in Shakas Armee gekämpft, als die ersten Einwanderer aus England sich in Durban – das sie damals noch Port Natal nannten, weil Vasco da Gama hier an einem 25. Dezember landete – niederließen.

Seine ersten Morde beging uThembani Mthetwa mit 20. Er tötete vier Menschen aus persönlicher Rache. Er hatte seinem künftigen Schwiegervater seine wertvollen weißen N'guni-Rinder als Brautpreis für Hlenga, der schönsten Blume unter den Zulumädchen, im Tal der tausend Hügel angeboten. Doch der Alte schlug die Rinder als Lobola – so nannten die Zulu den Brautpreis – aus und brach die Tradition, indem er seine Tochter Nxumalo versprach, einem Zulu aus Port Tongaat, der ihm einen Fernseher als Lobola geboten hatte.

An jenem Tag, als Nxumalo den Fernseher in die Hütte ohne Strom gestellt hatte, trieb uThembani Mthetwa nachts mit Feuer seine Rinderherde in den Kral und steckte das bienenkorbförmige Haus des Alten in Brand. Der Greis erstickte qualvoll im Rauch, ein halbes Dutzend Rinder krepierte im Feuer, den Rest der Herde trieb Mthetwa in die Wildnis hinaus.

Hlenga, die uThembani zur Braut nehmen wollte, und ihr künftiger Mann wurden drei Tage später tot im Tugela gefunden, beide mit einer Stichverletzung in der Brust.

Danach wollte er ein neues Leben beginnen, jedoch holte ihn sein altes wieder ein. Ein Bruder Hlengas überfiel ihn nachts, um seine Schwester zu rächen, uThembani entwand ihm im Zweikampf das Schwert und schlug ihm den Kopf ab.

Er wurde wegen Mordes gesucht und versteckte sich zunächst mithilfe von Freunden in einer Höhle in den Drakensbergen. Nachdem etwas Gras über die Sache gewachsen war, schloss er sich dem verbotenen ›Speer der Nation‹ an. Dort lernte er Paul Dhlomo kennen.

Voller Stolz trug er das Kurzschwert der Zulus in der Untergrundbewegung des ANC gegen die Apartheid und senkte es in die Brust der weißen Herrscher bei den nächtlichen Überfällen, die ihn und seine Brüder in den Augen der Unterdrückten zu Helden werden ließen. Kerbe für Kerbe ritzte er für jeden Toten in den hölzernen Griff seines Schwerts und färbte jede einzelne rot mit deren Blut.

Die Zahl der Leute, die er sich, wie einst König Shaka, durch seine harte und unbarmherzige Haltung zum Feind machte, stieg jedoch bald auch in den eigenen Reihen. Und trotz der Furcht vor seinem Zuluschwert formierte sich bald eine kleine Gruppe von Männern, die alles daran setzte, den Verhassten loszuwerden.

Die Verschwörer setzten ihren Plan um. Einer von ihnen, ein junger, aufstrebender Kerl, den der Zulu mehr als einmal in die Schranken gewiesen hatte, übernahm es, einem Polizeispitzel den entsprechenden Hinweis zu geben und Mthetwa wurde nach einem Überfall auf einige weiße Siedler in KwaZulu-Natal, bei dem mehrere Familien ausgelöscht und alle Frauen vergewaltigt worden waren, verhaftet.

Als Beweis seiner Schuld genügte sein Zuluschwert mit den rot gefärbten Kerben, das man im Farmhaus der Familie gefunden hatte. Seine Aussage, die Nacht bei einer Nutte in Durban, fast 100 Kilometer vom Tatort entfernt, verbracht zu haben, wurde nicht einmal überprüft und er landete für den Rest seines Lebens im Alcatraz Südafrikas, auf Robben Island.

Seine Zelle lag im selben Bauteil wie die Mandelas und während der Arbeit im weißen Kalksteinbruch redete er mehr als einmal mit dem späteren Präsidenten. Schon damals störte ihn der versöhnliche Ton, seine eigenen Gedanken waren geprägt von Hass und Gewalt, er träumte von dem freien Afrika ohne Knechtschaft, ja ohne Herrschaft der Weißen. Sein Ideal war das Afrika ohne willkürliche Grenzen, das Afrika Shakas, des großen Zuluhäuptlings, dessen Dynastie er entstammte.

Das Ende der Apartheid verhinderte, dass er wirklich für den Rest seines Lebens im Gefängnis bleiben musste und führte ihn zurück nach KwaZulu-Natal. Er war noch jung genug, ein neues Leben zu beginnen und schlau genug, seine wahren Ideale zu verbergen und sich nach außen hin mit der Politik Mandelas anzufreunden.

Durch die Kontakte, die er auf Robben Island geknüpft hatte, fand er Zugang in die Kreise der Politik und bekam eine Stellung als Leibwächter des Präsidenten. Kurz nach seinem Eintritt in den ANC wurde er zum Sicherheitschef ernannt und engagierte sich politisch in der Partei. Zumindest offiziell.

Doch sein Herz verkrampfte sich bei den Reden Mandelas, und nur widerwillig schirmte er den Präsidenten gegen die Demonstranten aus dem verarmten Kapstädter Vorort Grootboom ab, die mit roten

Spruchbändern gegen das staatliche Wohnungsbauprogramm protestierten. Er hatte nach Ende der Apartheid auf einen blutigen Bürgerkrieg gehofft, der in Massenvertreibung der Weißen endete, und sah sich bitter enttäuscht.

Er hasste es, wenn die restliche Welt vom ›Wunder am Kap‹ sprach. Niemand schien Notiz zu nehmen vom Heer der Armen, die die breite Basis der neuen südafrikanischen Erfolgspyramide bildeten. Über 40 Prozent der Südafrikaner hatten keine Arbeit. Über fünf Millionen hatten Aids. Die restliche Welt übersah die Toten, die Nacht für Nacht in den armen Vororten der großen Städte zwischen brennenden Mülltonnen lagen. Noch immer waren die reichen Weißen die Herren über Farmen, Weingüter, Landhäuser, Banken und Restaurants, noch immer schufteten die Schwarzen als schlecht ausgebildete Arbeiter und mies bezahlte Dienstboten, lebten in Slums und aßen getrennt von ihren weißen Herren. Schon bald trieb ihn die erneute Unzufriedenheit ein weiteres Mal in den Untergrund, wo er wieder an Paul Dhlomos Seite kämpfte.

Wir mobilisieren die Townships, hatte Dhlomo gesagt, und marschieren los gegen die Villen der reichen Weißen. Paul hatte eines Abends vor der alten Baracke, in der er hauste, auf ihn gewartet und ihn gefragt, ob er als ehemaliger Kämpfer des ›Speers der Nation‹ nicht etwas vermisse. Als Mthetwa ihn schweigend angestarrt hatte, hatte er ihm grinsend sein gekerbtes Zuluschwert überreicht.

›Wo hast du das her?‹, hatte der Zulu gefragt.

›Ein Erinnerungsstück. Du weißt, dass man dich hereingelegt hat, damals. Dein Schwert lag nach deiner Verurteilung in einem Nebenzimmer des Gerichts. Einer der Gerichtsdiener schuldete mir noch einen Gefallen. Ich habe mir gedacht, dass du es eines Tages wieder zurückhaben willst.‹

Mthetwa fuhr sanft streichelnd über sein Schwert wie über die Haut eines jungen Mädchens. Das Wort danke gehörte nicht zu seinem Sprachgebrauch, aber er nickte Paul zu und steckte die Waffe in seinen Gürtel. Von diesem Augenblick an waren uThembani Mthetwa und Paul Dhlomo ein unschlagbares Team.

Zusammen waren sie an einem Mordkomplott auf den Präsidenten beteiligt, das jedoch scheiterte. Mthetwa wurde im Laufe der Zeit bei ›Sub Africa‹ zum Experten für alles, was mit Sicherheit, Alarmvorrichtungen und Selbstschussanlagen zu tun hatte. Parallel dazu gründete er einen privaten Sicherheitsdienst, der als einer der zuverlässigsten in der ganzen Stadt galt, und die reichsten Durbanites leisteten sich einen Wachmann und Alarmanlagen von ›uThembani Securities‹, wie er seine Firma nannte. Seine Leute bewachten die privaten Anwesen der Anwälte, Politiker und sogar des Polizeichefs ebenso wie viele Hotelanlagen entlang der Golden Mile.

Als Südafrika den Zuschlag für die Fußballweltmeisterschaft 2010 bekam, wurde ihm der Posten als Sicherheitschef des Organisationskomitees angeboten. Das gab ihm die nötige Macht, und zusammen mit Paul, der als Maschinenbauingenieur auf der Stadionbaustelle in Durban arbeitete, bereitete er einen Anschlag vor, der Afrika endlich wieder den Afrikanern zurückgeben würde.

Drahtzieher war ein Weißer, der aus Rachsucht und Hass gegen seine eigene Rasse auf ihrer Seite kämpfte, aber ihnen die Aktivitäten und dem Zulu weitestgehend die Entscheidungen überließ. uThembani Mthetwa liebte dieses Doppelspiel. Die Paraderolle für einen genialen Kämpfer wie ihn. Zugleich General und Soldat an der Front. Er würde diese Schlacht gewinnen.

Am selben Tag, Menzenschwand, Schwarzwald

Wut spiegelte sich in ihren Augen, Frust und Enttäuschung drückten sich in ihren Worten aus und sie ließ Alan keine Chance, sich zu rechtfertigen. »Du fliegst nach Südafrika? Jetzt? Bis Juni? Und was ist mit unserer Hochzeit?« Tränen erstickten ihre Stimme, sie wandte sich zornig ab und starrte aus dem Hotelzimmerfenster hinaus in den Schnee. Wie konnte er ihr das antun!

Oh Scheiße!, durchfuhr es Alan. Er hatte in seiner Afrikaeuphorie den Hochzeitstermin total vergessen! »Ich ruf Jeff an und sag ihm, dass ich nicht so lange bleiben kann«, schlug er spontan vor und legte Linda sanft beide Hände auf die Schultern.

Sie schüttelte ihn ab, drehte sich abrupt zu ihm um und ihre Augen funkelten, als sie ihn anfuhr: »Ach ja? Das würdest du tatsächlich tun? Wie großzügig! Nicht so lange bleiben? Wann wärst du denn gerne wieder hier? Am Tag nach der Hochzeit?« Roland Kaisers Schlager kam ihr in den Sinn. ›Sieben Fässer Wein‹. Nein, nein, mein Freund, dein Termin war gestern! Sieben Fässer Wein können manchmal die Rettung sein! Glück gehabt, Hochzeit geplatzt, haha!

Dachten alle Männer so? Hatte Alan Jeffs Angebot angenommen, weil er die Hochzeit nicht wollte? In ihrer Enttäuschung hätte sie ihm alles unterstellt und war darum auch nicht bereit, auch nur ein kleines bisschen nachzugeben. Wenn er unbedingt nach Südafrika reisen musste, sollte er es tun. Aber die Hochzeit würde dann auf keinen Fall stattfinden. Lindas Zorn besiegte jedes Gefühl und sie ignorierte ihre innere Stimme, die sie zur Mäßigung mahnte.

»Jetzt beruhige dich erst mal und lass uns in aller Ruhe darüber reden«, versuchte Alan noch einmal und sagte dann die falschen Worte: »Jeff braucht mich, aber …«

Weiter kam er nicht. Lindas Körper bebte, als sie ihn unterbrach und ihm ihre Worte wie Geschosse entgegenschleuderte: »Ach ja, Jeff braucht dich! Und was ist mit mir? Glaubst du vielleicht, ich habe wieder Lust, hier zu sitzen und zu warten, bis du endlich zurückkommst? Wie oft denn noch? Du hältst mich hin, seit wir uns kennen! Jetzt haben wir den Hochzeitstermin festgelegt und du willst eben kurz vorher noch mal nach Südafrika, weil Jeff dich braucht? Dann geh! Los, pack deine Sachen und hau schon ab! Hilf deinem Jeff, wenn dir das so wichtig ist, aber glaub bloß nicht, dass ich danach noch auf dich warte!«

Alan starrte sie an und fühlte, wie die Wut in ihm hochkroch. Er wusste, wenn er nun etwas entgegnete, würde es ihm hinterher leidtun. Ruhig drehte er sich daher um und verließ das Zimmer.

Er würde ihr Zeit lassen, sich zu beruhigen und später alles in Ruhe mit ihr besprechen. Doch er wusste nicht, dass sein Schweigen für Linda schlimmer war als eine verbale Auseinandersetzung, bei der sie, die gebildete und rhetorisch geschulte Journalistin, die Oberhand behalten würde.

Das, was sie ihm nachrief, als er auf dem Flur zwischen präpariertem Eichelhäher und Wildschweinfell zur breiten Treppe lief, die hinunter in die Gaststube führte, hatte wenig Versöhnliches. »Ja, geh nur! Du machst ja eh, was du willst. Du bist ein Egoist! Ich will dich nie wieder sehen!« Ihre letzten Worte gingen in ein Schluchzen über und Alan überlegte einen Augenblick, ob er nicht einfach zurückkehren, sie in die Arme nehmen und ihr ins Ohr flüstern sollte, was sie hören wollte.

Gottfried fing ihn an der Treppe ab, legte ihm die Hand auf die Schulter und fragte, da er offensichtlich Lindas letzte Worte mitgehört hatte: »Henner Krach? Lass se maula! Des legt sich wieder. Komm, i geb d'r oin aus!«

Alan verstand zwar nichts von dem breiten Schwäbisch, mit dem ihn Gottfried brüderlich getröstet hatte, doch war ihm Männergesellschaft jetzt recht angenehm und er nahm die Einladung des Hirschenwirts gerne an.

Und während sich die beiden Männer mit einigen Menzenschwandern am Stammtisch abwechselnd mit Hefeweizen und Himbeergeist zuprosteten, packte Linda wütend ihren Koffer und reiste mit Sarah ab.

Eine Entscheidung, die sie bereits bedauerte, als sie in Bärental an der Weggabelung stand und auf die Bundesstraße Richtung Titisee einbog. Sie war davon überzeugt, Alan eine Lehre erteilen zu müssen. Wie konnte er ihr das antun? Er musste doch spüren, dass sie es nur tat, weil sie ihn über alles liebte. Tränen traten ihr in die Augen und sie fuhr einen Parkplatz an.

Sie kannte Alan. Er war sehr sensibel. Ihre beste Freundin Babs hatte sie mehr als einmal darauf aufmerksam gemacht, dass sie Alan vernachlässigte. Er war zwar ihr zuliebe nach Deutschland gekommen, aber sie konnte seinetwegen nicht ihr komplettes Leben umkrempeln.

›Warum denn nicht?‹, hatte Babs sie gefragt. ›Er hat es ja auch getan.‹

Alan Scott war ein Mensch, der von ganzem Herzen liebte; das war sie nicht gewöhnt. Eine Liebe wie mit ihm hatte sie noch nie erlebt, und sie tat sich schwer, damit umzugehen. Die Liebeserklärungen per SMS, mit denen er sie überhäufte, waren ihr fast zu viel und sie verstand seine Enttäuschung nicht, wenn sie nicht darauf antwortete. Babs hatte einmal miterlebt, wie sie ihn auf eine Antwort warten ließ und sie anschließend zur Rede gestellt. ›Freundschaft muss man pflegen‹, hatte sie gesagt. ›Sie geht sonst ein wie eine Blume ohne Wasser. Alan liebt dich, er ist bereit, alles für dich aufzugeben. Und du zeigst ihm immer wieder die kalte Schulter!‹

Linda hatte sich mit ihrer Angst vor einer Enttäuschung herausgeredet. Seit Alan in Deutschland war, ging ihr alles fast ein bisschen zu schnell und sie hatte das Gefühl, eingeengt zu sein.

›Dann entscheide dich endlich, was du willst!‹, hatte Babs gesagt. ›Alan Scott ist nicht der Mann, der sich ewig aufs Abstellgleis schieben lässt.‹

›Aber wir haben doch alle Zeit der Welt‹, hatte sie entgegnet. Ein Satz, den auch Alan schon von ihr zu hören bekommen hatte. Jetzt kam er ihr wieder in den Sinn. War sie ihrer Sache zu sicher gewesen, seit er ihr den Heiratsantrag gemacht hatte? Hatte er sich wirklich aufs Abstellgleis geschoben gefühlt? Lag sie falsch mit der Hoffnung, dass seine Liebe zu ihr stärker war als seine Liebe zu Afrika? War es richtig gewesen, so überstürzt abzureisen? Wie würde er darauf reagieren?

Ich werde ihn anrufen, dachte sie, aber nicht sofort. Soll er noch ein bisschen schmoren. Den Satz von Babs, was Freundschaft anging, hatte sie schon wieder vergessen.

Linda vermisste ihr Handy erst bei ihrer Ankunft in Tübingen. Ohne Handy hatte sie keine Chance, Alan zu erreichen, da sie seine Handynummer nur dort eingespeichert hatte und nicht auswendig wusste.

Sie rief im ›Hirschen‹ an und bat Susanne, in ihrem

Zimmer nach dem Telefon zu suchen und Alan auszurichten, er möge sie zu Hause anrufen. Doch Alan war zu diesem Zeitpunkt schon abgereist, hatte sich in St. Blasien einen Mietwagen genommen; wohin er wollte, hatte er nicht gesagt.

Susanne hatte Lindas Handy in ihrem Zimmer unter dem Sofa gefunden. Linda hatte sie gebeten, das Telefonbuch zu öffnen und ihr Alans dort gespeicherte Handynummer durchzugeben. Der Akku in Lindas Handy war leer gewesen. Susanne hatte ihr daraufhin vorgeschlagen, ihr das Handy per Post zu schicken, doch das hatte Linda zu lange gedauert. Sie würde Sarah zu Babs bringen, dann gleich losfahren und das Handy in Menzenschwand abholen, hatte sie vorgeschlagen.

Zu dem Zeitpunkt, als Linda im ›Hirschen‹ das Handy mit dem Netzkabel verband und Alans Nachrichten las, hob die Maschine der SAA von Frankfurt International Airport ab und nahm Kurs auf Südafrika. Alan Scott hatte einen Fensterplatz in der 19. Reihe und versuchte vergeblich, seine Gedanken an Linda zu verdrängen. Seine Gefühle schwankten zwischen Sehnsucht und Enttäuschung.

Linda hatte es wohl nicht für nötig befunden, sich bei ihm zu melden. Mehrmals hatte er versucht, sie per Handy zu erreichen, ohne dass sie den Anruf entgegengenommen hatte. Er hatte ihr sogar auf die Mailbox gesprochen und ein halbes Dutzend SMS versandt, ohne eine Antwort zu bekommen. Dann hatte er resigniert.

Er war bereit gewesen, für Linda seine Freiheit und die Savannen seiner Heimat aufzugeben, er hatte sich damit angefreundet, bei ihr in Deutschland zu leben und hatte sogar daran geglaubt, dabei glücklich zu werden. Doch die Unversöhnlichkeit, mit der sie ihn abgefertigt hatte und ihre Ablehnung, jetzt mit ihm zu telefonieren oder seine Mitteilungen zu beantworten, zwangen ihn schließlich zu diesem Schritt.

Sein Handy war ausgeschaltet. Linda Roloff blieb im kalten Deutschland zurück.

Jetzt wartete Afrika auf ihn.

Montag, 24. Mai 2010, Durban
Noch 17 Tage

Die Männer, die sich kurz nach Sonnenuntergang auf den Weg zu Container 43 machten, hatten diesmal keine Chance, ihr Treffen geheim zu halten. Und so arrangierten sie es dieses Mal auffällig so, dass es nach einem Zufall aussah, der sie dort zusammenführte. Dies allerdings bewusst zu einem Zeitpunkt, zu dem sich weder Henning Fries noch Leonard Merheim auf dem Stadiongelände aufhielten.

Paul Dhlomo kletterte von einem Kran, der die anderen noch um einige Meter überragte, lief aufgeregt auf uThembani Mthetwa zu, rief etwas von einem Problem bei der Codierung des Kranschlosses, das es zu beheben galt, und verschwand mit ihm in der Containerburg vor dem Stadion.

Zum selben Zeitpunkt hatte der Araber Mthetwas Büro aufgesucht, eine Rolle mit Plänen in der Hand, und von Mthetwas Kollegen die Auskunft erhalten, der Sicherheitsingenieur sei auf dem Weg zu Container 43, da etwas mit der Alarmanlage nicht stimme. Dann werde er ihn dort sicher finden, hatte Abdulrahman bin Hadid gesagt und sich verabschiedet.

Der Inder hatte unterdessen einen Anruf erhalten, dass es mit einem der PCs in Container 43 ein Softwareproblem gebe und machte sich, nachdem es nicht über die Fernfunktion zu lösen war, ebenso dorthin auf.

Innerhalb von wenigen Minuten trafen die vier Männer im Container 43 ein. Der Sicherheitsingenieur hatte die Tür schon geöffnet, und wie sie kamen, verschwanden die Verschwörer im Innern, jeder mit einem guten Grund, der bei einer eventuellen Befragung sein Erscheinen dort erklären würde. Mthetwa würdigte den Araber keines Blicks und Paul Dhlomo registrierte die Eiseskälte, die zwischen den beiden herrschte.

Er hatte Mthetwa nur einmal nach der Herkunft der A-förmigen Narbe an seinem Hals gefragt und als Antwort einen hasserfüllten Blick geerntet. Später hatte sich der Zulu einen Bart stehen lassen, der die Narbe tarnte, doch Paul ahnte, dass sie von Abdulrahman bin Hadid stammte und der Zulu eine fürchterliche Rache plante.

»Du kannst ihn haben«, hatte er ihm eines Abends zugeraunt, als sie allein die Baustelle verlassen hatten. »Aber erst, wenn er seine Arbeit getan hat.«

Der Zulu hatte stumm genickt und der Hass in seinem Blick war Dhlomo nicht verborgen geblieben.

Der Inder fuhr Fries' PC hoch und erklärte den anderen, was er durch sein Einloggen in das Programm von Henning Fries entdeckt hatte.

»Nun«, Dhlomo zögerte, »wenn das so ist, sollten wir das Problem lösen, bevor es unlösbar wird.«

»Du meinst, man sollte sich um Fries kümmern«, vermutete Mthetwa.

Dhlomo nickte. »Wir können das Risiko nicht eingehen, dass er irgendwann unseren Plan durchschaut. Wahrscheinlich haben wir schon zu lange gewartet. Wir sind ihm auf die Spur gekommen, weil du ein Profi bist.« Raghu schmeichelte das Lob und er schwieg lächelnd.

»Darf man fragen, wovon ihr eigentlich sprecht?«, erkundigte sich der Araber ungeduldig.

»Fries hat in Hamburg moniert, dass nicht seine Pläne, sondern die von Abdul bei der Errichtung des Skywalk umgesetzt wurden. Er hatte zwar keinen Erfolg, weil alles – dank Raghus Arbeit – offiziell seine Richtigkeit hatte, aber er wird keine Ruhe geben. Fries ist ein Experte auf seinem Gebiet. Raghu hat auf dem PC des Deutschen Links vorgefunden, die zumindest darauf hindeuten, dass er Verdacht schöpft.«

Der Inder erhob sich und deutete auf die Oberfläche von Fries' PC: »Er surft seit Wochen im Internet und schnüffelt in der Vita von Abdul herum. Er hat sich über Terrornetzwerke informiert und versucht, sich in eines unserer Programme einzuloggen.«

»Und wir haben ihn dabei beobachtet, wie er stundenlang nachts im Skywalk die Wände und Böden abgeklopft hat«, ergänzte Mthetwa. »Wenn Fries weiterschnüffelt, wird er uns auf die Schliche kommen, daran gibt es keinen Zweifel.«

Paul Dhlomo hielt sein Handy in der Hand. »Wir sollten Bushman anrufen.«

Mthetwa erschauderte, als er den Namen hörte. Er kannte den kleinwüchsigen Choleriker und wusste, dass er jedem, der ihn so nennen würde, sofort einen Giftpfeil ins Herz jagen würde. Dennoch hatte Paul ihm genau diesen Tarnnamen gegeben, um sein Temperament zu zügeln und ihn gefügig zu machen. Ein Killer, der nur wegen einer lapidaren Beleidigung die Fassung verlor, war für ihre Zwecke nicht zu gebrauchen.

»Fries ist übers Wochenende in Kapstadt«, informierte Paul.

»Woher weißt du das?«

»Merheim hat es mir erzählt. Er bleibt am Samstag und Sonntag auf der Baustelle und hat Fries gebeten, irgendetwas mit seiner Frau zu unternehmen.«

»Oh, welch unwiderstehliches Angebot!«, höhnte Dhlomo. »Schickt seinen besten Freund zum Bumsen seiner Frau nach Kapstadt!«

»Arschloch!«, zischte Abdulrahman. »Es gibt auch noch Freunde, denen man vertrauen kann!«

»Glaubt zumindest Merheim«, ergänzte Mthetwa.

»Um es abzukürzen«, fuhr Paul Dhlomo fort, »die beiden machen eine Klettertour auf den Tafelberg.«

»Da fährt doch eine Seilbahn hoch. Da bist du in

zwölf Minuten auf dem Plateau!«, warf der Inder ein.

»Die beiden wollen's aber sportlich. Doch der Tafelberg soll tückisch sein. Wetterumschwung von einer Minute zur anderen, unübersichtliches Terrain. Das Plateau nimmt die Fläche von 9.200 Fußballfeldern ein. Ich habe auch gehört, dass schon an die 100 Menschen auf den Bergtouren dort ums Leben gekommen sind. Auch Überfälle soll es immer wieder gegeben haben.«

»Überfälle?« Mthetwa war ganz Ohr. »Das klingt gut. Fast zu perfekt. Und bedauerlich, dass dieser Überfall tödlich endet. Vielleicht haben sich die Opfer gewehrt …«

»Du willst auch Merheims Frau umbringen lassen?«, fragte Abdulrahman.

»Wer spricht denn von umbringen? Vielleicht ist sie auf der Flucht vor den Tätern in eine Felsspalte gestürzt? Oder von einer Viper gebissen worden? Es gibt so viele Möglichkeiten. Es wird auf alle Fälle keine Zeugen geben.«

Der Araber nickte und Paul Dhlomo fügte hinzu: »Ich bin mir sicher, dass Bushman die Sache ganz zu unserer Zufriedenheit erledigen wird. Ich werde ihn kontaktieren.«

Donnerstag, 27. Mai 2010, Umfolozi, KwaZulu-Natal
Noch 14 Tage

Er war ein Tswana, stammte aus Mmabatho an der Grenze zu Botswana und war im Homeland Bophuthatswana aufgewachsen. Seit Jahren war der weiße Umfolozi seine neue Heimat geworden. In einem Gebiet, das für die Touristen tabu war, hatte er seinen Unterschlupf, sein Trainingslager, sein persönliches Camp Zero. Der pelzbesetzte Mantel diente ihm als Unterlage zum Schlafen, die Kochstelle befand sich im hintersten Winkel der Höhle, vor deren Eingang er peinlich darauf achtete, keine Spuren zu hinterlassen. Bei den wenigen Rangern, die auf ihren Streifzügen in das Gebiet kamen, galt sie allenfalls als Unterschlupf bei Gewittern und keiner von ihnen ahnte, dass er sich hier oben ein ständiges Lager eingerichtet hatte.

Noch nie hatte es jemand gewagt, ganz in die Höhle vorzudringen, dorthin, wo er sich einmal pro Woche eine warme Mahlzeit zubereitete und der Mantel hinter einem Felsbrocken versteckt auf dem Boden lag. Den Landrover hatte er zwei Kilometer entfernt in einem unzugänglichen Wäldchen geparkt. Ein Fahrzeug der Umfolozi Wildlife Rangers fiel hier nicht weiter auf.

Patrouillen in das Gebiet oberhalb des Flusses waren an der Tagesordnung, immerhin gehörte Umfolozi zu den Gebieten, in denen große Bestände des Weißen und des Schwarzen Nashorns ein Rückzugsgebiet gefunden hatten und es war eine der Aufgaben der Ranger, die Bestände fortwährend zu kontrollieren. Wenn hier ein unbemanntes Fahrzeug der Reservatsverwaltung stand, lag die Vermutung nahe, dass Ranger auf Kontrollgang unterwegs waren. Eine bessere Tarnung hätte es für ihn gar nicht geben können.

Er lebte ein spartanisches Leben, wenn er hier oben war. Er brauchte die Einsamkeit und die Stille um sich herum, wenn er sich nach seiner Arbeitsschicht im Wildlife Reserve hierher zurückzog. Und er wartete auf seinen Einsatz.

Der Befehl kam per Funk, als er vor der Höhle kauerte und mit seinen Hanteln trainierte. Kapstadt. Tafelberg. Ein weißer Mann und eine dunkle Frau. Ein Umschlag mit allen Details und sein Honorar in einem Schließfach im Flughafen von Durban. Und er hatte noch Zeit.

Er nahm die Hanteln wieder auf und kauerte mit ausgestreckten Armen im Sand. Er hielt das minutenlang aus. Seine Arme waren stark.

Er würde wieder töten. Er schwitzte, fühlte das Blut in seinen Unterarmen pochen.

Das war sein eigentliches Leben, sein Dasein.

Die Muskeln seiner Oberarme begannen zu vibrieren. Schweiß stand in dicken Perlen auf seiner Stirn.

Der Ranger war nur die Hülle, sein wahres Ich war der Killer.

Die Sehnen seiner Arme traten hervor. Er fühlte das leise Zittern, das einsetzte, bevor die Kraft nachließ. Er biss sich auf die Zähne.

Eine Tötungsmaschine.

Der Schmerz drohte ihn zu zerreißen. Jetzt begann er zu zählen. Sein Hals schwoll an, der Nacken schien zu explodieren, sein Körper erstarrte in einem Krampf. Bei 100 ließ er die Hanteln fallen und riss sich die Wollmütze herunter. Der kahle Kopf glänzte wie ein polierter Stahlhelm in der Sonne. Seine Hände fuhren darüber, von der Stirn nach hinten ins Genick und dann seitlich wieder nach vorn, wo er nur die beiden schwarzen verkrusteten Löcher ertastete, die sich ohne Ohrmuscheln in den Schädel bohrten.

Seine Gedanken wanderten zurück. Zu dem Tag, als er seinen Vater zum letzten Mal lebend gesehen hatte. Die Gesichter der Mörder tauchten vor ihm auf. Männer, die seinen Vater aus der Hütte gezerrt hatten, als er 16 oder 17 war.

Er hatte noch geschlafen, zusammengekauert in der Ecke, auf dem harten Boden, ohne Unterlage, ohne Decke. Neben ihm seine Schwester, Miriam, zwei Jahre jünger als er. Der Lärm hatte ihn aus dem Schlaf gerissen. Die Männer, die in die Hütte stürmten, hatten lange Messer in der Hand, einer sogar ein Gewehr, so viel konnte er trotz der schlechten Lichtverhältnisse erkennen.

Draußen war die Morgendämmerung gerade angebrochen und er hörte an den Schreien, dass vor der Hütte noch mehr Männer warteten. Zu dritt oder zu viert stürzten sie sich auf ihn und seine Familie, rissen seinen Vater und ihn nach oben und zerrten sie vor die Tür. Er erkannte, während sie ihn nach draußen schoben, dass die Männer seine Mutter und Miriam an Armen und Beinen festhielten und ihnen die Nachthemden hochschoben, während sich je einer von ihnen vor sie kniete. Es war das Letzte, was er von seiner Schwester und seiner Mutter zu sehen bekam. Die Schreie der beiden Frauen gingen unter im Gejohle und den Anfeuerungsrufen der Vergewaltiger, die sich reihum über die Wehrlosen hermachten.

Er fuhr herum, als sie ihn ins Gesicht schlugen. Er wurde gegenüber seinem Vater aufgestellt, und einer der Männer, dessen Gesicht er nie vergessen würde, und den die anderen Yongama nannten, hieb seinem Vater das Knie in den Unterleib, dass er stöhnend zu Boden sank.

›Los, rede, du Schwein, wer außer dir gehört noch zu den Verrätern?‹, schrie er und trat erneut zu. Aber sein Vater schwieg und schüttelte den Kopf. Das Kreischen der Frauen war in ein leises Wimmern übergegangen, übertönt vom rhythmischen Keuchen der beiden Männer, die gerade an der Reihe waren.

›Hörst du, was sie mit deiner Frau und deiner Tochter machen? Rede und sie hören auf!‹

›Schwein!‹, zischte sein Vater und bekam den nächsten Fußtritt. Der, den sie Yongama nannten, riss ihn an den Haaren nach oben und zeigte auf seinen Sohn. ›Rede, oder wir zünden den da bei lebendigem Leib an. Den Reifen, los!‹

Der Junge stand mit vor Entsetzen geweitetem Gesicht seinem Vater gegenüber. Die Menschen, die neugierig um sie herum standen, drängten zurück, als sie den Mann mit dem Reifen eines Motorrollers näher kommen sahen. Niemand wagte einzugreifen, keiner fühlte sich verantwortlich, und doch waren sie neugierig zuzusehen, welche Strafe hier vollstreckt wurde.

Er hörte wieder diesen einen Namen, den sie raunten, mit Furcht und Ehrfurcht in den Stimmen. Er ging von Mund zu Mund, und einige, die Mutigsten unter den Feigen, deuteten auf Yongama. Der Name drang bis an die Ohren des Jungen und grub sich in seinem Gedächtnis fest. Yongama stand in der Mitte des Kreises, der sich um die seltsame Vorstellung gebildet hatte, und starrte den Jungen grinsend an.

Dieses Gesicht war das Letzte, was er sah, bevor ihm der schwarzgraue Reifen auf die Schultern gelegt wurde. Es war die Fratze, die ihn später in jeder Nacht in seinen Träumen quälte, die ihn anlachte, auslachte, verhöhnte. Die Fratze, zu deren Gesicht er den Namen kannte.

Der Gummi streifte seine abstehenden Ohren und versperrte ihm die Sicht. Er hörte einen Aufschrei aus der Menge, hörte das glucksende Geräusch und roch im selben Augenblick das Benzin. Er fühlte die Feuchtigkeit an seinen Ohren und spürte, wie er eine nasse Hose bekam. Die Angst, die in ihm hochstieg, entlud sich in einem Jaulen, Tränen rannen ihm Wangen und Hals hinunter, zu oft hatte er schon von dem gehört, was sie mit ihm vorhatten.

Keiner würde ihm helfen, hier in den Slums, wo die Toten tagelang liegen blieben, und von den Hunden und Raben gefressen wurden.

Und sein Vater?

›Und, was ist?‹, hörte er Yongama fragen. Vergeblich wartete der Sohn auf die Reaktion seines Vaters. Er hörte das Zischen des Streichholzes und spürte eine Sekunde später die Hitze an seinem Kopf. Das Benzin auf dem Autoreifen hatte Feuer gefangen, der Gummi begann zu schmelzen und versengte ihm augenblicklich die Haare. Das Gemisch aus brennendem Gummi und Benzin setzte sich in seiner Nase fest, bis die Hitze jede Geruchswahrnehmung unmöglich machte.

Seine Augen glühten, seine Ohren brannten, der Schmerz der quälenden Tortur entlockte ihm Laute, zu denen eine menschliche Stimme nicht fähig schien. Als die Hitze unerträglich wurde und sich die schwarze heiße Breimasse wie glühende Lava in seine Haut fraß, hörte er seinen Vater etwas rufen. Dann schwanden ihm die Sinne.

Als er wieder zu sich kam – er wusste nicht, wie viel Zeit vergangen war – lag er in einer Hütte und trug einen nassen Verband um seinen Kopf. Ein alter Mann kniete neben ihm und kühlte seine versengten Schultern und die schmerzenden Oberarme. Langsam kehrten Bruchstücke der Erinnerung zu ihm zurück.

Sein Vater … Der Mann mit dem Autoreifen … Das Feuer … Der, den sie Yongama nannten … Der brennende Gummi …

Als er die Augen aufgeschlagen hatte, war er in der Lage zu sehen, das hatte er sofort registriert, dann fuhr er sich mit den schmerzenden Händen über seinen Kopf. Dort, wo seine Ohren einmal waren, fühlte er vertrocknetes Blut unter dem Verband und wo die nassen Lappen auf seinem Kopf eine Lücke ließen, stieß er auf den brennenden Schmerz von offenem Fleisch auf einem kahlen Schädel. Er versuchte zu sprechen und war fast verwundert, als es gelang. ›Mein Vater?‹, röchelte er.

›Du lebst‹, murmelte der Alte. ›Ich habe dir die Ohren abgeschnitten, um den Reifen überhaupt von deinen Schultern zu bekommen. Sie waren daran festgewachsen. Du wirst mit den Narben leben müssen.‹

›Mein Vater?‹, wiederholte er.

›Sie sind alle tot. Sie haben sie in eurer Hütte eingeschlossen und Feuer gelegt.‹

›Und ich?‹, fragte er und ließ den Tränen freien Lauf. ›Warum lebe ich?‹

›Sie haben dich im Dreck liegen lassen, als du umgefallen bist. Ich habe einen Eimer Wasser über deinen Kopf gegossen, und sie haben sich nicht mehr um dich gekümmert. Nur was dein Vater sagte, hat sie interessiert. Dann haben sie uns verjagt. Als ich zurückkam, war von eurer Hütte nur noch Rauch und Asche übrig. Dann habe ich dich aus dem Reifen befreit und mit zu mir genommen. Ich wusste, dass du noch lebst.‹

›Aber warum? Warum lebe ich und alle anderen sind tot?‹

›Damit du Rache nehmen kannst, mein Junge. Du wirst dich rächen, sobald die Zeit reif dafür ist‹, prophezeite der Alte und drückte ihn an sich.

Daran dachte der Tswana, den sie Bushman nannten, als er jetzt das Gesicht Yongamas wieder vor sich sah. Er hatte Kontakt zu ihm aufgenommen. Die Rache war nah.

Doch zunächst musste er seinen Auftrag erledigen.

Sonntag, 30. Mai 2010, Herbst auf dem Tafelberg, Kapstadt
Noch 11 Tage

Henning Fries war das, was man einen Naturliebhaber nennt. Er nutzte seine Zeit in Südafrika auch, um die Naturschönheiten des Landes kennenzulernen. Schon wenige Tage nach seiner Ankunft in Durban war er im Hluhluwe-Umfolozi Game Reserve gewesen, hatte den St. Lucia Wetland Park besucht, und eine geführte Tour durch den Hawaan Forest, einem der letzten Küstenwälder der Region bei Umhlanga Rocks nordwestlich von Durban, gemacht.

Zugegeben, seit er Kim kannte, wurden die Abstecher in die Natur spärlicher, der lange geplante Tsitsikamma-Trail von Woche zu Woche aufgeschoben. Dafür fand er sich beim Einkaufsbummel in Kapstadts Kloof Road oder beim Shopping an der Waterfront, und immerhin konnte man Kim Merheim auch zu den Naturschönheiten ihres Landes zählen.

Sie hatten Glück. Die Wettervorhersage für das Wochenende hatte traumhaftes Wetter für eine Wanderung vorhergesagt, das Thermometer sollte bis auf

26 Grad klettern und nicht der geringste Schleier einer Wolke hing an der schroffen Felswand des Tafelbergs, als sie den Wagen unterhalb der Seilbahnstation abstellten.

Henning hatte sich vorgenommen, das Wahrzeichen Kapstadts zu Fuß zu erklimmen, auf einem der unzähligen Trails, die auf das Gipfelplateau führten. Warnungen von Einheimischen, den mächtigen Berg nicht zu unterschätzen und sich in der Weitläufigkeit der Schluchten und Abhänge nicht zu verirren, hatte er in den Wind geschlagen. Auch die Wetterumschwünge waren gefürchtet, besonders des ›Teufels Tischtuch‹, jene für den Tafelberg typischen Wolkenvorhänge, die wie überkochende Milch von den Kanten des Massivs die Abhänge ins Tal hinunterrollten und den Berg minutenschnell in undurchdringlichen Nebel hüllten. Wer sich zu dieser Zeit auf dem Gipfelplateau befand, hatte größte Mühe, auf dem richtigen Weg zu bleiben und für so manchen Wanderer waren diese Wolken zur tödlichen Falle geworden.

Henning hatte sich mit Kartenmaterial eingedeckt, den Kompass in den Rucksack gepackt und sich für einen Weg entschieden, der sich zunächst am Fuß des Bergmassivs in sanftem Anstieg nach oben wand, mit herrlichen Ausblicken auf den atlantischen Ozean und den Signal Hill, und mit einer kurzen Klettertour durch die Felsnischen der Corridor-Ravine das Plateau erreichte. Dies war nicht der kürzeste Weg zum Gipfel – ein unschöner steiler Aufstieg im Schatten der Seilbahn – sondern eine Wanderung, die von

Camps Bay aus auf dem schmalen ausgetretenen Pipe-Track gemütlich begann.

Es war ein herrlicher Herbsttag mit strahlend blauem Himmel. Lediglich Rauch von einem kleinen Buschfeuer zog nach oben, doch bald drehte der Wind und die Schwaden lösten sich auf.

Die erste Stunde war reines Vergnügen. Henning und Kim gingen Hand in Hand, die leichte Steigung war kein Problem. Er hatte den Rucksack geschultert, in dem sich außer ein paar belegten Broten und der Wasserflasche nur noch ihre Regenjacken und ein Erste-Hilfe-Set befanden, Kim trug die Kamera.

Bald machte ihnen die Sonne zu schaffen, die zwei Liter Wasser im Rucksack begannen zu drücken und Kim war immer wieder für Pausen dankbar, wenn ihr Henning die herrliche Vegetation erklärte. Nicht weniger als 1.500 verschiedene Pflanzen gedeihen auf dem 6.000 Hektar großen Gebiet, viele davon endemisch, darunter zahlreiche sogenannte Fynbos-Arten, feiner Busch, mit herrlichen Blüten, die der Tafelbergvegetation ihren ganz eigenen Charakter geben.

In einer der vielen Seitenschluchten, die die steile Felswand unterbrechen, rasteten sie bei der Überquerung eines Bachs, der in Kaskaden talwärts rauschte, dann wurde der Weg schmaler, schmiegte sich eng an die Felswand und wand sich unter niedrigen Überhängen hindurch. Dichtes Buschwerk erschwerte das Weiterkommen ebenso wie der stellenweise glitschige Boden. Als der Pfad in einem der Einschnitte wie eine Treppe steil nach oben führte, gingen sie hintereinander und Henning hörte Kims gleichmäßige Atemzüge hinter sich. Sie tauchten in den Schatten der Felswände ein und nahmen an den engen Stellen die Hände als Kletterhilfe.

Kims Atem wurde zu einem lauten Keuchen und Henning wurde bewusst, dass die junge Frau seines Kollegen wahrscheinlich noch nie eine vergleichbare Tour unternommen hatte. Sie hatte keinen Blick mehr für die Flora, die zwar jetzt im vergehenden Südsommer nicht mehr allzu üppig blühte, aber trotzdem den steilen Berghängen Farbtupfer in gleißendem Gold und zartem Rosé verlieh.

»Kannst du noch, oder sollen wir eine Pause machen?«, fragte er und blieb kurz stehen.

»Es geht schon«, meinte sie und holte dankbar tief Luft.

»Wir sind gleich oben«, versprach Henning, »anschließend geht's eben bis rüber zur Bergstation der Seilbahn.« Er sollte sich täuschen.

Sie überwanden eine breite Felsnase mit schwindelerregender Aussicht auf Ozean und Küstenlinie, stiegen dann steil weiter in dem Canyon empor, der sich zum Gipfelplateau hin öffnete. Dies war die Corridor-Ravine, eine atemberaubend schöne Schlucht, überzogen von gelb blühenden Proteen, die in herrlichem Kontrast standen zu den fast weiß leuchtenden Felsnadeln und dem blauen Himmel darüber. Auf halber Höhe rasteten sie erneut hinter einem Schatten spendenden Felsblock, saßen gemütlich im Gras und genossen die Erholung nach der ersten großen Anstrengung.

Nach einer weiteren halben Stunde steilen Aufstiegs erreichten sie endlich das Hochplateau, doch ein Blick über die von hellgrauen Felsen und dichter Vegetation geprägte Landschaft zeigte ihnen, dass der Bergrücken keineswegs – wie der Name vermuten ließ – aus einer ebenen Tafel bestand. Immer wieder wurde der zerfurchte Höhenzug von tiefen Sandsteinklüften durchschnitten, deren Flanken sich eng aneinanderreihten und aus der Ferne den Eindruck einer kompakten Felswand erweckten, die man durchqueren musste, um an das Ziel, den höchsten Punkt im Norden, zu gelangen.

Sie ließen den Blick über die Hochebene bis hinüber zur False Bay schweifen, der *falschen Bucht* im Osten, die früher viele Seefahrer für die sichere Tafelbucht hielten. In der anderen Richtung grüßte in weiter Ferne die Bergstation der Seilbahn, das Ziel, von dem sie noch zahlreiche Auf- und Abstiege trennen sollten.

Hier oben war der Kapherbst noch in leuchtenden Farben zu bewundern, lila Lilien, weiße Orchideen, violette Herbstastern, gelbe und orange Proteen, manche klein wie ein Vergissmeinnicht, manche handtellergroß und meterhoch. Durch einen ganzen Wald von Fynbos führte sie Henning, abseits des breiten Hauptpfads, in ein kleines Labyrinth aus Felsspalten, deren Boden kein Sonnenlicht erreichte.

Diese Tranquility Cracks waren eines der am besten gehüteten Geheimnisse am Tafelberg und ohne Führer schwer zu finden. Doch Henning hatte ein sicheres Gespür für die Himmelsrichtungen und am Ende öffnete sich das Labyrinth zum Abhang des Tafelbergs hin zu einer Art natürlicher Terrasse, die einen traumhaften Blick auf die Küste von Hout Bay bis hinüber zum Signal Hill freigab.

Sie packten ihre Brote aus, setzten sich auf die von der Sonne aufgeheizten Felsen, ließen die Beine in den Abgrund baumeln und genossen die Abgeschiedenheit. Kanonendonner hallte von den kahlen Felswänden wider und kündete vom Signal Hill die zwölfte Stunde an, wie er früher den Schiffen die Einfahrt zur Tafelbucht signalisiert hatte.

»Ganz schön anstrengend«, meinte Kim, »ich werde beim nächsten Mal wieder auf die Seilbahn zurückgreifen.«

»Aber da hast du weder diesen herrlichen Blick noch die Einsamkeit.«

Kim schnurrte und lehnte sich an ihn. »Wie lange haben wir Zeit?«, flüsterte sie und knabberte an seinem Ohr.

Henning genoss das Prickeln, das ihn durchrieselte, als ihre Zunge über seinen Hals glitt und seinen Nacken verwöhnte. Gleichzeitig spürte er ihre Hand auf seinem Oberschenkel und das leichte Kribbeln ihrer Finger, die sich wie in Zeitlupe in eine ganz bestimmte Richtung bewegten. Er schloss die Augen und keuchte leise, als ihre Hand das Ziel erreicht hatte und ihn zärtlich zu massieren begann. Dann öffnete sie den Reißverschluss und ihre Hand glitt hinein. Während ihre enge Jeans zu Boden glitt und sie sich langsam auf ihn schob, zog von Nordosten her des ›Teufels Tischtuch‹ über den Berg. Die beiden Liebenden in ihrem felsigen Versteck bemerkten es nicht.

Etwa einen Kilometer Luftlinie entfernt, wo sich die schmalen Pfade wie Wildwechsel durch die wuchernde Kapflora wanden und Felsgruppen hervorragende Versteckmöglichkeiten bildeten, wartete Bushman auf seine Opfer. Er wusste, dass es eine Vielzahl von Wegen gab, die über das zerklüftete Plateau zur Gipfelpyramide führten und hatte sich einen der erhöhten Felsen ausgesucht, von dem er mit dem Fernglas die Wanderer kommen sah. Für einen sicheren Schuss war die Distanz zu groß, doch sobald er den Weg ausgemacht hatte, auf dem sich die Gesuchten näherten, würde er sich dort auf die Lauer legen, die Waffe im Anschlag. Jetzt hielt er das Bild von Henning Fries in der linken Hand und beobachtete durchs Fernglas die Personen, die sich zwischen den Karstfelsen auf ihn zu bewegten. Es war eine größere Anzahl, sechs Männer und zwei Frauen zählte er. Der Gedanke, dass auch Fries sich einer Gruppe angeschlossen haben könnte, gefiel ihm nicht. Es war zwar für den Scharfschützen kein Problem, sein Opfer auch inmitten einer größeren Menschenansammlung anzuvisieren, doch waren Zeugen das Letzte, was er gebrauchen konnte.

Sein Auftrag lautete, Fries unbemerkt verschwinden zu lassen und er hatte vor, die Leiche nach dem tödlichen Schuss in einer der zahlreichen schmalen und unzugänglichen Felsspalten zu versenken, durch dichtes Gestrüpp verborgen vor neugierigen Blicken, ein Grab im ewigen Schatten. Und dann die Frau. Er würde noch ein bisschen Spaß haben mit ihr, bevor er sie zu Fries beförderte. Vereint in der Liebe der Ewigkeit.

Schnell wäre das Gerücht verbreitet, dass es nie eine Wanderung auf den Tafelberg gegeben hatte. Den Wagen Kims hatte er bereits gesehen, er würde ihn kurzschließen und ebenfalls verschwinden lassen. Und es würde nicht lange dauern, bis einem der Ermittler der Gedanken kam, das Liebespaar könne die Wanderung nur vorgetäuscht haben, um sich in Wirklichkeit an unbekanntem Ort unter falschem Namen fürs Wochenende ein Appartement mit Himmelbett zu mieten. Wenn man dann Kims Wagen am Flughafen fand, würde sich ein ganz anderer Verdacht ergeben und man würde bei der Kontrolle der Passagierlisten viel Zeit verlieren.

Irgendwann würde man zu der Überzeugung gelangen, dass sich der junge Deutsche mit der Frau seines Kollegen ins Ausland abgesetzt hatte, um unter falschem Namen ein neues Leben zu beginnen, man würde die Akte schließen und kein Mensch außer ihm würde die letzte Ruhestätte der Ehebrecher kennen.

Zur selben Zeit, Republik Nasana, Zentralafrika

»Dag Meneer!«, grüßte der Mann auf Afrikaans. Er war am Morgen aus Johannesburg in Kigali eingetroffen und mit dem Jeep über schlammige Pisten nach Nasana gefahren. Von seinem glatt rasierten Gesicht troff Schweiß und man sah ihm an, dass er die tropische Schwüle Zentralafrikas nicht gewohnt war. Die übergroße Sonnenbrille verdeckte nur teilweise die dicken Tränensäcke unter den Augen, und die Warzen auf Nase und Kinn schienen in der Hitze rot zu glühen.

Er war ganz in Schwarz gekleidet, eleganter Anzug mit Nadelstreifen, nur das Hemd weiß und die Krawatte fein grau gemustert, sein weißes Gesicht lag im Schatten eines breitkrempigen Sonnenhuts. Auch die Schuhe glänzten schwarz, obwohl er die 200 Meter von seinem Mietwagen zu der kleinen Baracke unter den Bäumen zu Fuß durch den roten Schlamm gegangen war. Aber er hatte sich die Mühe gemacht, auf der Toilette, die hier in dieser Einöde nicht mehr war als ein gefasstes Loch im Boden, kurz mit einem Papiertaschentuch über seine Lackschuhe zu fahren und den Schmutz abzuwischen.

In der linken Hand trug er einen eleganten, schmalen schwarzen Lederkoffer. Er machte den Eindruck eines seriösen Geschäftsmanns, der in die Urwaldklinik gekommen war, um einem Kongress beizuwohnen oder einen Vertrag zu unterzeichnen.

Der glatzköpfige Weiße, der ihn am Eingang zum Haupthaus des Buschkrankenhauses erwartet hatte, streckte ihm die Arme entgegen und rief: »Andries van Wyk? Hoe gaan dit met u?«

»Goed, dankie, en met u?«

»Ja nee, ek kann nie kla nie.«

Nachdem die beiden sich mit den üblichen afrikaansen Floskeln begrüßt hatten, führte Samuel Strijdom den Gast aus Südafrika in das Besucherzimmer, wo ein alter Ventilator, der sich ächzend an der Decke drehte, die Raumtemperatur um zwei Grad absenkte.

»Nun ist es also so weit«, begann der Arzt. »Läuft alles nach Plan bei Ihnen?«

Der andere nickte. »Alles bestens.«

»Und die Kaffern glauben immer noch, dass meine große Medizin ihnen hilft, alle Weißen in Afrika zu töten?«

»In der Tat. Die Burschen sind noch genau so dumm wie zu Dinganes Zeiten. Das wird Südafrika sogar bei der WM erleben! In Swasiland hat der Sangoma, den sie dort wie einen Wunderdoktor verehren, vor dem Spiel der Black Mambas gegen die Mbabane Swallos ein Huhn verbrannt und im Rasen des Stadions vergraben. Sollte seiner Mannschaft Glück bringen.« Der Mann, den der Buschdoktor Andries van Wyk genannt hatte, lachte und der weiße Arzt stimmte ein. »Ich hatte ein wenig Sorge, dass Ihre Tarnung auffliegen könnte«, meinte er schließlich. »Aber es scheint, das war unnötig. Sie haben perfekt agiert. Was haben Sie Ihren Leuten eigentlich über mich erzählt?«

»Dass Sie ein alter verbitterter Arzt sind, der sich an denjenigen rächen will, die ihn aus seiner Heimat vertrieben haben.«

»Gut formuliert. Klingt glaubhaft. Seit Jahren sitze ich in diesem Dreckloch fest, nur weil sie mich mit dieser scheiß Affirmative Action drangekriegt haben! Ich könnte der beste Arzt Südafrikas sein, ja sogar der Welt, wenn jetzt im Hartland van die

Boerevolk nicht die Kaffern das Sagen hätten. Sie werden noch kommen und um Gnade flehen. Sie werden winseln und jaulen wie Hunde. Und dann werde ich es sein, der nein sagt, so wie sie damals zu mir. Sie werden vor mir im Dreck liegen, durch den Schlamm von N'kuwaloobo kriechen und um den Impfstoff betteln.«

Andries van Wyk horchte auf. Von einem Impfstoff war bisher keine Rede gewesen. »Und was werden Sie dann tun, Doktor?«, bohrte er und versuchte, die Schärfe in seiner Stimme zu unterdrücken.

»Ich werde ihnen den Zugang zu meinem Labor verweigern.«

Das genügte van Wyk nicht. Der Impfstoff war von einer Sekunde zur anderen zu einem unkalkulierbaren Risiko geworden. Aber der Arzt ließ ihm keine Zeit, darüber nachzudenken.

»Haben Sie das Geld?«, bohrte Dr. Strijdom.

Van Wyk nickte und hob den schwarzen Lederkoffer auf den Tisch. Er gab die Kombination des Zahlenschlosses ein und der Deckel sprang auf. Die Scheine lagen gebündelt und aufeinander gestapelt, Dollar, Rand und Euro, gebrauchte Noten, wie vereinbart. »Und wo sind die Phiolen?«

»Drüben im Labor. Im Hochsicherheitstrakt. Sie wissen, dass das Virus tödlich ist.«

»Nur für Schwarze!«

Der weiße Arzt nickte. »Im Krieg hätte man es als Ethnowaffe bezeichnet, Meneer. Ein auf eine bestimmte genetische Kombination abgerichtetes Virus. Ich könnte Milliarden damit verdienen, es einer Großmacht zu verkaufen. Aber Ihre Sache ist in meinem Sinne.« Er schloss den Koffer, erhob sich aus dem Rattansessel und brachte den wertvollen Schatz in einen anderen Raum. Über sein Gesicht spielte ein seltsames Lächeln. Mit diesem Geld konnte er sich seinen Traum erfüllen. Er würde N'kuwaloobo verlassen und mit seinen Forschungsergebnissen an die bedeutendsten Universitäten der Welt zurückkehren. Dem Mann, der im Vorraum auf ihn wartete, traute er nicht. Doch er hatte sich vorbereitet, war für alle Fälle gerüstet.

»Los, kommen Sie, Meneer«, forderte der Arzt den Gast auf, als er zurückkam, »gehen wir den Stoff holen.«

»Wer kann uns dabei stören? Sie wissen, dass ich keine Zeugen haben will.«

»Ich habe fast allen Mitarbeitern heute freigegeben. Zwei Schwestern und mein Assistent sind in den Dörfern, um zu impfen. Drüben im Labor sitzt nur ein Wachmann. Es wäre aufgefallen, wenn ich das Labor nicht bewachen ließe.«

»Nur ein Mann?«

»Ja. Und Wanya. Sie ist meine Assistentin und genießt mein volles Vertrauen.«

»Eine Schwarze?«

»Ich habe niemand anderen. Und in den Zeiten der Einsamkeit …«

Van Wyk nickte. Auch er hatte es schon mit schwarzen Huren getrieben, wenn ihm danach war. Was der Arzt in seinem Buschkrankenhaus tat, konnte ihm egal sein.

»Haben Sie ihr von unserem … Geschäft erzählt?«

»Sie weiß, was sie wissen muss«, antwortete er ausweichend. Die vielen Fragen irritierten ihn. Er beschloss, auf Nummer sicher zu gehen. »Und jetzt kommen Sie!«

Zur selben Zeit, Tafelberg, Kapstadt

Er setzte das Fernglas ab.

Der Gesuchte war nicht in der Sechsergruppe. Bushman sah auf die Uhr. Es war schon später, als er dachte. So langsam sollten sie kommen. Und was, wenn sie es sich anders überlegt hatten? Wenn sie die Wanderung verschoben und stattdessen einen Ausflug ans Kap gemacht hatten? Oder einen Badetag in Hout Bay?

Nein. Sie mussten hier oben sein, irgendwo auf diesem verdammten riesigen Plateau, und sie mussten zur Seilbahnstation, irgendwann in den nächsten zwei Stunden.

Durch mannshohen Fynbos führte Henning Fries seine Freundin zurück auf den Hauptpfad, dann erfolgten ein steiler Abstieg in eines der Quertäler und der ebenso beschwerliche Aufstieg auf der anderen Seite. Diese Art von Schluchtendurchquerung wiederholte sich noch dreimal, jeweils schweißtreibender und anstrengender als zuvor. In den manchmal recht breiten Tälern wurden die Pfade sumpfig und führten teilweise über schmale Holzstege, Glockenfrösche riefen und der Sonnentau glitzerte zwischen Gräsern und Farnen. Henning Fries hatte die Wetterveränderung bemerkt, doch er schwieg, um Kim, die sich mit der langen Wanderung ohnehin schwer tat, nicht zu beunruhigen.

Nach einem weiteren beschwerlichen Aufstieg, der sogar über Stahlleitern nach oben führte, erfrischten sie sich im Valley of Isolation unter einem Wasserfall. Danach schien der Weg durch das schmale Tal kein Ende zu nehmen, vorbei an kratzigen Disteln und teilweise über hohe Steinstufen, die Henning, groß gewachsen wie er war, mit einem Lächeln meisterte, der kleineren Kim aber fast schon Kletterfähigkeiten abverlangten.

Bushman sah sie.

Zuerst entdeckte er Fries. Der Deutsche hatte sich wie ein Tourist herausgeputzt. Khakifarbige Trekkingklamotten, fleckiger Safarihut, Rucksack, Bergstiefel. Seine Begleiterin sah mit ihrer engen Jeans und dem hauchdünnen Trägerhemd eher aus wie eine Stadtbesucherin, die sich beim Shoppen in die Wildnis verirrt hatte.

Durch sein Fernglas tastete er ihren Körper ab und bewunderte ihre kleinen festen Brüste, die sich verführerisch unter dem durchgeschwitzten Shirt abzeichneten. Dann fokussierte er auf Fries, der immer wieder stehen blieb, um auf seine Begleiterin zu warten. Er hatte die Wolken bemerkt und trieb sie offensichtlich zur Eile an.

Auch der Bushman hatte keine Zeit mehr zu verlieren. Die beiden waren jetzt schon so nahe, dass ihm der Wind ihre Stimmen undeutlich zutrug, und er verließ seinen Ansitz, um sich in der Nähe des Wegs, den sie nun entlangkommen mussten, zu verschanzen.

Um kein Risiko einzugehen, beschloss er, Fries aus nächster Nähe abzuknallen, da die Frau sich sonst vor ihm verstecken könnte. Er würde sie mit wenigen Sätzen erreichen und sie nehmen, bevor sie wusste, wie ihr geschah. Danach würde er sie erwürgen und zusammen mit Fries entsorgen, wie er es geplant hatte. Erregung überfiel ihn und er bemühte sich, auf andere Gedanken zu kommen. Die lauter werdenden Stimmen der beiden zwangen ihn, sich zu konzentrieren.

Er lauerte hinter einem meterhohen Karstbrocken und schob sein Gewehr in die gewünschte Position. Sein rechter Zeigefinger krümmte sich um den Abzug und er spürte den Widerstand des kalten Metalls. In seinem linken Auge trafen sich Kimme und Korn dort, wo Fries jede Sekunde zwischen den Büschen auftauchen musste. Sein Atem ging ruhig, sein Herz schlug gleichmäßig. Es war ein Job wie jeder andere. Er würde sich an der Waterfront ein Castle Lager gönnen, wenn er hier oben fertig war. Ein gemütliches Feierabendbier. Die Stimmen waren verstummt, dafür bewegten sich die Spitzen der hohen Büsche dort, wo der Weg aus dem Fynbos trat.

Henning Fries schlug nach den Mücken, die seinen Kopf umschwirrten und seine Arme blutig gestochen hatten. An alles hatte er gedacht, nur nicht daran, sich ein Mittel gegen diese Plagegeister aufzutragen. In Durban kamen sie erst am Abend, aber hier oben schien er sie auch tagsüber förmlich anzuziehen. Es waren Bremsen, richtig dicke Biester, deren Stich heftig schmerzte, und die meistens noch fröhlich davonflogen, selbst wenn seine flache Hand sie traf. An Kim gingen sie nicht, ihr Parfum schienen sie nicht zu mögen.

Er blieb stehen, um auf Kim zu warten. Die Tour war eindeutig zu anstrengend für sie, doch er versuchte, Tempo zu machen, da inzwischen schon ein Großteil der Hochebene von den schnell heraufziehenden Nebelschwaden verschleiert war.

»Los komm«, munterte er sie auf, »wir sind gleich da!«

In der Tat hoffte er, hinter der nächsten Wegbiegung die Bergstation der Seilbahn erkennen zu können. Zwei Schritte noch, höchstens drei, dann hörte der mannshohe Busch auf und man konnte in die Weite sehen. Der Weg machte noch eine Kurve und …

Bushman wollte abdrücken, als er Fries aus dem Buschwerk auftauchen sah. Er hatte die glänzende Stirn deutlich im Visier, und war nicht bereit, auf den Kopfschuss, sein Erkennungszeichen, zu verzichten.

Der Schuss krachte, Fries ging zu Boden, rollte zur Seite und blieb regungslos liegen. Kim schrie auf und stolperte fast über ihn, ihre Augen waren vor Schreck geweitet, und der Bushman erhob sich aus seiner Deckung. Milchig weißer Nebel waberte um ihn herum, kroch am Boden entlang und schien sich wie von Zauberhand auszubreiten wie aus der Kunsteismaschine bei einem Rockkonzert. Dann stieg der Nebel hüfthoch und vereinigte sich mit den wallenden Wolken, die sich von oben auf den Bergrücken herabsenkten.

Innerhalb von Sekunden hatte der Wind des ›Teufels Tischtuch‹ über die freie Fläche getrieben, innerhalb von Minuten würde der ganze Tafelberg in eine Milchsuppe eingehüllt sein, die sich wie ein weißer Wasserfall in Zeitlupe über seine Abhänge ergoss und das Bild bot, das man als typisch für Kapstadt und den Tafelberg ansah.

Er kämpfte sich durch den Nebel bis zu der Stelle, wo er Fries getroffen hatte und blieb wie angewurzelt stehen. Der Tote und seine Begleiterin waren verschwunden. Bushman fluchte. Konnten Tote sich im Nebel unsichtbar machen? Er ging in die Knie und untersuchte den Boden. Kein Blut. Seine Hände umklammerten die Waffe. Er fühlte sich beobachtet. Der Weiße steckte irgendwo zwischen den Büschen und hauchte dort sein Leben aus, und die Frau musste bei ihm sein. Er musste sie finden! Da hörte er das Geräusch knackender Zweige. Seine Augen versuchten, den Nebel zu durchdringen. Keine Chance. Er hörte den Atem hinter sich und fuhr herum. Ein Pavian mit einem Jungen auf dem Rücken huschte über den Weg. Verdammt! Plötzlich hatte er eine Idee. Er musste zurück zur Seilbahn.

Wenn Fries noch lebte – was er nicht glaubte – würde er versuchen, so schnell wie möglich ins Tal zu kommen. Und sollte er tot sein, würde seine Freundin dasselbe tun. Sie musste Hilfe holen. Kein Rettungshubschrauber würde bei dem Nebel hier oben landen. Hilfe konnte nur von der Seilbahn kommen. Er schob das Gewehr in seinen Overall und machte sich auf den Weg.

Henning Fries spürte den Stich in seiner Wade und bückte sich schlagartig nach hinten, um das Biest zu erwischen, als die Explosion seine Ohren betäubte. In diesem Sekundenbruchteil registrierte er, dass es ein Schuss gewesen war, der ihm gegolten hatte, warf sich zu Boden und rollte in Richtung der Büsche. Als Kim aufschrie, zog er sie zu sich herunter und hielt ihr den Mund zu. Mit zwei Sätzen hechtete er ins Dickicht, riss sie mit sich und blieb dort regungslos liegen.

Der Nebel hüllte sie ein, wie ein rettendes Tarnnetz hatte er sich über sie ausgebreitet, machte sie zu unförmigen Felsen im dichten Gestrüpp. Er hörte den Schützen fluchen und näher kommen, presste Kim an sich und hoffte, dass sie sich nicht rührte. Die Minuten erschienen ihm wie eine Ewigkeit, während ihm tausend Gedanken durch den Kopf jagten.

Wer hatte auf ihn geschossen? Und vor allem warum? Konnte es ein Versehen gewesen sein, eine Verwechslung? Ein Irrtum im Nebel? War ihnen Leonard auf die Schliche gekommen und wollte den Nebenbuhler erledigen? Er fand keine Antwort. Doch er würde so lange suchen, bis er sie gefunden hatte.

Als er sicher war, dass sich der Schütze entfernt

hatte, lockerte er den Druck auf Kims Mund und half ihr vorsichtig auf.

»Oh mein Gott, was war das?«, flüsterte sie und klammerte sich an ihn.

»Jemand hat auf mich geschossen.«

»Auf dich? Aber warum?«

»Keine Ahnung. Ich werde ihn fragen, wenn ich ihn treffe.«

»Und jetzt? Ist er fort?«

»Ich glaube ja. Er kann uns nicht finden in dieser Nebelsuppe hier oben. Ich denke, er hat sich in Richtung Seilbahn entfernt.«

»Ich habe Angst.« Er spürte, wie sie zitterte.

»Könnte sein, dass er uns noch mal auflauert. Er weiß, dass wir nach unten müssen. Aber wir gehen denselben Weg zurück, den wir gekommen sind, dort sind wir sicher.«

»Das schaffe ich nicht«, sie war den Tränen nahe. »Ich kann nicht mehr.«

»Du wirst es schaffen. Wir werden langsam gehen. Ich habe Stirnlampen in meinem Rucksack, wenn es dunkel wird. Oder wir suchen uns einen geschützten Ort und übernachten hier oben. Könnte allerdings ganz schön kalt werden.«

»Oh mein Gott, wir werden sterben«, ihre Stimme klang hysterisch.

»Nein, das werden wir nicht, ganz sicher nicht.« Er versuchte, seinen Worten einen beruhigenden Klang zu geben. »Es gab da diese Höhle am Weg, vielleicht eine Viertelstunde zurück. Dort können wir Feuer machen. Wir haben noch zu essen und Wasser und sobald es morgen hell wird und der Nebel weg ist, gehen wir zur Bergstation und fahren ab. Ist das ein guter Plan?«

Sie nickte.

Henning Fries übernahm die Beschützerrolle, und als er zwei Stunden später allein am Feuer in der kleinen Höhle saß und in die Flammen starrte, während Kim hinter ihm erschöpft eingeschlafen war, starrten ihn aus der Glut heraus diese Gesichter an. Er hatte sie nicht gerufen, sie waren einfach gekommen. Gekommen, während er über den Anschlag nachdachte. Warum trachtete man ihm nach dem Leben?

Leonards Gesicht war als Erstes erschienen. Der eifersüchtige Ehemann. Doch dann wurde es weggewischt und Abdulrahman bin Hadid erschien. Und plötzlich flackerten die Züge des Sicherheitsingenieurs uThembani Mthetwa in den Flammen.

Fries beschloss, auf der Hut zu sein und seinen Verdächtigungen nachzugehen. Und er beschloss, ihnen keine Möglichkeit mehr zu geben, ihn umzubringen.

Er fischte sein Handy heraus, stellte fest, dass es im Eingangsbereich der Höhle Empfang gab und schickte eine SMS an Leonard: *Muss dringend nach Deutschland. Bitte Flug nach HH so bald wie möglich buchen. Henning.*

Damit glaubte er, sein Leben gerettet zu haben.

Zur selben Zeit, Republik Nasana, Zentralafrika

Andries van Wyk betrat das Labor hinter Samuel Strijdom durch die Sicherheitsschleusen. Der Professor half ihm in den weißen Ganzkörperanzug und van Wyk fühlte sich unwohl, eingesperrt, in seinen Bewegungen begrenzt, als er dem Alten in das temperaturüberwachte Zentrallabor folgte. Wie durch eine Tauchmaske nahm er seine Umgebung wahr, hatte nur den Wachmann Strijdoms in dem Gebäude bemerkt und eine Assistentin in einem der kleinen Laboratorien außerhalb des Hochsicherheitstrakts.

Er hörte durch die kleinen Kopfhörer die Atemgeräusche des Professors, der eine letzte doppelte Sicherheitstür mittels einer Zahlenkombination öffnete und ihn mit gedämpfter Stimme in das Allerheiligste bat: »Hereinspaziert, Meneer. Außer Ihnen und meiner Assistentin hat noch niemand diesen Raum betreten.« Kleine Kameras, die von der Decke auf ihn herabstarrten, bewachten jeden ihrer Schritte.

Van Wyk zuckte zusammen. Reagenzgläser und Kolben, in denen Gase und Flüssigkeiten blubberten, Behälter mit chemischen Substanzen, von denen ihn ein schwarzer Totenschädel auf gelbem Grund angrinste, hoch auflösende Elektronenmikroskope, medizinisches Besteck und Apparaturen, auf denen rote, grüne und blaue Lämpchen blinkten, füllten den Raum. Van Wyk ließ ein kleines Skalpell mitgehen und versteckte es in seiner rechten Hand.

Dr. Strijdom führte ihn noch weiter, durch eine schmale Metalltür, mit einem schweren Riegel verschlossen, in einen gekachelten Raum, an dessen Wand sich ein großes weißes Thermometer mit roter Leuchtschrift befand. 6,8 Grad Celsius las er und fühlte die Kälte durch seinen Schutzanzug hindurch. Die Tür schlug laut krachend von innen zu. Er war mit dem Professor allein.

Er sah sich in der kahlen kleinen Zelle um. Im Prinzip ein begehbarer Kühlschrank, eine große weiße Truhe mit gläsernen Schiebetüren auf der Oberseite, durch ein Schloss mit Zahlenkombination gesichert, ein schmaler Leichtmetalltisch in der Mitte des Raums, ein Aluwaschbecken, keine Kamera.

Das machte die Sache leicht.

Dr. Samuel Strijdom gab die Kombination ein und schob den Glasdeckel der Kühltruhe auf. Irgendetwas in ihm misstraute dem Mann, der hinter ihm stand, und er traf seine Entscheidung aus dem Bauch heraus. Eine Weile hantierte er in dem Behälter, als suche er etwas Bestimmtes, zögerte einen Augenblick und holte schließlich ein kleines, zigarrenkistengroßes Metallkästchen heraus – ›N'kuwaloobo Medical Clinic Nasana‹ war darauf zu lesen. Er legte es auf den Tisch, öffnete das Kästchen und entnahm ihm vorsichtig eine durchsichtige Phiole, die eine gelblich-weiße Flüssigkeit enthielt.

»Das also ist das Zauberwasser. Zwei dieser Phiolen. Höchste Konzentration. Der Kasten ist mit einem Thermostat versehen und hält konstant die richtige Temperatur. Ein Minikühlschrank, wenn Sie so wollen. Entnehmen Sie die Phiolen nicht zu früh. 24 Stunden, mehr nicht.«

»Und woher weiß ich, dass hier wirklich die Substanz drin ist, für die wir so viel Geld bezahlen?«

Die Augen des Arztes funkelten zornig. »Da müssen Sie mir ganz einfach vertrauen!« Er legte die Phiole zu der anderen zurück, wie eineiige Zwillinge lag das Paar in seinem weichen Bett. Der Professor schloss das Kästchen und übergab es van Wyk.

»Wie viel davon haben Sie noch hier drin?«, bohrte der und zeigte auf die Kühltruhe.

»Zwei Dutzend«, antwortete der Arzt.

»Und Sie sind sich sicher, dass diese beiden Teile für unsere Zwecke reichen?«

»Das genügt, um eine ganze Stadt auszurotten, wenn Sie es vom Hubschrauber aus zerstäuben. Bei einer Explosion verteilen sich die Viren in der Luft und werden per Tröpfcheninfektion weitergereicht.«

»Was heißt das für ein Fußballstadion?«

»Alle Menschen im Stadion werden infiziert. Und alle, deren Gene ihnen eine schwarze Haut verpasst haben, sterben daran. Doch vorher stecken sie noch jeden an, der mit ihnen in Kontakt tritt. Es wird eine Epidemie geben.«

»Ohne diesen Schutzanzug – würde ich mich anstecken?«

»Ohne Zweifel. Allerdings würde es bei Ihnen als Weißer ohne Auswirkung bleiben. Wir züchten hier allerdings auch andere Viren, deshalb muss dieser Schutzanzug sein. Die Räume bis zur Sicherheitsschleuse sind konterminiert. Wir müssen durch die chemischen Duschen und anschließend den Anzug verbrennen. Das Krematorium für Viren. Dann eine weitere Sicherheitsdusche und durch die letzte Schleuse hinaus.«

Van Wyk grinste. Diese Information sicherte seinen Rückzug als Solist. »Und der Impfstoff?«

»In dem Raum, durch den wir gerade gekommen sind.«

»Wie viel?«

»Genug. Aber machen Sie sich keine Sorgen. Ich habe nicht vor, ihn herauszugeben.«

Van Wyk wusste, dass der Alte log. Professor Strijdom würde als Retter der Welt in die Geschichte eingehen, wenn seine Zeit gekommen war. Und es gab nur eine Möglichkeit, ihn davon abzuhalten.

Das Skalpell blitzte in van Wyks Hand und mit einem gezielten Hieb schlitzte er den Sicherheitsanzug des Alten von der Schulter bis zur Hüfte auf. Professor Strijdom fuhr herum und das Gesicht, das van Wyk durch die Maske erblickte, drückte Schrecken und Entsetzen aus. Seine Faust landete in Strijdoms Magengrube und der Getroffene ging röchelnd zu Boden, wo er regungslos liegen blieb. Van Wyk überlegte sich, ihm noch die Schlagadern aufzuschlitzen, doch dann beschloss er, die Arbeit dem Feuer zu überlassen.

Er verließ den gekachelten Raum, das Metallkästchen mit dem wertvollen Saatgut unterm Arm, und machte sich auf den Weg aus dem Sicherheitsbereich. Nachdem er die chemischen Duschen hinter sich gebracht und den Schutzanzug abgelegt und verbrannt hatte, verließ er das Labor durch die letzten Sicherheitsschleusen.

Wanya Motete unterbrach ihre Arbeit am Mikroskop, als sie den Mann, den ihr Lehrmeister so freundlich begrüßt hatte, allein aus dem Labor kommen sah. »Wo ist Professor Strijdom?«, rief sie und stellte sich ihm in den Weg.

Van Wyk reagierte sofort, als er die Assistentin erkannte. Er legte das Metallkästchen auf einen der Stühle, die zwischen den Türen zu den Labors an der Wand standen, hechtete auf sie zu und riss sie zu Boden. Keuchend warf er sich auf sie und fühlte, wie ihn die hilflos um sich schlagende Frau erregte.

Er stand unter Strom. Die Anspannung, die sich in den Aktionen der letzten Tage in ihm angesammelt hatte, war unerträglich geworden und er wusste, dass ihm Sex gewöhnlich half, mit solchen Stresssituationen fertig zu werden. Unter normalen Umständen hätte er sich in Kigali eine Hure genommen, doch das Bündel Frau, das sich hier unter seinem Gewicht wand und versuchte, seinem geifernden Atem auszuweichen, war die bessere Alternative. Er riss ihr die Bluse auf und schob seine Hand unter ihren Rock. Das Mädchen wehrte sich wie besessen und das törnte ihn nur noch mehr an.

Bob Sangatu wachte mit einem Schlag aus seinem Dämmerschlaf auf, als er auf dem Monitor die hektischen Bewegungen wahrnahm, die die Überwachungskamera vom Eingang zum Sicherheitsbereich übertrug. Seine Hand fuhr zu seinem Gürtel, tastete nach der Pistole, er sprang auf und eilte aus dem kleinen Raum neben dem Laborbereich hinaus auf den langen Flur.

Aus der Ferne hörte er die Stimme Wanyas und das Keuchen des Mannes, den er im Monitor erkannt hatte.

Es war der Besucher, der mit dem Doktor vor einer halben Stunde das Labor betreten hatte. Doch wo war Professor Strijdom? Und wie kam der Fremde dazu, es mit Wanya hier auf dem Boden zu treiben? Bob wusste, dass die Assistentin eine scharfe Katze war und dem Doktor nicht nur als Laborassistentin diente. Er hatte sie auch nachts schon aus dem Zimmer des Assistenzarztes kommen sehen. Sie hatte sein Schweigen mit ihrem Körper bezahlt und ihn seither mit Verachtung gestraft.

Er beobachtete, wie der Fremde sich erhob, während Wanya regungslos am Boden liegen blieb. Mit schweißnassen Händen zog er die Pistole aus dem Holster. Er hatte noch nie auf einen Menschen geschossen und legte mit zitterndem Arm auf van Wyk an, um ihm den Rücken zu zerfetzen. Sein Finger krümmte sich um den Abzug und er zog durch. Klick! Die Waffe war nicht geladen! Er hatte vor zwei Tagen das Magazin auf eine Kobra leer gefeuert und vergessen, nachzulegen. Sangatu war feige. Ohne Waffe traute er sich nicht an den Weißen heran. Er zog sich zurück und beobachtete den Fremden.

Van Wyk nahm das Kästchen mit den Phiolen und brachte es in seinem Wagen in Sicherheit. Mit dem Reservekanister kehrte er zum Laborgebäude zurück und legte eine Benzinspur bis vor den Bereich des Sicherheitstrakts. Dort hinein wagte er sich ohne Schutzanzug nicht. Mochte das Feuer sich durchfressen, so weit es kam. Die Hitze würde ausreichen, um Metall schmelzen zu lassen und auch im Innern des Gebäudes Spuren zu vernichten.

Was mit den Viren und dem Impfstoff geschah, war ihm egal. Ohne den Doktor war beides wertlos. Bestenfalls würden sich die Viren, sollte das Feuer sie aus ihrem kalten Gefängnis befreien, in Nasana ihre Opfer suchen und man würde in Kürze von einem neuen Urwaldvirus sprechen, wie damals bei Ebola oder dem Denguefieber.

Als Andries van Wyk das Gelände von N'kuwaloobo verließ, zog vom Laborgebäude aus eine dichte schwarze Rauchsäule in den Himmel. Neben ihm auf dem Beifahrersitz lag der Lederkoffer mit den Geldscheinen. Damit würde er den Piloten bezahlen, der ihn von Kigali aus nach Addis Abeba und von dort weiter nach Bahir Dar fliegen würde.

Bob Sangatu zog den schlaffen Körper Wanyas keuchend aus dem brennenden Gebäude. Die Flammen versperrten ihm den Weg ins Innere des Labors.

Der Arzt von N'kuwaloobo wusste, dass sein Instinkt ihn nicht getrogen hatte. Mit heftigem Husten wehrte er sich gegen den beißenden Rauch, der durch die offen gebliebenen Türen bis in das Innerste des Laborgebäudes drang. Er ahnte, dass das Feuer ihn einschloss; seine Augen brannten und die leeren Lungen schnürten ihm den Brustkorb ein. Die gelblich-weiße Flüssigkeit in den Phiolen war das Letzte, woran er dachte, bevor er das Bewusstsein verlor. Er erstickte mit einem verkrampften Lächeln um seinen Mund.

Montag, 31. Mai 2010, Kapstadt
Noch 10 Tage

Sie waren nach einer unruhigen Nacht, während der sie nur wenige Minuten am Stück geschlafen hatten, vor Sonnenaufgang aufgebrochen und über den langen Weg, den sie gekommen waren, abgestiegen. Sie hatten den Wagen aus Angst, dass der Schütze sie dort noch erwarten könnte, einfach stehen lassen und waren mit dem Bus nach Hause gefahren.

Noch am selben Tag war Henning Fries nach Durban zurückgeflogen.

Er hatte mit dem Gedanken gespielt, die Polizei zu informieren. Aber was sollte er erzählen? Von einem Überfall auf dem Tafelberg? Und dann? Er hatte keine Beweise, nur vage Vermutungen.

Nein. Er musste zunächst herausfinden, was in Hamburg schiefgegangen war und darum würde er in die Hansestadt fliegen. Nichts konnte ihn davon abhalten. Davon hatte er den stellvertretenden Construction Inspector Gys de Kock in Kenntnis gesetzt.

In Deutschland würde er Linda anrufen. Sich vielleicht mit ihr treffen. Mit Linda konnte er darüber reden. Sie war eine brillante Journalistin, tough und ehrlich. Vielleicht wusste sie einen Rat, was er mit seinem Verdacht anfangen sollte. Sie kannte Gott und die Welt. Und sie kannte Afrika.

Linda …

Sie waren einmal zusammen gewesen, damals in Tübingen. In einem anderen Leben. Wie lange war es her? Roloff hieß sie inzwischen. War sie nicht geschieden? Wann hatte er sie zuletzt gesehen? Hatte er ihre Handynummer noch? Nein. Aber Karin hatte sie. Die beiden kannten sich. Ach ja, Karin. Er würde auch sie besuchen. Vielleicht bei ihr wohnen. Mit ihr schlafen. Sie wartete auf ihn. Seit über zwei Jahren.

Mit diesen Gedanken schlief er ein. Und träumte von Kim.

Dienstag, 1. Juni 2010, Durban
Noch 9 Tage

Bauingenieur Leonard Merheim war beunruhigt. Er hatte sofort nach Erhalt der SMS den Flug für Fries gebucht und wollte unbedingt noch mit diesem sprechen, bevor er etwas Unüberlegtes tat. Die beiden Männer zogen sich auf Hennings Appartementzimmer zurück, wo sie einigermaßen sicher sein konnten, nicht belauscht zu werden.

Henning goss sich einen Gin Tonic ein und holte für Leonard ein Castle Lager aus dem Kühlschrank.

»Du hast es ziemlich brisant gemacht. Was ist also los?«, bohrte Leonard ungeduldig.

»Ich mache mir Sorgen wegen der Ungereimtheiten am Skywalk. Die Pläne, die Hamburg umgesetzt hat, stammen nicht von mir, so viel steht fest.«

»Aber ich dachte, du hast mit dem Lead Construction Inspector gesprochen?«

»Leider ohne Erfolg. Man glaubt in Hamburg, nach

meinen Plänen gebaut zu haben. Doch die Pläne, die im System sind, und nach denen der Skywalk errichtet wurde, stammen nicht von mir, sondern von bin Hadid.«

»Und du glaubst …?«

»Jemand hat meinen PC manipuliert. Man hat die Pläne geändert und von meinem PC aus nach Hamburg geschickt.«

»Und hegst du irgendeinen Verdacht?«

»Keinen, den ich auch nur ansatzweise beweisen könnte. Ich traue keinem mehr. Dieser Raghu, der auf der Baustelle herumschleicht wie ein Fuchs auf Beutezug. Und Mthetwa, auf den du große Stücke hältst, ich weiß. Hast du schon einmal bemerkt, wie grimmig er die Weißen auf der Baustelle beobachtet? Kennst du das nicht, dieses ungute Gefühl, von dem man weiß, dass es einen nicht trügt? Ich habe auch versucht, etwas mehr über bin Hadid herauszufinden.«

»Und?«

»Negativ. Er hat eine lückenlose Vita, beste Noten und Zeugnisse. Und trotzdem werde ich den Verdacht nicht los, dass irgendetwas nicht stimmt. Hat dir Kim von den Schüssen auf dem Tafelberg erzählt?«

»Natürlich. Glaubst du, das hat etwas damit zu tun?«

»Warum nicht? Wenn irgendetwas mit den Bögen nicht stimmt und sie herausfinden, dass ich ihnen auf der Spur bin, wäre das doch denkbar, oder?«

»Hm. Ich weiß nicht. Ich glaube, du siehst da ein bisschen zu schwarz. Auf den Baustellen wird für die

Sicherheit getan, was geht. Mthetwa ist absolut zuverlässig, und seine Leute auch. Ich arbeite bereits seit Jahren mit ihm zusammen. Hast du außer mit mir noch mit jemandem über deinen Verdacht gesprochen?«

»Nein. Ich habe nur heute Morgen mit de Kock telefoniert und ihn über meinen Flug nach Deutschland unterrichtet.«

»Du fliegst morgen. Ich habe nur einen Flug nach Zürich bekommen. Den Anschluss nach Hamburg habe ich offen gelassen, aber der dürfte kein Problem sein.«

»Das passt sogar ausgezeichnet. Somit kann ich auf dem Weg nach Hamburg noch Karin in Stuttgart besuchen. Und mich mit einer alten Freundin treffen.«

»Na na, zwei Mädels auf einmal, ist das nicht ein bisschen viel?«, scherzte Merheim und lachte.

»Quatsch! Das mit Linda ist ewig her. Sie kennt sich in Afrika verdammt gut aus und ich hab das Gefühl, ich muss das alles mal jemandem erzählen, der es neutral betrachtet.«

»Dann pass aber auf. Wenn die es auf dem Tafelberg wirklich auf dich abgesehen hatten, und mitbekommen, dass du plaudern willst …«

»Ich werd mich mit ihr irgendwo treffen, wo uns keiner belauscht. Bei Nacht und Nebel.«

»Ich sehe schon, ich muss mir keine Gedanken machen. Aber im Ernst, sei nicht leichtsinnig.«

»Nein, keine Sorge. Wir werden einen mitternächtlichen Spaziergang an der Mercedes-Benz Arena in

Stuttgart machen. Da gibt es keine Wanzen, und ich finde, die Location hat was.« Henning Fries versuchte ein Grinsen, das misslang. Schließlich wurde sein Gesichtsausdruck wieder ernst und er fragte den Kollegen: »Hast du mal was von einer Organisation namens ›Sub Africa‹ gehört?«

Leonard Merheims Augen blitzten. »›Sub Africa‹? Nur am Rande. Warum fragst du?«

»Nur so eine Idee. ›Sub Africa‹ ist mit dem Status der Schwarzen im heutigen Südafrika unzufrieden und plant Veränderungen.«

»Ich kann mich ja noch ein bisschen umhören. Aber du musst los. Dein Flug nach Jo'burg geht in zwei Stunden. Ich halte hier die Augen auf. Wenn ich etwas Verdächtiges bemerke, melde ich mich bei dir.«

»Ich habe ein ungutes Gefühl«, flüsterte Henning Fries.

Drei Tage später war er tot.

Donnerstag, 3. Juni 2010, Bahir Dar, Äthiopien
Noch 7 Tage

Die Farbe des Tanasees war ein milchiges Braun und erinnerte Fred Goldbäck an Latte macchiato, zumindest den unteren Teil des Glases, bevor der Milchschaum eingerührt wurde. Den See erreichte man in einer Tagesreise von Addis Abeba aus, an seinem Südufer lag am Ausfluss des Blauen Nils die Stadt Bahir Dar.

Goldbäck war vom kleinen Hafen aus mit einem Motorboot zu einer der zahlreichen Inseln gefahren, vorbei an einer Pelikankolonie und einigen Hippos, von denen nur die Ohren, Augen und Nasenhöcker aus dem trüben Wasser ragten.

Nach einer Stunde Fahrt über den glatten braunen See, der an seiner tiefsten Stelle gerade mal 14 Meter erreichte, legte sein Bootsführer an der kleinen bewaldeten Insel an, die man ihm genannt hatte. Im Reiseführer hatte er gelesen, dass es ausschließlich Männern gestattet war, diese Insel zu betreten, deren Kloster nur von Mönchen betrieben wurde.

Ein kurzer Fußweg bergan führte ihn zu der Kirche, wo der Kurier auf ihn warten sollte. Papyrusboote lagen am Ufer, graue Mausvögel und Tauben flatterten auf, als er vorbeiging. Durch ein großes Holztor betrat er den Klosterbereich und wurde von einem bewaffneten Mönch empfangen, der in ihm einen Touristen sah und sich anbot, die Sehenswürdigkeiten zu zeigen.

Ein Blick zur Uhr sagte ihm, dass er noch Zeit hatte, und so folgte er dem grau Gewandeten in die landestypische Rundkirche, deren Allerheiligstes nur von den Priestern selbst betreten werden durfte. An den Wänden des Wandelgangs, der das Innere wie ein Ring umschloss, war der Putz aus Rinderdung durch bunte Gemälde verziert, die, nach den vier Himmelsrichtungen ausgerichtet, Heiligengeschichten, Marienbilder und Szenen aus dem Alten und Neuen Testament darstellten. Schnitzereien prägten das alte Holzgebälk, tonnengroße Gebetstrommeln ruhten hinter dem Altarraum.

Wieder im Freien erblickte er im Schatten eines Turms, in dem alte Handschriften der äthiopisch-orthodoxen Kirche sowie zahlreiche Schätze der Religionsgeschichte aufbewahrt wurden, den Mann, dessen warziges Gesicht er aus dem Thermalbad kannte. Er nickte ihm zu und sie begrüßten sich mit wenigen Worten.

Der Warzige reichte ihm ein kleines Metallkästchen. »Sie sollten es nicht öffnen«, warnte er. »Die Temperatur muss konstant bleiben. Ihre Aufgabe besteht nur darin, den Inhalt unversehrt in das Stadion von Durban einzuschleusen. Alles Weitere teilen wir Ihnen noch mit.«

Goldbäck nickte und der Warzige verschwand auf dem gewundenen Pfad, der hinunter zum See führte. Einer der Mönche schlug auf dem heiligen Klangstein, der im Kloster als Ersatz für Glocken diente, die Zeit, als auch Goldbäck mit seinem wertvollen Gepäck die Insel verließ.

Freitag, 4. Juni 2010, Durban
Noch 6 Tage

Leonard Merheim hatte das Gespräch mit Henning Fries nicht schlafen lassen. ›Sub Africa‹. Wie war Fries darauf gekommen? Merheim merkte, wie ihn seine Doppelrolle in die Enge trieb. Wieder und wieder hatte er sich die Zeichnung angesehen. Die Änderungen, die Fries festgestellt hatte, waren minimal und ohne Bedeutung. Würde sich Fries zu einer unüberlegten Aktion verleiten lassen, nur um seine ursprünglichen Pläne zu verteidigen? Er musste ihn im Auge behalten.

Dann kamen ihm Hennings Worte in den Sinn: ›Und Mthetwa, auf den du große Stücke hältst, ich weiß. Hast du schon einmal bemerkt, wie grimmig er die Weißen auf der Baustelle beobachtet?‹

Leonard hatte den Zulu noch am Morgen gesehen, als er das Stadion betrat. Hatte seine markanten Gesichtszüge studiert und den stechenden Blick wahrgenommen, den Fries als grimmig bezeichnet hatte. uThembani Mthetwa war nicht der Mann, dem er nachts allein in einem Township begegnen wollte. Aber reichte das aus, um ihn zu verdächtigen?

Als uThembani Mthetwa sich am Abend hinter das Steuer seines Nissans setzte und nach Hause fuhr, folgte ihm ein dunkelroter Mercedes.

Mthetwa bewegte sich in Richtung Nordwesten, nach Greyville, eines der indischen Wohngebiete der multikulturellen Stadt. Etwa eine halbe Million Inder lebten in Durban und prägten deutlich das Bild von eThekwini, vor allem rings um die Victoria Street.

Ihre Vorfahren hatten seit Mitte des 19. Jahrhunderts auf den Zuckerrohrplantagen in Natal gearbeitet. Viele von ihnen hatten nach dem Auslaufen ihrer Arbeitsverträge Land im Wert ihrer Rückpassage nach Indien erworben. Andere hatten sich als Geschäftsleute rings um Durban niedergelassen oder waren weiter nach Transvaal oder in die Kapprovinz gezogen. Heute hatten es viele der indischen Familien zu Ansehen und Wohlstand gebracht und die leuchtenden Saris und duftenden Curries gehörten zum Stadtbild Durbans wie der golden glänzende Strand des Indischen Ozeans.

Der Weiße mit seinem Daimler befürchtete, in dieser Gegend aufzufallen und wollte schon umkehren, als Mthetwa in einer der betriebsamen Seitenstraßen plötzlich anhielt und ausstieg. Auf der gegenüberliegenden Straßenseite saß Raghunandan Rajah vor einem Café und winkte dem Zulu. Sie begrüßten sich wie alte Freunde und gingen hinein.

Der Beobachter war unschlüssig in seinem Wagen sitzen geblieben. Die Dämmerung hatte rasch eingesetzt, in wenigen Minuten würde es stockfinster sein. Konnte er sich unbemerkt dem Gebäude nähern und vielleicht belauschen, was Mthetwa mit dem Inder zu besprechen hatte? Vielleicht würde er diesmal mehr erfahren als bei den unergiebigen Aktionen vor dem Container?

Noch zögerte er. Dann zog er sich seinen breitkrempigen Sonnenhut weit ins Gesicht, stieg aus und nahm an einem der Tische des kleinen Straßencafés Platz. Sprachfetzen aus dem Inneren des Gebäudes mischten sich mit den Geräuschen der Straße und den Stimmen der Händler auf dem nahen Markt. Er bestellte Tee und konzentrierte sich.

Die Stimme Mthetwas glaubte er herauszuhören, doch er war zu weit entfernt, um einzelne Worte zu verstehen. Jetzt wurde ein Tisch direkt an der Wand des Gebäudes frei, unterhalb eines der offen stehenden Fenster. Er wechselte den Platz, lehnte seinen Kopf an die Wand und schloss die Augen. Mthetwas Stimme war deutlich zu hören. Er schien mit dem Inder direkt am Fenster zu sitzen. Sie unterhielten sich auf Englisch.

»Wir hätten den weißen Mann schon viel eher aus Afrika vertreiben sollen«, hörte er den Zulu sagen. »Seit über 350 Jahren beutet er uns aus, und das hat sich weder unter Mandela noch unter Mbeki geändert.«

»Nicht nur euch. Zu Zeiten der Apartheid wurden wir ebenso unterdrückt wie die Menschen deiner Rasse.«

»Der weiße Mann raubt alle aus. Er nimmt unser Gold, die Diamanten, das Elfenbein, das Holz der Tropen, Kautschuk, Kupfer, Kobalt und Öl. Er beutet uns aus, wo immer er sich niederlässt. Er baut Farmen, Hotels, Lodges und Fabriken in unsere Länder, aber was sie erbringen, behält er für sich. Wir sollen weiterhin seine Schuhe putzen, in seinen Minen arbeiten und seine Bananen auf dem Markt verkaufen. Unsere Kinder sollen in seine Schulen gehen und ihre Traditionen vergessen und unsere Frauen mit ihm schlafen.«

»Eure Frauen wollen das auch«, behauptete der Inder bewusst provozierend, doch Mthetwa ging nicht darauf ein.

»Wir sind ein reicher Kontinent. Und wir haben es satt, von den Weißen wie Sklaven behandelt und ausgebeutet zu werden. Warum kauft sich ein amerikanisches Konsortium für eine Milliarde Dollar in die Mine von Kolwezi ein? Weil sie 13 Milliarden wert ist! Warum stecken die USA fünf Milliarden Dollar in den Block 17 vor Angola? Weil sie aus den riesigen Ölfeldern mehr Öl gewinnen werden als in Kuwait. Und die Europäer sind nicht besser. Sie plündern uns aus, legen uns herein, betrügen uns. Dem werden wir jetzt ein Ende machen! Ich zähle die Stunden bis zum Spiel in Durban, mein Freund. ›Sub Africa‹ wird siegen!«

Der Lauscher zuckte zusammen.

»Nicht so laut. Wir sind hier nicht allein«, mahnte der Inder.

»Ach was. Hier reden alle durcheinander. Wer soll uns hören? Warum hast du mich herbestellt? Ich komme nicht gerne in diese Gegend.« Der Afrikaner hatte sich in Rage geredet.

»Ich mache mir Gedanken wegen des Deutschen«, raunte der Inder. »Er hat einen Flug in die Schweiz gebucht.«

»Heißt das, er will nach Deutschland?«, zischte der Zulu.

»Er will nicht – er ist schon!«

»Er ist schon? Wie konnte das passieren? Ich dachte, du hast ihn unter Kontrolle?«

»Dieser andere Ingenieur, Merheim, hat für ihn gebucht, das konnte ich nicht verhindern.« Der Lauscher schrak auf.

»Dann muss Bushman sofort …«

In seiner Erregung stieß der Weiße mit seinem Knie gegen den wackligen Metalltisch, das Teeglas stürzte um und zerbarst auf dem Boden.

»Was war das?«, hörte er Mthetwa von drinnen rufen.

»Was?«, bohrte der Inder.

»Ich seh mal lieber nach!«, rief der Zulu und der Weiße draußen hörte, wie er aufstand. Es blieb ihm keine Zeit, zu bezahlen. Er sprang auf, bahnte sich einen Weg zwischen den leeren Stühlen und Tischen auf die Straße und rannte zu seinem Wagen. Während er einstieg, machte er den verhängnisvollen Fehler, zurückzuschauen.

Am grimmigen Blick Mthetwas bemerkte er, dass ihn der Zulu trotz Dunkelheit und Sonnenhut erkannt hatte. Er startete den Wagen und raste los.

Als er das indische Viertel hinter sich gelassen hatte, versuchte er, den deutschen Ingenieur auf seinem Handy zu erreichen, doch es kam keine Verbindung zustande. Während er im Abendverkehr Richtung Flughafen fuhr, hackte er eine SMS in das System. Er schickte sie seinem Auftraggeber und eine Kopie an Henning Fries.

Hoffnung = Sub Africa. Oel.

Am selben Tag, Umfolozi, KwaZulu-Natal

Der Funkspruch aus Durban kam herein, als er gerade von der Buschtoilette zurückkehrte. Er hatte Spaten, Lions-Streichhölzer und eine Rolle Klopapier genommen, war etwa 100 Meter gelaufen, hatte dort ein Loch gegraben, nach verrichteter Notdurft das

Papier verbrannt und das Loch wieder zugeschüttet. Kein Pavian würde so angelockt werden von den verborgenen Düften und durch Gezeter seine Anwesenheit verraten.

Nachdem er den kurzen Funkspruch beendet hatte, verstaute er den Spaten in der Höhle und warf noch etwas Holz in das Feuer, nur eine bestimmte Sorte, die wenig Rauch entwickelte. Mit einer Blechtasse schöpfte er etwas heißes Wasser aus dem schwarzen Kessel über dem Feuer, um sich einen Kaffee anzurühren, dann warf er sich auf die grüne Matratze, die am Feuerplatz als einzige Sitzgelegenheit am Boden lag, und aß ein Stück Buschbrot, das er in einem aus dem Sandboden gescharrten Glutloch gebacken hatte. Viel Zeit blieb ihm nicht.

Die letzte Nacht war auffallend ruhig gewesen, er hatte vor der Höhle geschlafen und nur ganz vereinzelt das Lachen von Hyänen vernommen und das Grunzen einer Rotte von Buschschweinen, die in der Nähe unterwegs zu sein schienen. Die Elefanten, die er am Tag unten am Fluss beobachtet hatte, waren auf Distanz geblieben und das Krachen von Ästen war nur noch aus größerer Entfernung an seine Ohren gedrungen.

Er war ausgeruht und fit.

Er zog sich aus und ging nackt einige Meter durch den Busch, dorthin, wo ein Blecheimer mit Düse in den Bäumen hing, mittels Seil und einfacher Winde höhenverstellbar, stellte sich darunter, öffnete die Düse und schon träufelte das kalte Wasser aus dem Blecheimer auf sein Gesicht, rann an seinem muskulösen Körper entlang und versickerte zu seinen Füßen im sandigen Erdreich. Er ging zurück, kleidete sich wieder an, holte seine Waffe aus der Höhle, schraubte sie zusammen, verstaute sie in ihrem Koffer und goss sich noch einen letzten Kaffee ein.

Ein neuer Auftrag. Ein Weißer. Der Flug gebucht. Infos auf dem üblichen Weg, wie gehabt.

›Wenn du wieder versagst, leg ich dich um!‹, hatte sein Auftraggeber geflüstert und der Killer hatte geahnt, dass er es ernst meinte.

Er sah zur Uhr. Der Weg zum Flughafen war weit, es war Zeit aufzubrechen.

Da bemerkte er es. Regungslos stand das Nashorn mit seinem Jungen im dichten Buschwerk – Tarnung durch Verharren. Fast unmöglich, es mit dem Fernglas zu erkennen. Und doch entdeckte er es mit bloßem Auge, auf gut 200 Meter Entfernung. Selbst wenn es sich *nur* um ein Weißes Nashorn handelte, die gemütlichere und weniger angriffslustige der beiden afrikanischen Nashornarten, auch mit ihm war nicht zu spaßen, wenn es ein Junges mit sich führte.

Die Nashornmutter musste ihn längst bemerkt haben, da seine vorsichtigen Schritte im dichten Gestrüpp dennoch Geräusche verursacht hatten, die gleich hinter seiner Höhle eine Herde Impalas und einige Nyalas aufschreckten. Doch sie sah wie alle Nashörner sehr schlecht und konnte den Feind nicht lokalisieren. Der Wind hatte seine Witterung noch nicht in ihre Richtung getrieben, und so setzte sie, nachdem sie nichts Verdächtiges bemerkte, ihren Weg fort. In einem weiten Bogen kam sie mit ihrem Jungen auf ihn zu. Plötzlich drehte der Wind. Ein unsicherer Blick in seine Richtung, ein kurzes Schnauben, leichtfüßiges Antraben, dann waren die beiden Tiere im Busch verschwunden.

Der Weg zu seinem Allrad führte direkt am Umfolozi entlang und über eine Schilfinsel hinüber ans andere Ufer. Er sah die Büffel schon von Weitem und beobachtete sie misstrauisch. Seine Miene hellt sich auf, als die kräftigen Kolosse die Insel verließen und am anderen Ufer das Weite suchten. Nur zwei Bullen blieben auf einer Sandbank stehen, als ob sie den Rückzug ihrer Herde sichern wollten. Das Wasser war knietief und floss sehr langsam. Die wenigen Krokodile, die er am letzten Abend noch beobachtet hatte, schienen verschwunden.

Mit einem Auge auf die beiden Büffel, die immer noch etwa 300 Meter flussaufwärts am Ufer standen, stieg er in die Fluten. Der Grund war weich und sandig, die Kühle des Wassers tat gut. Drei weitere Büffel, die von ihm unbemerkt auf der Schilfinsel zurückgeblieben waren, ergriffen die Flucht, als er sich näherte. Nur die beiden Bullen, die ihm eindeutig den Weg versperrten, rührten sich nicht von der Stelle. Bushman ging sicheren Schrittes auf die Tiere zu, nahm den Hut ab und schwenkte ihn über dem Kopf. Die Büffel schnaubten verächtlich, setzten sich jedoch in Bewegung und machten den Weg frei. Oben am Ufersaum blieben sie stehen und beobachteten argwöhnisch, wie der Zweibeiner im Wasser watend an ihnen vorüberzog.

Bushman erreichte seinen Wagen, verstaute den Waffenkoffer auf dem Rücksitz und ließ den Motor an. Diesmal würde er nicht versagen. Und so geschah es.

Samstag, 5. Juni 2010, Tübingen – Stuttgart,
Mercedes-Benz-Arena
Noch 5 Tage

Sie wachte mit einem Brummschädel auf, wie nach einer durchzechten Nacht. Ihre verklebten Augen suchten nach dem Ziffernblatt des Weckers: 9.30 Uhr. Sie fuhr im Bett hoch. So spät schon? Normalerweise war sie um diese Zeit bereits eine Stunde in der Redaktion, aber sie hatte gestern Nacht offensichtlich vergessen, den Wecker zu stellen. Ihre Gedanken rotierten.

Gestern Nacht …

Die Abendluft hatte nach Raps gerochen, als sie mit ihrem Citroën vom Dienst nach Hause gefahren war, die sattgelben Felder hatten in der Abendsonne zwischen den grünen Wiesenmatten geglänzt. Es hatte sie an einen der Sonnenuntergänge am Uaso Nyiro erinnert, wie sie sie mit Alan Scott erlebt hatte.

Kein Tag war vergangen, ohne dass sie an ihn gedacht hatte. Nur eine SMS hatte sie ihm geschickt, nachdem er nach Südafrika abgereist war. *Wir sollten uns Zeit lassen*, war darin zu lesen, *vielleicht tut es uns gut, eine Pause einzulegen.* Mehr nicht. Danach hatte sie nächtelang schlecht geschlafen, ja sogar mit dem Gedanken gespielt, nach Johannesburg zu fliegen.

Von Tag zu Tag war ihr mehr bewusst geworden, wie sehr sie ihn liebte. Und doch konnte sie sich nicht überwinden, den ersten Schritt zu tun. Obwohl sie seine Handynachrichten inzwischen gelesen hatte, saß der Stachel tief und sie war noch nicht zu einer Aussöhnung bereit. Die Hochzeit hatte sie abgesagt. Alan sollte sich nicht gezwungen fühlen, ihretwegen früher aus Südafrika zurückkehren zu müssen.

Es war rasch Nacht geworden.

Dort, wo sie sich um Mitternacht mit Henning Fries getroffen hatte, war alles diffus, wie im Nebel, und dennoch seltsam leuchtend durch künstliches grellgelbes Straßenlicht, dunkel und doch nicht Nacht. Kein Mond, der den Himmel erhellte, trotzdem schien eine milchige Lichtglocke über ihr zu sein. Dunstige Großstadtnacht.

Sie erinnerte sich an jedes Detail.

Eine klare Nacht wäre nicht so warm gewesen. Saharawind, warme Luft aus Nordafrika, hatte sie im Wetterbericht gelesen, eine Sommernacht Anfang Juni. Von den Wiesenhängen an der Nordflanke der Wurmlinger Kapelle drang in solchen Nächten das singende Zirpen der Grillenschar an ihre Ohren, gemischt mit dem weichen Trillern der seltenen Wechselkröten, die irgendwo in einem der kleinen Teiche bei den Vogelschutzgehölzen ihr Laichgewässer hatten.

Sie war nach Stuttgart gefahren, Bad Cannstatt.

Sie parkte ihren Wagen auf einem der zahlreichen

freien Parkplätze entlang der Mercedesstraße, ein paar Meter unterhalb des Carl-Benz-Centers. Von hier aus waren es nur wenige Meter zur Arena, deren große weiße Leuchtbuchstaben am schwarzen Himmel zu kleben schienen.

Kein Stern war zu sehen. Großstadtnächte kannten nicht den Unterschied zwischen wolkenverhangen und sternenklar. Sterne hatten hier keine Chance gegen Straßenbeleuchtung und Neonröhren, die aus dem Parkhaus bis auf den Asphalt strahlten. Sie dachte an den Sternenhimmel Afrikas. Und sie dachte an ihre Mutter. In lauen Nächten wie dieser war sie ihr näher als je zuvor. Seit ihre Mutter tot war, sprach sie nachts manchmal mit den Sternen, weil sie glaubte, dass ihre Mutter sie so hören konnte. ›Ein Stern, der deinen Namen trägt‹, dieses Lied fiel ihr dann ein und sie fragte sich manchmal, ob das Firmament ausreichte, um für jeden Toten einen Stern leuchten zu lassen. Ein schöner Gedanke …

Sie näherte sich dem Tor 3 der Mercedes-Benz-Arena, ahnte die Silhouette der Stadionaußenwand, die irgendwo über ihr mit dem Abendhimmel verschmolz. Plötzlich blieb sie stehen und lauschte. Hatte sie Schritte gehört? Folgte ihr der Mann, der sie für Mitternacht hierher bestellt hatte, oder wartete er da vorne auf sie?

Die Leuchtziffern ihrer Armbanduhr zeigten 23.44 Uhr. Sie hatte noch Zeit. Die Einsamkeit in dieser seltsamen Umgebung bedrückte sie. Kein Mensch war unterwegs, nicht ein einziges Auto fuhr kurz vor Mitternacht an der Arena vorbei. Die Stadionwand wirkte düster und tot wie ein Felsendom. Selbst die Platanen schienen erstarrt, kein Windhauch bewegte das junge Grün ihrer Blätter.

Und wieder – vernahm sie nicht leise Schritte?

23.51 Uhr.

Noch neun Minuten bis zur vereinbarten Zeit. Hennings SMS und seine Worte bei ihrem kurzen Telefonat gingen ihr nicht mehr aus dem Kopf. Worauf sie sich eingelassen hatte, ahnte sie nicht. Aber sie hatte seinen Wunsch befolgt und war allein gekommen. Vor Henning hatte sie ohnehin keine Angst. Sie kannten sich zu gut, von ihrer gemeinsamen Zeit an der Uni, von den zwei Jahren, die sie zusammen gewesen waren. Und sie kannte Karin, Hennings Freundin.

Gut, die beiden hatten eine Krise hinter sich, aber wen wunderte das, wenn er seit über zwei Jahren in Südafrika auf einer der großen Stadionbaustellen für die Fußball-WM arbeitete und sie in Deutschland ihr Studium abschließen musste?

Doch Linda hatte Karin Anfang des Jahres ermutigt, über Weihnachten nach Südafrika zu fliegen und ihm einen Besuch abzustatten. Jetzt war Henning überraschend für ein paar Tage in Deutschland, wollte sich in Hamburg mit seinen Architekten treffen und in drei Tagen wieder nach Johannesburg zurückfliegen, um bei der Eröffnung der WM dabei zu sein. Irgendetwas war ihm so wichtig erschienen, dass er Linda ins Vertrauen ziehen und sich mit ihr hier mitten in der Nacht treffen wollte.

›Mercedes-Benz-Arena um Mitternacht.‹ Das war seine Ansage am Telefon gewesen. Ein kurzes, ein knappes Telefonat, bei dem er es sehr eilig gehabt hatte. Und zuvor diese SMS. Linda zog das Handy aus der Anoraktasche und klickte auf die gespeicherten Nachrichten im Posteingang.

Hennings Nachricht war ihr kryptisch und doch wichtig erschienen: *Linda! Habe Komplott entdeckt. Es geht um alles! Kann nichts beweisen. Der Weg in den Himmel birgt den Tod. Muss mit dir reden, nur mit dir. Sofort, sonst zu spät. Morgen 24 Uhr. Ich ruf dich noch an. Henning.*

Wieder und wieder hatte sie diese Zeilen gelesen, bis er sie schließlich angerufen hatte. ›Ich kann dir das nicht am Telefon erklären‹, hatte er gesagt, ›die Sache ist wirklich zu heiß. Können wir uns treffen, ich meine, du und ich?‹ Linda hatte zugestimmt, obwohl ihr Zeit und Ort sehr geheimnisvoll erschienen. ›Alles Weitere direkt. Mercedes-Benz-Arena um Mitternacht.‹

Auch jetzt überflog sie die wenigen Zeilen, während sie die letzten Meter zum vereinbarten Treffpunkt zurücklegte. Ihre Schritte knirschten auf dem Asphalt und sie blieb stehen. Noch ein Blick auf ihr Handy. Sie wurde nicht schlau daraus. Welches Komplott meinte er? Er klang aufgeregt. Wichtig. Aber warum ging er dann nicht einfach zur Polizei? Welche Rolle spielte sie dabei? Die Buchstaben tanzten schwarz vor dem leuchtenden Display.

Der Weg in den Himmel birgt den Tod.

Als sie das Wort *Tod* las, hörte sie wieder Schritte, und plötzlich krachte ein Schuss. Geistesgegenwärtig warf sie sich zu Boden und verlor dabei ihr Handy. Sie registrierte die eiligen Schritte, die sich in Richtung Untertürkheimer Kurve entfernten, hörte Sekunden später einen anspringenden Motor, sah die Rücklichter, die sich zum Kreisverkehr am Mercedes-Benz-Museum entfernten.

Dann war es totenstill.

Am selben Tag, Olifants Goud, Mpumalanga, Südafrika

Dr. med. Fred Goldbäck traf am frühen Morgen auf der Farm am Rande des Krüger Nationalparks ein. Der passionierte Jäger hatte Wert darauf gelegt, die wenigen Tage bis zu seinem Einsatz in Durban nicht in irgendeinem Stadthotel zu verbringen. Da er auf dem besten Wege war, ein reicher Mann zu werden, konnte er sich den Aufenthalt in einer Wildlife-Lodge leisten und hatte sich auf Empfehlung eines Kollegen für Olifants Goud entschieden.

Die Farm lag wildromantisch in einem breiten Tal, direkt an einem Wasserloch, an dem man von der schattigen Veranda aus Tiere beobachten konnte. Goldbäck sah durch das Fernglas, wie sich zwei Oryxantilopen dem Teich näherten und ein paar Diademmeerkatzen verscheuchten, die zu den prächtigsten Affen Südafrikas gehören.

Drüben, in den Felsen der Kopjes, die den von der Veranda aus einsehbaren Bereich der Farm nach Süden begrenzten, stand noch immer ein Steinbock mit goldenem Fell im Schein der untergehenden Sonne. Markant ragte der alte Baobab jenseits des Wasserlochs in den Abendhimmel, nahezu 20 Meter hoch, der Stamm ungeheuer dick, mit einer Kette von zehn Mann kaum zu umfassen, die Äste fast wie Luftwurzeln, knorrig und krumm, ein Baumgigant, von dem man glauben konnte, er sei mit dem Wurzelwerk nach oben in die Erde gepflanzt worden. Weitere Meerkatzen trieben sich dort herum, auf der Suche nach seinen Früchten, die dem Baobab auch den Namen Affenbrotbaum gegeben hatten.

Auf der Seerosendecke, die das Wasserloch bedeckte, balancierten kastanienbraune Rallen mit leuchtend blauer Stirn, am flachen sandigen Ufer grasten Nilgänse und Höckerenten, und hoch oben in den Gerippen der alten kahlen Bäume hatten es sich einige Silberreiher und ein Hammerkopfstorch bequem gemacht.

Es war ein paradiesischer Friede, der sich mit Einbruch der Dämmerung hier allabendlich über die Landschaft legte. Dann begann die afrikanische Buschsinfonie: Aus dem Pianissimo heraus hob in feinem Dolce das Zirpen der Zikaden an, steigerte sich schrill und erhielt bald Unterstützung vom krächzenden Geigenpizzicato der Grillen, vom leichten Klarinettentriller der Glockenfrösche aus dem Wasserloch, dem gurgelnden Tremolo eines unbekannten Nachtvogels, dem grunzenden Ostinato aus dem nur wenige Kilometer entfernten Hippo-Pool und dem Trompeten der Elefanten, die unten am Fluss eine Gelbfieberakazie zerlegt hatten.

Olifants Goud, das klang verlockend nach Elfenbein, doch der deutsche Arzt hatte enttäuscht feststellen müssen, dass die Jagd hier kein Thema mehr war, seit die Farm mit Jeff van Rossen einen neuen Besitzer hatte.

Das Geschäft mit den nicht jagenden Touristen lief gut und die Nähe zum Krügerpark hatte sich als großer Vorteil erwiesen, erzählte ihm Ulla van Rossen, die Frau des Besitzers. Olifants Goud war quasi Teil des großen Transfrontier-Parks, der den Tieren Wanderungen bis nach Mozambique und über den Limpopo nach Zimbabwe ermöglichte.

Während der WM war die Farm bis auf das letzte Bett ausgebucht und so fuhr Dr. Goldbäck, eingepfercht zwischen anderen Gästen, mit einem weißen Guide am Steuer des offenen Geländewagens auf Game Drive, wie sie das hier nannten. Eine Tour früh morgens, eine am späten Nachmittag, auf den holprigen, quer durch das Farmgelände angelegten Pisten von Wasserloch zu Wasserloch, um hier eine Handvoll Zebras, dort fünf Giraffen, und schließlich sogar zwei Breitmaulnashörner zu fotografieren.

Alan Scott, Fahrer und Guide auf Olifants Goud, kam aus Kenya, so viel hatte Goldbäck herausgefunden. Und dieser Scott war neugierig. Zu neugierig für Goldbäcks Geschmack. Hatte ihn schon bei ihrer ersten Begegnung nach seinem Doktortitel gefragt, und woher genau aus Deutschland er komme.

Er sei Arzt, hatte Goldbäck kurz angebunden geantwortet.

›Das sei gut zu wissen‹, hatte Scott entgegnet und

sich dann wieder um die anderen Gäste gekümmert, vornehmlich um die weiblichen.

Goldbäck fühlte sich unwohl auf Olifants Goud. Er fieberte seinem Einsatz entgegen. Wann kam endlich der Anruf, auf den er so ungeduldig wartete? Wann konnte er von hier verschwinden und seinen Auftrag erledigen?

Er kannte mittlerweile jedes Wasserloch, wusste, dass die beiden Breitmaulnashörner die einzigen auf dem Gelände waren und fast handzahm; wusste, dass die vom Aussterben bedrohten Weißschwanzgnus Teil eines südafrikanischen Zuchtprogramms waren und dass die Leoparden auf der Farm mit Funkhalsbändern kontrolliert wurden.

Und dann kam es bei der Early-Morning-Safari zu einem Zwischenfall, der seinen Puls zum Rasen brachte.

Tübingen – Stuttgart

Wann war sie nach Hause gekommen? 4 Uhr?

Die Vernehmung im Einsatzfahrzeug der Stuttgarter Kriminalpolizei hatte lange gedauert. Sie hatte sich in Widersprüche verwickelt. Jens hatte ihr geholfen, Kommissar Jens Bosch. Ohne ihn säße sie jetzt in Untersuchungshaft. Verdächtigt des Mordes an Henning Fries.

Sie schloss die Augen. Die schrecklichen Ereignisse der vergangenen Nacht holten sie ein. Der Mord vor der Mercedes-Benz-Arena in Stuttgart-Bad Cannstatt um Mitternacht.

Henning Fries war sofort tot gewesen. Kopfschuss.

Das solle sie für sich behalten, darum hatte Bosch sie gebeten. Aus ermittlungstaktischen Gründen.

Musste ein guter Schütze gewesen sein, bei den diffusen Lichtverhältnissen. Oder er hatte aus nächster Nähe gefeuert. Während Henning auf sie gewartet hatte. Der Täter war an ihr vorbei geflohen, hatte sich aus dem Staub gemacht und sie war bei der Leiche von Henning zurückgeblieben. Hatte die Polizei verständigt. Und sich verdächtig gemacht. Schließlich war sie mit Henning befreundet gewesen. Vor Urzeiten.

Mein Gott, dachte sie, wenn das Alan gewesen wäre! Sie verspürte das Verlangen, ihn sofort anzurufen. Ihn zu fragen, wie es ihm ging. Doch ihr Handy lag in Stuttgart bei der Kripo. Und seine Nummer war dort eingespeichert. Sie dachte an das Gespräch mit Jens Bosch. Hielt der Kommissar sie für die Mörderin von Henning Fries?

Es gab keine Zeugen für ihre Version der Tat. Sie hatte Hennings Handy gefunden und war auf diese ungelesene Mitteilung eines Unbekannten gestoßen. *Hoffnung = Sub Africa. Oel.*

Sie war ihrer Intuition gefolgt, hatte sich den Inhalt und die Nummer dieser SMS ebenfalls notiert, eine Botschaft als Antwort für den Unbekannten in das Handy gehackt, sie verschickt und anschließend beides gelöscht. Dann hatte sie Hennings Handy in diese große Mülltonne neben dem Imbiss geworfen. Scheiß Idee!

Die Polizei hatte nicht nur ihr Handy beschlagnahmt, sondern auch Hennings Handy in der Mülltonne gefunden. Im Sendebericht würden sie auf die Nachrichten stoßen. Zwar nicht die Inhalte, aber Zeitpunkte und Adressaten der letzten Mitteilungen wurden dort angezeigt. Kommissar Bosch würde sie in die Mangel nehmen.

Sie schälte sich aus dem Bett und taumelte zu dem Stuhl, auf den sie in der Nacht ihre Klamotten geworfen hatte.

Wo war Sarah? Ah, richtig, sie hatte bei einer Freundin übernachten dürfen.

Linda suchte ihre Klamotten zusammen. Die Polizei hatte auch ihre Umhängetasche behalten, ihre Hosentaschen durchsucht, jedoch den Notizzettel, auf den sie die Botschaft gekritzelt und den sie in ihrer Bluse versenkt hatte, nicht gefunden.

Ihre Finger durchwühlten den Klamottenberg. Jeans, Büstenhalter, Unterhemd, Socken, Bluse, Jacke. Ein wildes Durcheinander. Und mittendrin der Zettel mit Hennings Botschaft aus seiner SMS. Warum hatte sie es der Polizei verschwiegen? Würde es nicht ihre Unschuld beweisen? Henning hatte ein Komplott entdeckt. Doch er hatte sein Geheimnis mit in den Tod genommen, mit ausgestreckten Armen und Beinen auf dem Rücken liegend und seine Augen ausdruckslos zum Himmel starrend.

Linda Roloff stand nur kurz unter der heißen Dusche und überhörte im Geräusch des Föns das erste

Klingeln an der Wohnungstür. Erst als das Klopfen zu einem lauten Pochen anschwoll, wurde sie aufmerksam und eilte, nur in ein weißes Frotteehandtuch gehüllt, zur Tür. Durch den Spion erkannte sie Jens Bosch, den adretten Kommissar, flankiert von einer Kollegin in Zivil und zwei Beamten der Bereitschaftspolizei.

Sie hängte die Kette aus und öffnete.

»Guten Morgen«, grüßte Jens in offiziellem Ton und jede Vertraulichkeit in seiner Stimme war wie weggeblasen. Sie spürte die Kälte, die ihr entgegenschlug und wusste sofort, dass sie ein Problem hatte. Kommissar Bosch verlor keine Zeit und forderte sie mit eisiger Stimme auf, sich anzuziehen und mitzukommen.

Ob sie verhaftet sei, wollte sie wissen.

Der Kommissar nickte. Es tue ihm leid, aber sie stehe unter Mordverdacht.

Am selben Tag, Rob Roy Hotel, Botha's Hills, KwaZulu-Natal

Die beiden Männer, die soeben eine Kleinigkeit gefrühstückt hatten, senkten ihre Stimmen zu einem Flüstern. Sie hatten das Hotel 50 Kilometer außerhalb von Durban als Treffpunkt gewählt, weil sie sicher sein konnten, hier nicht belauscht zu werden. Außerdem wollte Paul Dhlomo weiter in die Drakensberge, nachdem seine Arbeit in Durban so gut wie beendet war.

»Welche Rolle spielt Kalkoen wirklich?«, geiferte uThembani Mthetwa und fasste sein Gegenüber scharf ins Auge. »Habt ihr jemals seine Identität überprüft?«

Paul sah an ihm vorbei, als suche er die Antwort in der Ferne. Der Ausblick auf die majestätische Landschaft des ›Tals der Tausend Hügel‹ wurde durch dichten Nebel getrübt. Das Rob Roy Hotel lag verträumt wie ein schottisches Gruselschloss hoch über dem Tal und auch das Interieur atmete noch die Luft der Burenzeit, alte schwere Holzmöbel, schottisch gemusterte Karovorhänge, abblätternde Tapeten und eine gut sortierte Whiskybar zählten dazu.

Im Restaurant des Hotels mit fast düsterem Ambiente und einer rostigen Ritterrüstung aus dem alten Europa an der Wand fragte eine dicke Zulufrau nach den Wünschen der Gäste, während im Pub ein gestylter Barkeeper im schwarz-weißen Sakko, der ein letzter lebender Sprössling des alten Rob Roy zu sein schien, Gin Tonic mit Eis mixte. An den Nachmittagen konnten sich die Hotelgäste im benachbarten, für die Touristen nachgebauten Zuludorf eine Tanzvorstellung ansehen oder in der Ladenzeile im Garten des Hotels afrikanische Schnitzereien und Safarihüte erstehen.

Im wabernden Nebel versteckten sich die echten kleinen Krals und Dörfer der Umgebung, und nur ab und zu, wenn eine Wolke aus einem der Täler herauszog, konnten die beiden Männer einen kurzen Blick auf die Hütten oder einen Rad fahrenden Zulu erhaschen.

»Das war nicht nötig«, antwortete Paul Dhlomo jetzt, »Kalkoen war auf unserer Seite, solange ich denken kann. Er war im Untergrund, auch nach Abschaffung der Apartheid. Vorher hat er mit dem ANC sympathisiert, ging sogar ins Gefängnis dafür.«

»Ein Weißer, der auf unserer Seite war?«, zweifelte Mthetwa.

»Ja. Er hatte eine Freundin, eine Zulu. Sie haben sie verschleppt und so lange gefoltert, bis sie ihn verraten hat. Er hat sie nie wieder gesehen. Dann haben sie ihn nach Kroonstad gebracht.«

»Er war in Kroonstad inhaftiert?«

»Im Hochsicherheitstrakt. Sie haben ihm sogar eine Verbindung zum ›Speer der Nation‹ nachgewiesen.«

»Und wie lange saß er?«

»Keine Ahnung. Nach Mandelas Freilassung kam auch er frei. Obwohl ihm Mandelas Politik nicht gefallen hat, hat er sich offiziell auf seine Seite gestellt, um wieder Fuß zu fassen. Aber er hasst alle Weißen, seit sie ihm das angetan haben. Er hat heimlich mit ›Sub Africa‹ sympathisiert, von Anfang an.«

»Klingt alles ein wenig zu glatt«, meinte uThembani Mthetwa. »Mir gefällt das nicht.«

»Ich habe das Gefühl, du misstraust jedem, der nicht unsere Hautfarbe hat«, entgegnete Paul.

»Yebo, das tue ich. Und diesen Arab knüpfe ich mir vor, sobald wir ihn für unsere Arbeit nicht mehr brauchen!« Er fuhr sich mit den Fingern über den Hals, wo er die Narbe unter dem Bartflaum wie ein Brandzeichen fühlte.

»Du musst aufpassen, dass dein Hass nicht zu deinem Feind wird. Abdul ist kein Schulknabe. Er hat wahrscheinlich mehr Menschen auf dem Gewissen als du und ich zusammen. Nimm dich in Acht, er ist gefährlich!«

»Willst du mir drohen? Oder Angst einjagen? Du weißt, jede Kerbe in meinem Schwert steht für einen Mann, der durch mich starb. Glaubst du, ich fürchte mich vor dem Arab?«

»Er hat schon einmal gezeigt, dass er dir überlegen ist«, mahnte Paul mit einem Blick auf Mthetwas Hals.

»Ein zweites Mal wird ihm das nicht gelingen!«, fauchte Mthetwa.

»Zügle deine Rachsucht. Der Araber läuft dir nicht davon.«

»Ich werde ihn aufspießen, wie früher Shaka die Krieger, die nicht auf den Dornen tanzen wollten. Aber zuerst fahre ich nach Kroonstad. Ich muss die Wahrheit über Kalkoen herausfinden. Und du? Wie lange bleibst du in den Drakensbergen?«

»Solange es mir gefällt. Gib mir Bescheid, wenn du etwas herausgefunden hast.«

»Yebo!«, nickte der Zulu und sein Lächeln war das eines Siegers.

Als er gegangen war, gab Paul Dhlomo auf seinem Handy die Kurzwahl Abdulrahmans ein und schickte ihm eine SMS. Abdul würde diese Warnung ernst nehmen, das wusste er.

Am selben Tag, Polizeipräsidium Stuttgart, Kriminalinspektion 1, Dezernat Tötungsdelikte

»Wir haben das Handy des Toten gefunden«, eröffnete die Oberkommissarin das Verhör in dem nüchternen, nur mit einem Tisch und drei Stühlen möblierten Raum.

Linda nickte: »Ich weiß.«

Jens Bosch hatte sich für befangen erklärt, da sie sich kannten, und das Verhör seiner Kollegin überlassen. Die saß Linda jetzt gegenüber und taxierte sie mit dem Blick einer Klapperschlange, die eine Maus in die Enge getrieben hat.

Die Oberkommissarin trug die Haare streng zurückgekämmt und zu einem kurzen Pferdeschwanz gebunden, ihre dunkle Hornbrille und das altmodische Kostüm erinnerten Linda an die Tante Prusseliese aus Pippi Langstrumpf und sie versuchte, sich die Frau mit offenem Haar, einem modischen Trägershirt und engen Jeans vorzustellen. Die schrille Stimme der Kriminalistin holte Linda aus ihren Gedanken.

»Was glauben Sie wohl, was wir darauf alles entdeckt haben?«, fauchte sie. Linda zuckte mit den Schultern und überlegte, ob sie nach einem Anwalt verlangen sollte. »Ihre Handynummer, Frau Roloff«, zischte die Kommissarin jetzt. »Können Sie uns das erklären?«

»Ja«, antwortete Linda ruhig. »Wir hatten uns per SMS verabredet und auch miteinander telefoniert. Wir kennen uns seit Langem«, fügte sie noch hinzu, um der

Oberkommissarin den Triumph zu nehmen, ihr ihre einstige Beziehung zu Henning vorzuhalten. Sicher hatte die Schlange das schon herausgefunden.

»Richtig! Aber das ist noch nicht alles. Der Sendebericht verzeichnet eine abgegangene SMS zu einem Zeitpunkt, als der Handybesitzer laut Ihrer Aussage schon tot war. Und diese SMS wurde auch noch gelöscht! Sie haben zu Protokoll gegeben, neun Minuten vor Mitternacht noch einmal zur Uhr gesehen zu haben. Wenige Minuten später sei dann der Schuss gefallen. Unmittelbar danach haben Sie die Polizei verständigt. Der Notruf ist um 23.58 Uhr bei der Leitstelle eingegangen. Sechs Minuten später, also um 0.04 Uhr, wurde diese SMS vom Handy des Toten verschickt, adressiert an eine Handynummer in Südafrika.« Die Kommissarin machte eine bedeutungsvolle Pause. Das also war der Ländercode, der ihr bekannt vorgekommen war. 0027 – Südafrika!

»Und wissen Sie, was das Beste ist?«, bellte sie schließlich weiter.

Linda schwieg.

»Auf dem Handy befinden sich Ihre Fingerabdrücke!«

Linda schreckte hoch. »Und nun?« Sie zögerte. »Komme ich in Untersuchungshaft?«

»Hätten Sie denn ein Motiv?«

Linda schüttelte den Kopf. »Na ja. Wir kannten uns von früher. Das ist schon Jahre her.«

»Sie hatten ein Verhältnis mit ihm?«

»Wir waren zusammen. Zwei Jahre lang, wenn Sie es genau wissen wollen.«

»Und dann?«

Lindas Augen blitzten zornig. »Das geht Sie überhaupt nichts an!«, schnaubte sie.

»Woher hatte er Ihre Handynummer?«

»Ich schätze, von seiner Freundin. Wir kennen uns aus dem Fitnessstudio.«

»Wie gut kennen Sie sich?«

»Wir haben schon mal ein Bier zusammen getrunken. Maiwanderung, Fasnet in Rottenburg, man trifft sich. Ich würde nicht behaupten, dass sie eine gute Freundin von mir ist, aber wir haben unsere Handynummern ausgetauscht.«

»Wie lange war sie mit Henning zusammen?«

»Drei Jahre vielleicht? Allerdings war Henning die meiste Zeit in Südafrika.«

»In Südafrika? Woher wissen Sie das?«

»Von Karin. Wir haben manchmal über ihn gesprochen.«

»Sie scheinen ihn noch zu mögen?«

»Er war ein netter Kerl. Warum erwischt es immer die Falschen?« Linda fühlte, wie sich ihre Augen mit Tränen füllten. Rasch wischte sie mit dem Ärmel darüber.

»Haben Sie ihn noch geliebt?«

»Was soll diese Frage?«, fuhr sie auf. »Wollen Sie mir ein Motiv anhängen? Glauben Sie vielleicht, ich hätte ihn aus Eifersucht erschossen?«

Im selben Moment ging die Tür auf und Kommissar Jens Bosch trat ein. »Danke, Carla, ich mach den Rest!«, sagte er und hielt die Tür auf. Oberkommissarin Prusseliese starrte ihn giftig an und verließ mit einer bissigen Bemerkung den Raum.

»Sie stecken ganz schön in der Tinte!«, bemerkte Bosch und Linda überlegte, ob er das unpersönliche Sie nur gewählt hatte, weil das Gespräch mitgeschnitten wurde. Es blieb ihr keine Zeit, darüber nachzudenken, denn er fragte: »Möchten Sie mir nicht die Wahrheit sagen? Wie kommen Ihre Fingerabdrücke auf sein Handy? Und was haben Sie diesem Unbekannten in Südafrika geschrieben, nachdem Fries tot war?«

»Sie glauben mir ja eh nicht!«, antwortete Linda und ging bewusst auf diese Anrede ein. »Es war dumm von mir, die SMS auf seinem Handy zu löschen, mit der er mich zur Arena gebeten hatte. Allerdings hatte er aus dem Treffen ein großes Geheimnis gemacht, das ich bewahren wollte.«

»Und Ihre Fingerabdrücke auf dem Handy des Toten? Damit haben Sie sich ganz schön verdächtig gemacht. Wer ist der Unbekannte aus Südafrika?«

Linda schüttelte den Kopf. »Ich weiß es nicht.«

»Was hat er Fries geschrieben?«

»Ich kann mich nicht erinnern.«

»Aber Sie haben ihm doch geantwortet!« Jens' Stimme war laut geworden und sie spürte seine Ungeduld. »Es war nicht sehr klug von Ihnen, die SMS zu löschen. Der Sendebericht hat uns trotzdem auf die Spur gebracht!«

»Ich weiß. Ich bin nicht sehr geschickt darin, Spuren zu verwischen.«

»Warum haben Sie das Handy verschwinden lassen?«

Linda beschloss, offen zu sein. Alles andere machte keinen Sinn. »Ich bin Journalistin. Ich wollte wissen, ob und was dieser Unbekannte auf meine SMS antwortet. Darum habe ich das Handy in der Mülltonne versteckt.«

»Und was haben Sie ihm geantwortet?«

»Ich habe nur geschrieben, dass er sich melden soll.«

»Was er ja auch getan hat. Allerdings hat er sofort aufgelegt, als er merkte, dass nicht Fries ranging. Auch auf unsere Nachrichten hat er bisher nicht reagiert.« Kommissar Bosch schwieg.

Linda schluchzte, dann flüsterte sie: »Glaubst du auch, ich habe ihn erschossen?«

Jens Bosch schüttelte den Kopf und erwiderte leise: »Nein, das glaube ich nicht. Und deshalb können Sie jetzt auch gehen. Aber bitte melden Sie sich morgen früh um 10 Uhr bei mir.« Und wirklich flüsternd fügte er hinzu: »Wenn du das nicht machst, komme ich in Teufels Küche!«

»Danke«, hauchte sie, stand auf, nahm ihre Jacke und verließ den Raum.

Die Kommissarin mit dem Prusseliesegesicht stand mit einem Becher Kaffee auf dem Gang und sah ihr nach. Und während Linda ihre Schritte beschleunigte, hörte sie, wie Carla Jens anbellte: »Warum lässt du sie gehen? Ich hätte in einer Stunde einen Termin beim Haftrichter für sie!«

Sie hörte nicht, ob Jens etwas entgegnete, sondern verließ das Polizeipräsidium in der Hahnemannstraße und hielt nach einem Taxi Ausschau. Sie musste nach Hause, so schnell wie möglich. Aber vor allem musste sie etwas unternehmen.

Sie war sich bewusst, dass Jens sie nicht endgültig vor einer Verhaftung bewahren konnte und stellte im Kopf die Dinge zusammen, die gegen sie sprachen: Ihre Anwesenheit am Tatort, die Fingerabdrücke bei dem Toten. Zudem hatte sie auf ihrem und auf Hennings Handy stümperhaft Spuren beseitigt und somit erst recht den Verdacht auf sich gelenkt. Außerdem hatte sie das Handy des Toten verschwinden lassen wollen und seine Klamotten durchwühlt. Zu guter Letzt hatte sie sich durch unterschiedliche Aussagen in Widersprüche verstrickt. Und sie hatte ein Motiv.

Zumindest würde Carla Prusseliese sie damit konfrontieren. Sie hörte im Geist schon ihre geifernde Stimme, wenn sie am nächsten Morgen ins Polizeipräsidium kam: Geben Sie doch zu, dass Sie ihn aus Eifersucht erschossen haben und jetzt das alles dem großen Unbekannten in die Schuhe schieben wollen.

Verdammt. Linda spürte, wie Tränen aus ihren Augen quollen. Als ob der Frust wegen Alan nicht schon genug war! Sie steckte ganz schön in der Klemme.

Du musst weg, schoss es ihr durch den Kopf, als sie wieder zu Hause war, und herausfinden, was Henning von dir wollte. Er hat sich nicht umsonst mit dir um Mitternacht dort oben treffen wollen. Und er wurde nicht umsonst erschossen. Wenn du in U-Haft sitzt, kannst du das alles vergessen. Du musst einfach weg!

Ihre Gedanken drehten sich im Kreis. Welche Chance hatte sie, der Untersuchungshaft zu entgehen? Wie konnte sie ihre Unschuld beweisen? Würde man es nicht sogar als Schuldbekenntnis auffassen, wenn sie einfach verschwand und sich der Verhaftung entzog? Wie weit würde sie kommen, wenn ihre Personalien erst einmal zur Fahndung ausgeschrieben waren?

Sie sah auf die Uhr. Halb zwölf. Sie hatte 22 Stunden und 30 Minuten Zeit, ehe sie sich bei der Kriminalpolizei zurückmelden musste. Zeit genug, um unerkannt zu verschwinden? Du musst weg, ohne Spuren zu hinterlassen! Und du musst falsche Fährten legen! All das war ihr klar. Doch sie wusste immer noch nicht, wohin sie sollte.

Sie rief sich noch einmal die Notiz ins Gedächtnis, die sie sich von Hennings SMS und von der Nachricht des unbekannten Südafrikaners gemacht hatte. Ein Wort stach dabei heraus: ›Sub Africa‹.

Sie dachte daran, dass Henning zuletzt in Südafrika gearbeitet hatte. War das die Lösung? Südafrika? Aber wohin? Kapstadt? Johannesburg? Oder zu Alan auf Olifants Goud? Würde er ihr helfen können? Vielleicht wusste er, was ›Sub Africa‹ zu bedeuten hatte?

Sie wollte ihn anrufen, aber ihr Handy lag noch bei der Kripo. Die Zeit verging. 22 Stunden und 25 Minuten. Sie musste handeln! Einen Flug buchen. Unauffällig. Nicht im Internet. Und bar bezahlen.

In ihrem Nachttisch fand sie den braunen Umschlag mit der eisernen Reserve von 20 Fünfzigeuronoten. Genug für ein Ticket nach Jo'burg. In ihrem Kopf stand der Plan fest. Sie beschloss, es zu riskieren. Den Gedanken, dass sie damit Jens Bosch in Schwierigkeiten bringen könnte, verschob sie gleich wieder.

Sie erreichte Babs in der Redaktion. Linda Roloff wusste, dass sie sich auf ihre Kollegin verlassen konnte, doch sie hielt es für besser, sie nicht in ihren Plan, nach Südafrika zu fliegen, einzuweihen. Die falsche Fährte, die sie zu legen beabsichtigte, musste auch für Babs gelten. Es war für ihre Freundin kein Problem, sich ein paar Tage lang um Sarah zu kümmern.

»Ist ja nicht das erste Mal«, meinte Babs nur lachend.

Nachdem Linda ihr in kurzen Worten von den Ereignissen der vergangenen Nacht berichtet hatte, wurde Babs ernst. »Dann steckst du also ganz schön in der Klemme?«

»In der Tat. Und ich habe keine Lust, mich in U-Haft zu begeben. Kannst du mir einen Gefallen tun?«

»Klar.«

Linda legte die falsche Fährte aus: »Buch mir bitte einen Flug nach Hamburg.«

»Was willst du in Hamburg?«

»Karin, die Freundin von Henning, hat mir erzählt, dass er in Hamburg zu tun hatte. Soviel ich weiß, hat er in Südafrika beim Bau eines der neuen Fußballstadien gearbeitet. Und das Architektenbüro sitzt in Hamburg. Vielleicht kann ich dort was herausfinden. Bitte kümmere dich gleich darum! Und morgen früh um 10 Uhr muss ich wieder zurück sein.«

»Das wird spannend. Und was ist, wenn die Maschinen ausgebucht sind?«

»Dann fahre ich mit dem Zug. Wird zwar stressig, aber ich muss mit Hennings Auftraggebern sprechen, und wenn ich sie mitten in der Nacht aus dem Bett klingle.«

»Und warum buchst du nicht selbst?«

»Weil ich nicht möchte, dass die Polizei auf meinem PC die Buchungsbestätigung findet.« Lindas Stimme klang so entschlossen, dass Babs keinen weiteren Einwand vorbrachte. Sie legte auf, machte sich auf den Weg in das Reisebüro in der Wöhrdstraße und hatte Glück. Die fähigste Reisefachfrau Tübingens saß ohne Kundschaft an ihrem Platz und strahlte sie an, als sie den Geschäftsraum betrat. »Na, Frau Roloff, mal wieder in die weite Welt? Lassen Sie mich raten! Afrika?« Ihr strahlendes Lächeln tat Linda gut.

»Richtig!«, erwiderte sie, »und wenn's geht, noch heute!«

»Ups! Das klingt mal wieder nach einer spannenden Recherche?«

»So ähnlich. Die Geschichte ist in der Tat etwas brisant. Wäre es möglich, dass mein Reiseziel unter uns bleibt?«

»Na klar. Wer sollte denn davon erfahren?«

»Die Polizei vielleicht.« Linda hatte das Gefühl, einen schlechten Scherz gemacht zu haben, doch die Reiseberaterin starrte sie mit offenem Mund an: »Meinen Sie, die Polizei könnte hier auftauchen und mich fragen, wohin Sie gebucht haben?«

»Es könnte auch sein, dass ich übermorgen zur

Fahndung ausgeschrieben bin«, erwiderte Linda ernst.

»Ach du meine Güte. Das muss ja ein schrecklicher Irrtum sein!«

»Schön, dass Sie das so sehen. Ich schwöre Ihnen jedenfalls, dass ich unschuldig bin, egal, was Sie über mich im Schwäbischen Tagblatt lesen werden. Und die einzige Chance, das zu beweisen, liegt in Südafrika.«

»Also, dorthin wollen Sie?«, fragte die Beraterin und ihre Augen leuchteten unternehmungslustig. »Ich glaube übrigens nicht, dass ich in den nächsten Tagen dazu komme, Zeitung zu lesen oder Radio zu hören.«

»Am besten zuerst Nairobi. Und von da einen Anschlussflug nach Jo'burg. Und wenn es geht, das Ganze ab Zürich.«

Schnell wie eine trippelnde Maus huschten die Finger über die Computertastatur. »Frankfurt oder Stuttgart–Amsterdam wären einfacher.«

»EU ist zu riskant. Ich muss damit rechnen, dass ich schon aus den deutschen Polizeicomputern lächle.«

»Zürich–Mombasa könnte ich anbieten.«

»Das ist gut. Wann?«

»Noch heute Abend. Sie haben wirklich Glück. Und den Anschlussflug nach Südafrika? Könnte eng werden wegen der WM! «

»Mombasa–Nairobi–Jo'burg. Darf ruhig ein bisschen verwirrend sein. Das verwischt die Spuren.« Die beiden Frauen lächelten sich wie Komplizinnen an, die sich für ihre untreuen Ehemänner eine Falle ausgedacht hatten. »Oder nein! Ich habe eine bessere Idee.

Buchen Sie mir für übermorgen den Flug Nairobi-Johannesburg. Den Inlandsflug in Kenya organisiere ich mir selbst vor Ort. Das ist vielleicht der bessere Weg, unterzutauchen.«

Camps Bay, Kapstadt

Die Villen der reichen Weißen schmiegten sich an die grünen Hänge über Camps Bay, an der Westküste der Kaphalbinsel, bewacht vom Bergmassiv der Zwölf Apostel. Der von Palmen gesäumte Strand war menschenleer, grau hingen die Wolken über dem Atlantik, große Felsbrocken, wie von Riesen hingeworfen, markierten das Ende der Grundstücke, die bis zum Strand reichten und den direkten Zugang zum Meer für sich beanspruchten. Im Sommer kam der Wind von Südosten, jagte die Wolken den Berg hinauf, wo sie sich über das Tafelplateau legten und schließlich wie Wattelawinen an den Hängen der Zwölf Apostel ins Tal und somit ins Meer waberten.

Jetzt fegte der Herbstwind kühl über den feinen Sand und verwehte die Spuren, die der einsame, barfuß gehende Wanderer hinterließ.

Das Haus, dem er sich vom Strand her näherte, war frisch gestrichen worden und glänzte selbst in der grauen Dämmerstunde fast weiß. Die Mauer, die es umgab, war nicht hoch, allerdings mit Glasscherben und Stacheldraht gesichert. Nicht einfach, aber der einzige Weg, um über die Terrasse am beheizten Pool vorbei in die Wohnung zu gelangen. Doch wozu hatte er in Camp Zero trainiert? Er betrachtete seine schwieligen Hände, vernarbt von den glühenden Kohlen und den heißen Scherben, die er in Finnland auf bloßen Füßen und blanken Händen überqueren musste. Er würde den Schmerz unterdrücken, das Blut stillen und seinen Job erledigen. Doch noch war es nicht soweit.

Er setzte sich in den Sand, grub mit seinen nackten Zehen ein Loch und ließ seine Füße darin verschwinden. Dann begann er zu meditieren. Irgendwo hinter der undurchdringlichen Wolkenmauer im Westen versank unsichtbar die Sonne, die Zeit arbeitete für ihn. Ein paar Jugendliche trabten Ball spielend über den Sand, aber er beachtete sie nicht. Keiner von ihnen ahnte, dass hier ein Mann saß, von dessen Tat man morgen früh schon im Radio hören würde.

Nach Minuten der Konzentration spähte er hinauf zu dem Haus, wo sich eine weiße Frau aus einem der Fenster beugte, um dem Mann, der unter ihr rauchend auf der Terrasse stand, etwas zuzurufen. Er verstand etwas von »Flasche Wein« und »kommst du dann rein«, den Rest ihrer Worte verschluckte die Brandung. In einem der Zimmer zum Ozean wurde eine Lampe angemacht.

Die Nacht kam rasch, in fast jedem der Häuser brannte Licht, Straßenlampen und Autoscheinwerfer sorgten dafür, dass es nie ganz dunkel wurde unter dem Himmel Kapstadts. Das geliehene Quad hatte er nur wenige Meter nördlich zwischen ein paar Granitblöcken direkt am Meer abgestellt, wenn er entlang der Brandungslinie fuhr, konnte er entkommen, ohne sichtbare Spuren zu hinterlassen und würde in den nächtlichen Verkehr von Capetown eintauchen, noch bevor man seine Tat entdeckte.

Flughafen Zürich-Kloten

Ihr Herz klopfte bis zum Hals, als die Stewardess der Swiss Air bei der Gepäckannahme ihren Ausweis kontrollierte. Sie verzichtete darauf, die Daten mit dem PC abzugleichen und Linda legte ihren Trolley auf das Gepäckband. Jetzt noch durch den Zoll, seufzte sie innerlich und stellte sich in der langen Menschenreihe hinten an.

Sie hatte ihren grünen Citroën auf einen Parkplatz am Flughafen in Stuttgart-Echterdingen geparkt und sich vorgestellt, wie Kommissar Jens Bosch in wenigen Stunden mit seinem Tross hier auftauchen würde, um ihr ›Fluchtfahrzeug‹ sicherzustellen.

Wie leicht war es herauszufinden, dass sie eine Maschine nach Hamburg gebucht hatte? Und wie lange würde es dauern, bis er feststellen würde, dass dieser Flug nur eine Finte war?

Egal. Es gab ihr einen Vorsprung, der ausreichen musste, um ungehindert nach Zürich und in die Maschine nach Mombasa zu kommen.

Sie war fest entschlossen, ab dem Flughafenparkplatz Stuttgart keine Spuren mehr zu hinterlassen. Ihr Trolley war leicht, sie hatte nur das Notwendigste eingepackt. Den Rest würde sie in Südafrika kaufen.

Sie hatte die S2 Richtung Hauptbahnhof genommen und auf den ICE nach Ulm gewartet, wo sie umsteigen musste. In Friedrichshafen war sie vom Stadtbahnhof zum Fährhafen zu Fuß gegangen, hatte die Fahrt über den Bodensee genossen und von Romanshorn aus auf direktem Schienenweg den Flughafen Kloten erreicht. Dort hatte sie noch Zeit und Gelegenheit gefunden, sich ein neues Handy zu kaufen.

Der Schweizer Zollbeamte war jung und erwiderte ihr Lächeln. »Grüezzi. Gaaht's in Urlaub?« Er winkte sie durch.

Ihre innere Unruhe verschwand erst, als sich die Turbinen des Airbus in Bewegung setzten. Sie drückte sich auf ihren Sitz, setzte die Kopfhörer auf und wählte das Programm mit der Relaxmusik. Als der Jet über dem Himmel Zürichs in die Wolken eintauchte, das leichte Rütteln im dämmerigen Blau darüber nachließ und in ein sanftes, gleichmäßiges Gleiten überging, fiel sie in einen tiefen, traumlosen Schlaf.

Sie flog nach Afrika.

Camps Bay, Kapstadt

Vorsichtig tasteten seine Finger über das Futteral, das auf seinen Knien lag. Den Schalldämpfer hatte er auf den Lauf der Beretta geschraubt, man würde den Mündungsknall zwar hören, aber nur auf sehr geringe Distanz.

Die Nacht war inzwischen weit genug vorangeschritten und er stand auf. Der Sand machte die Schritte unhörbar, die sich dem Haus vom Strand her näherten. Die in die Mauerbrüstung eingelassenen Glasscherben gruben sich in das Fleisch seiner Hände, Blut sickerte auf den Sims, aber er stemmte sich nach oben, durchtrennte den Draht an zwei Stellen mit einem Eisenschneider, glitt über die Mauer und landete weich im kurz geschorenen Rasen. Gebückt schlich er auf die Terrassentür zu, darauf bedacht, seine Silhouette vor dem noch nicht ganz abgedunkelten Himmel zu verbergen.

Leonard Merheim spielte noch mit seinem Handy und blickte gedankenverloren auf den Ozean hinaus. Die Geschichte mit Henning Fries machte ihn nervös. Diese seltsame SMS, die von Hennings Handy aus abgeschickt worden war. *Bitte melden Sie sich. Dringend!* Und dann bei seinem Rückruf diese fremde Stimme. Doch Henning Fries war nicht das einzige Problem. Ein letztes Teil fehlte ihm noch in seinem Puzzle, und er hatte nicht mehr viel Zeit. In 5 Tagen begann die Fußballweltmeisterschaft und er war kurz vor seinem Ziel. Er hatte sie alle im Visier. Den Inder, den Araber, den Xhosa und den Zulu. Nur ein Name fehlte noch: der des geheimnisvollen Drahtziehers. Er hörte die Wellen des Atlantiks heranrauschen und dachte an die Endlichkeit des Lebens. Seine Mission war fast beendet.

Er verließ die Terrasse, holte einen roten 2005er Cabernet Sauvignon aus dem Weinregal neben dem Kamin und ging in die Küche, um die Flasche zu entkorken. Kim hatte die Spülmaschine ausgeräumt und reichte ihm zwei Gläser aus der Vitrine neben dem Kühlschrank.

»Aber nur halb voll«, sagte sie, »ich bin müde vom Laufen.«

Leonard nickte und goss den Wein ein. Er beobachtete Kim, wie sie sich bewegte, elegant selbst hier in der Küche, die vom Duschen noch nassen Haare gaben ihr etwas Wildes, Unbezähmbares, und Leonard fühlte das Verlangen in sich aufsteigen, mit ihr zu schlafen. Sie hatten sich etwas auseinandergelebt, seit er die Doppelbelastung seines geheimen Auftrags und die Tarnung als Bauingenieur unter einen Hut bringen musste.

Jetzt, wo seine Aufgabe fast erledigt war, würden sie wieder mehr Zeit füreinander haben. Er stellte die Weingläser ab, als Kim sich bückte, um eine Pfanne in einem der unteren Schränke zu verstauen und näherte sich ihr zärtlich. Als sie sich aufrichtete, glitten seine Hände unter ihr T-Shirt.

»Bitte, Leonard. Nicht jetzt. Ich muss mit dir reden. Es ist wichtig …«

»Okay«, flüsterte er in ihr Ohr, »ich mache nur rasch die Terrassentür zu.«

Kim stützte sich auf die Arbeitsplatte, die fast die ganze Schmalseite der Küche einnahm und wartete mit geschlossenen Augen. Ihre Gedanken waren in weiter Ferne. Als sie den gedämpften Mündungsknall hörte, rannte sie ins Wohnzimmer.

Leonard Merheim hatte auf den Mann gestarrt, der im Wohnzimmer mit der Waffe im Anschlag auf ihn gewartet hatte. Er hatte keine Möglichkeit gehabt, eine Frage zu stellen, keine Chance, sein Leben zu retten.

Der Fremde blickte ihn für den Bruchteil einer Sekunde an, grinste und drückte ab. Die Kugel drang durch die Stirn in die Schädeldecke und Merheim stürzte rückwärts zu Boden. Ungläubiges Entsetzen sprach aus den toten, weit aufgerissenen Augen, die zur Decke starrten, ein feines rotes Rinnsal suchte sich seinen Weg aus dem Loch in der Stirn über die Schläfe und tropfte am Ohr vorbei zu Boden, wo sich eine kleine Lache bildete.

Bushman sah die Frau in der Tür stehen und legte seinen Zeigefinger als Zeichen des Schweigens auf den Mund. Doch als sie schrie, schrill und laut, als sich Panik und Todesangst in diesem heißeren Kreischen entluden, das wie eine Sirene die abendliche Stille durchschnitt, zielte er erneut und drückte ab.

Der Kopfschuss streckte auch sie zu Boden, sie fiel auf die Seite und ihre Hand berührte dabei den nackten Unterarm Leonards. So fanden eine halbe Stunde später die von Nachbarn alarmierten Beamten des South African Police Service SAPS die Leichen.

Die Spur des Mörders, der zwei Menschen mit gezielten Kopfschüssen hingerichtet hatte, verlor sich in der Brandung des Atlantischen Ozeans.

Montag, 7. Juni 2010, Diani Beach, Kenya
Noch 3 Tage

Der Indische Ozean lag wie ein sich kräuselndes blaues Tuch im roten Licht der aufgehenden Sonne, der weiße Strand leuchtete fast orange und das Segel einer Dhau weit draußen vor der Riffkante durchschnitt den glühenden Ballon, der soeben scheinbar einem Bad in den Fluten entstiegen war.

Linda Roloff war zum Sonnenaufgang an den Strand gegangen, um das wunderbare Farbenspiel zu genießen. Sie hatte an der Hotelrezeption problemlos einen Flug mit der Inlandsfluggesellschaft African Blue gebucht, vom nur fünf Minuten entfernten Flughafen in Ukunda zur Keekorok-Lodge in der Massai Mara, und am späten Nachmittag weiter nach Nairobi, wo am Abend ihre Maschine nach Johannesburg starten würde.

Bisher war alles ohne Zwischenfälle verlaufen. Sie war, wie schon auf früheren Reisen nach Mombasa, mit einem der Touristenbusse an die Südküste gefahren und am Diani Beach ausgestiegen. Im Hotel, neben dem Alan Scott immer noch seine Hütte hatte und seine Mitarbeiter Hochseefischen für Touristen anboten, buchte sie ein Zimmer für eine Nacht und regelte ihre Weiterreise. Jetzt ließ sie die letzten zehn Minuten an der Küste Kenyas verstreichen, bevor sie das Taxi zum Flughafen brachte.

Wie oft war sie hier mit Alan entlang spaziert. Sie erinnerte sich an den Trip auf der Marlin II, an die lange Fahrt in den Aberdares und an ihre erste gemeinsame Nacht in der Wildnis. Es beunruhigte sie, ihn nicht erreichen zu können. Er würde es nicht verstehen, warum sie sich nicht meldete. Woher sollte er auch wissen, dass sie ohne ihr Handy nicht an seine Nummer kam? In Südafrika musste sie versuchen, auf Olifants Goud anzurufen.

Sie überflog noch einmal ihren Plan. Selbst wenn es Jens Bosch gelungen war, in der Zwischenzeit auf ihren Flug von Zürich nach Mombasa zu stoßen, spätestens hier mussten sich ihre Spuren verlieren. Kein Mensch würde so schnell herausfinden können, dass sie über den Umweg von Ukunde nach Keekorok und von dort mit einer privaten Inlandsfluglinie nach Nairobi gereist war. Afrikas Mühlen mahlten langsam. Zu langsam für die deutschen Behörden. Sie genoss dieses für Kenya so typische Pole-Pole-Gefühl und schlenderte gemütlich zum Hoteleingang, wo in der Einfahrt bereits das Taxi auf sie wartete.

Am selben Tag, Olifants Goud, Mpumalanga

Alan Scott war sich der Verantwortung bewusst, die ihm Jeff van Rossen übergeben hatte. Die Leute, die auf Olifants Goud auf den Beginn der Fußballweltmeisterschaft warteten, waren allesamt wichtig und bedeutend. Doch er hatte genügend Erfahrung als Guide, und Jeff hatte genau gewusst, warum er Alan gerade jetzt engagiert hatte. Außerdem kannte er Alans

Geschichte und wusste, dass er keinen zuverlässigeren und gewissenhafteren Guide bekommen konnte.

Scott war schon vor Jahren für sein eigenes Unternehmen in Nairobi durch die kenyanischen Nationalparks gefahren. Auf seiner letzten Tour hatte er sich in eine junge Touristin, Angie, verliebt, eine amerikanische Fotografin aus Texas. Sie müsse für ihre Reportage unbedingt einen angreifenden Elefanten fotografieren, hatte sie ihm erzählt. Sie waren ziemlich nahe an eine kleine Herde herangefahren. Die Kühe hatten Junge geführt und waren leicht zu provozieren gewesen. Doch zu einem richtigen Scheinangriff waren sie nicht übergegangen. Angie hatte so lange auf Alan eingeredet, bis er ausgestiegen war, um die Tiere zu reizen.

Ihm war bewusst gewesen, dass erste Angriffe immer Scheinangriffe waren. Allerdings hatte er sich diesmal verrechnet. Er hatte sofort bemerkt, dass mit der Elefantenkuh, die ihn mit aufgestellten Ohren laut trompetend angriff, etwas nicht stimmte. Dieses Tier hatte es ernst gemeint! Alan war zum Bus zurückgerannt und hatte sich hinter das Steuerrad geschwungen. In seiner Panik hatte er nicht bemerkt, dass Angie auch ausgestiegen war, um hinter dem Wagen versteckt zu fotografieren.

Er hatte den Rückwärtsgang eingelegt und Gas gegeben, sein Blick nur auf den angreifenden Elefanten konzentriert. Als er ihren Schrei gehört hatte, war es bereits zu spät gewesen. Angie hatte keine Chance gehabt. Alan hatte sie überfahren und mitgeschleift. Sie war sofort tot gewesen.

Ihm wurde die Lizenz entzogen, und er hatte sich vom Safarigeschäft verabschiedet und seinen Lebensunterhalt an der Küste mit Hochseefischen verdient. Vor wenigen Jahren hatte er wieder als Guide in Kenya auf einer Lodge angefangen und sich nach einem kurzen Intermezzo auf Olifants Goud entschlossen, sein Glück in Deutschland bei Linda zu suchen.

Jetzt fühlte er sich wieder in seinem Element. Dennoch fiel es ihm schwer, nicht an sie zu denken. Ihre SMS mit der Botschaft, eine Pause einzulegen und vor allem ihr Schweigen danach hatten ihn wie Pfeile ins Herz getroffen. Es war ihm klar geworden, dass er diese Frau über alles liebte, doch nachdem sie weder auf seine versöhnenden SMS reagiert, noch seine Anrufe entgegengenommen hatte, hatte er resigniert aufgegeben. Die ersten Nächte hatte er schlecht geschlafen und unruhig geträumt, bis es Afrika geschafft hatte, ihn von seinem Liebeskummer abzulenken.

Er genoss es, wieder über holprige Waschbrettpisten durch sein Afrika zu fahren, Löwenrudel im Busch aufzuspüren und abends allein am Feuer zu sitzen, wenn die Gäste in ihren Luxuschalets schliefen. Die Nächte unter dem Kreuz des Südens gehörten ihm, doch am Tage gehörte er hingegen den Touristen, denen er jeden Wunsch erfüllte.

Jeder, der auf Olifants Goud eine Safari buchte, legte Wert darauf, im Wagen von Alan Scott mitzufahren. Auch Typen wie dieser wortkarge deutsche Arzt.

Sie waren seit zwei Stunden auf Early-Morning-Game-Drive unterwegs und Alan steuerte den offenen Wagen hinunter zum Fluss, um den Gästen Hippos und Krokodile zu zeigen. Außerdem war es ein netter Platz für ein Picknick, oberhalb einer Flussschleife, im Schatten einer alten Feige. Er hatte Teppiche, gekühlte Getränke inklusive Sekt für die Damen und Snacks dabei und wusste, dass sich kaum einmal Löwen oder Leoparden auf das Plateau über dem Fluss verirrten. Trotzdem hielt er während der Anfahrt die Augen offen und suchte im Sand nach Spuren. Doch bis auf die Abdrücke von Schakalen und Mangusten konnte er nichts entdecken.

Er parkte den Wagen unter den weit überhängenden Ästen der Feige, bat seine Gäste, noch zwei Minuten sitzen zu bleiben und stieg selbst aus. Um Schlangen und Warane zu verscheuchen, ging er einmal um den dicken Stamm des Baumes herum, trat dabei fest auf und jagte mit lautem Klatschen eine Horde Meerkatzen in die Flucht. Zwei Milane flogen davon, und nur die Flughunde, die im dichten Blätterdach des alten Baumes zur Tagesruhe hingen, ließen sich nicht stören. Ein Trupp der seltenen Weißschwanzgnus zog ruhig in einiger Entfernung vorüber, nichts deutete auf die Nähe von Raubkatzen hin.

Alan ließ seine Gäste aussteigen. Er hatte sie schon vor Beginn der Tour mit den Gepflogenheiten im Busch vertraut gemacht und bereitete das Picknick vor, während sie die Umgebung mit ihren Fotoapparaten erkundeten. Auch der deutsche Arzt Dr. Goldbäck zog los, obwohl ihn die Aussicht auf den Hippo-Pool im Fluss und die riesigen Krokodile, die hier gewöhnlich auf den Sandbänken ruhten, eher langweilten.

Alan hatte gerade die Decken ausgebreitet und die ersten Behälter mit Eiern, Karotten, Äpfeln und Brot aus dem Jeep getragen, als Monique, eine junge Französin, humpelnd aus dem Busch zurückkehrte. Er erhob sich aus seiner gebückten Haltung und ging auf sie zu. »Was ist passiert?«, fragte er.

»Isch muss in was 'reingetreten sein. Tut ziemlisch weh. Hier unten«, sie deutete auf ihren linken Fuß.

Sie war inzwischen bei ihm angelangt und er sah sich die Stelle an. Die schlanken, noch ungebräunten Beine steckten in offenen Sandalen, und direkt über der dünnen Sohle hatte sich ein zentimeterlanger Akaziendorn durch die Haut gebohrt. Alan schüttelte den Kopf. Dass es die Stadtladies auch nie lernten, im Busch festes Schuhwerk zu tragen. Das Blut floss in einem dünnen Faden aus der Wunde und verschwand im Schuh.

»Können Sie die Sandale ausziehen und sich hier auf die Kiste setzen?«

Die Französin nickte und kämpfte gegen ihre Tränen. Alan wusste, dass diese Dornen höllisch schmerzten, zumal wenn sie, wie es hier aussah, ziemlich tief im Fleisch steckten.

»Ich hole nur was zum Desinfizieren, Sekunde«, beruhigte er sie und ging zum Wagen. Die Verbandstasche lag griffbereit seitlich des Fahrersitzes und Alan war es gewohnt, Safariverletzungen aller Art professionell zu behandeln. Er fluchte, als er die Tasche öffnete und ausgerechnet die Flasche mit dem Desinfektionsmittel fehlte. Das kam davon, dass Jeff alle Fahrer mit jedem Wagen fahren ließ, und sich keiner für die Ausstattung und Wartung zuständig fühlte. Desinfektion war notwendig, schon jetzt konnten Staub oder Dreck in die Wunde gelangt sein.

Alan sah sich um. Plötzlich fiel sein Blick auf den Rucksack des deutschen Arztes, den er sonst noch nie im Wagen zurückgelassen hatte. Ohne zu zögern, öffnete er den Reißverschluss, in der Hoffnung, darin Desinfektionsspray zu finden. Pflaster, Binden, Schere, andere Instrumente, kleine Ampullen – und dann blieb sein Blick bei einem kleinen Metallkästchen hängen. Er las die Schrift auf einem kleinen Aufkleber, *N'kuwaloobo Medical Clinic, Nasana*, und öffnete die Schnallen. Zwei kugelförmige Glasfläschchen mit langem Hals funkelten darin, gefüllt mit einer gelblich-weißen Flüssigkeit. Seine Finger tasteten danach, als ihn Goldbäcks Schrei herumfahren ließ.

»Was haben Sie da zu suchen? Machen Sie sofort den Rucksack zu!« Goldbäcks Gesicht war rot angelaufen, zornig funkelten seine Augen und Speichel troff aus seinem Mund.

»Wir brauchen Desinfektionsmittel«, erwiderte Alan ruhig und ließ den Rucksack offen.

»Das ist mir scheißegal!«, schrie Goldbäck. »Machen Sie, dass Sie von meinem Gepäck wegkommen, verdammt noch mal!«

»Immer mit der Ruhe«, entgegnete Alan und trat einen Schritt zurück. Monique beobachtete mit lang gestrecktem Hals wie ein äsendes Gerenuk die Auseinandersetzung der beiden Männer. Doch zu ihrer Enttäuschung schien Alan klein beizugeben.

»Wie kommen Sie dazu, in meinen Sachen rumzuschnüffeln?«, bellte Goldbäck und hielt den Rucksack krampfhaft fest. »Ich habe kein Desinfektionsmittel da drin. Das hätte ich Ihnen gleich sagen können!«

Alan Scott ließ den geifernden Arzt stehen, ging zu Monique und fischte seinen Flachmann aus der Hosentasche.

»So ein Idiot!«, murmelte er, während er sich bückte und etwas von der goldgelben Flüssigkeit aus der Aluflasche über den Akaziendorn auf Moniques Fuß träufelte. Er packte den Dorn zwischen Daumen und Zeigefinger und zog ihn mit einem Ruck heraus. Monique zischte und er spürte ihre Hand auf seiner Schulter.

»Jetzt tut's noch mal weh«, warnte er und goss reichlich Alkohol auf die blutende Wunde. Ausgerechnet der gute 16-jährige Laphroaig, dachte er, während er das Pflaster auspackte.

Monique bedankte sich auf Französisch und mit einem charmanten Lächeln.

Alan nahm einen Schluck Whisky aus seinem Flachmann. Der deutsche Arzt würdigte ihn keines Blickes mehr.

Der Stahlbogen, der sich wie ein gigantischer Bumerang über das futuristische Bauwerk spannte, war beeindruckend, obwohl Linda von ihrem Blickwinkel aus nur das Fundament des Bogens erkennen konnte, bis zu der Stelle, wo er das Stadiondach berührte. Davon, dass es sich bis vor wenigen Monaten um eine Großbaustelle gehandelt hatte, war am Moses-Mabhida-Stadion nicht mehr viel zu erkennen. Baumaschinen und Container waren verschwunden, die Anlagen begrünt und Linda suchte vergeblich nach einem offenen Tor, um in das Innere des Stadions zu gelangen.

Während des Flugs von Nairobi nach Johannesburg hatte sich Linda entschieden, nicht zu Alan auf die Farm Olifants Goud zu fahren. Sie hielt es für besser, sich zunächst um die Vergangenheit von Henning Fries zu kümmern, um ihre Unschuld zu beweisen.

Es war ihr schwer gefallen, während der Flüge von Ukunde nach Keekorok und von dort nach Nairobi nicht ständig an Alan zu denken. Zu nah war ihr hier sein Afrika. Die Simba King Lodge, auf der er einige Zeit gearbeitet hatte, war nur wenige Kilometer von Keekorok entfernt, ebenso das Massaidorf, in dem sie damals eine aufregende Nacht verbracht hatten. Ihre erste gemeinsame Reise hatte sie durch halb Kenya geführt, von Mombasa in die Aberdares und schließlich in die Massai Mara, wo sie auf die Spuren der Nashornwilderer gestoßen waren.

Kenya war sein Land, Afrika seine Heimat. Während sich das Massiv des Kilimanjaro an den Fenstern der Propellermaschine vorbeischob, war ihr klar geworden, dass er sich in Deutschland nie richtig wohl fühlen würde und das machte sie traurig.

Auf der N3 war sie von Johannesburg Richtung Süden gerauscht, vorbei an einer Stadt mit dem vertrauten Namen Heidelberg. Der weiße Toyota Corolla, den sie für die nächsten Tage gemietet hatte, machte einen guten Schnitt und sie hatte gehofft, das fast 580 Kilometer entfernte Durban – für Südafrikaner ein Katzensprung – noch vor Einbruch der Dunkelheit zu erreichen. Dort, so viel wusste sie aus den Gesprächen mit Karin, hatte Henning Fries auf der Stadionbaustelle gearbeitet.

Während der langen Fahrt hatte sie genügend Zeit gehabt, sich einen Plan zurechtzulegen. Sie musste versuchen, herauszufinden, was hinter Hennings seltsamen SMS-Botschaften steckte. Dazu würde sie zunächst seinen ehemaligen Arbeitsplatz in Durban aufsuchen. Die Bauarbeiten waren inzwischen längst abgeschlossen, Bilder des futuristischen Baus mit dem begehbaren Stahlbogen, der zu einem neuen Wahrzeichen Durbans werden sollte, waren durch Fernsehen und Zeitungen um die Welt gegangen.

Südafrika hatte die Kritiker Lügen gestraft und alle neu zu bauenden Fußballstadien fristgerecht fertiggestellt. Die WM würde das Land in den nächsten Wochen in den Fokus der Weltöffentlichkeit rücken, die Hotels waren ausgebucht, Lodges und Farmen verzeichneten Besucherrekorde und Linda konnte von

Glück sagen, dass sie noch einen Mietwagen bekommen hatte. Wegen eines Zimmers in Durban machte sie sich keine allzu großen Hoffnungen, irgendwo würde sie schon unterkommen.

Da sie das Stadion jetzt zu Fuß umrundete, entdeckte sie auf der Straßenseite, gegenüber des zweiteiligen Fundaments am anderen Ende des Skywalk, noch drei einsame Baucontainer, die dort wie verlassene Fertiggaragen abgestellt worden waren und einen unbewohnten Eindruck machten. Die Aufschrift deutete darauf hin, dass noch die Bauaufsicht Quartier bezogen hatte, um die allerletzten Innenarbeiten zu überwachen und dann rechtzeitig vor der Eröffnung der WM in drei Tagen ebenfalls von der Bildfläche zu verschwinden.

Linda überquerte die Straße und klopfte an die Stahltür des ersten Containers. Im Innern schien alles leer zu sein. Kein Licht, verdreckte Scheiben, verlassene Schreibtische und leere Schränke, das war alles, was sie beim Blick durch eines der Fenster entdeckte. Sie versuchte es bei dem zweiten Container ebenfalls vergeblich und schließlich beim dritten. Hilfe suchend sah sie sich um.

Noch einmal legte sie beide Hände als Blendschutz an die Stirn und versuchte, im schummrigen Innern des letzten Containers etwas zu erkennen. Dort stand wenigstens ein Bildschirm auf dem Schreibtisch und mehrere Stapel Papier lagen wohl geordnet daneben. Hier wurde zumindest noch gearbeitet.

Sie schrie auf und fuhr herum, als sich eine Hand

auf ihre rechte Schulter legte. »Verzeihen Sie, aber darf ich fragen, was Sie hier zu suchen haben?«

Sie blickte in die nachtdunklen Augen eines Prinzen aus Tausendundeiner Nacht. Schwarze, von Gel glänzende Haare quollen unter dem weißen Turban hervor, der das bronzene Gesicht mit der scharf gebogenen Adlernase fast einzurahmen schien. Die schlanke Figur steckte in einem zweiteiligen indischen Salwar Kameez aus feiner Baumwolle.

»Ich … ich suche … ich bin auf der Suche …«, stammelte sie, während der Inder mit einem Schlüsselbund rasselte, die Tür des Containers aufschloss und eintrat. Er hielt ihr die Tür auf und sie folgte ihm hinein.

»Ich war eine Freundin von Henning Fries«, erklärte sie und fragte sich, ob die Nachricht von Hennings Ermordung schon bis auf die Baustelle vorgedrungen war. Doch warum auch nicht? Unter Umständen hatten Hennings Kollegen in Durban schneller von seinem Tod erfahren als seine Freundin in Deutschland.

»Tragisch, das mit Henning«, antwortete der indische Märchenprinz betroffen. »Mein Name ist Raghunandan Rajah. Mein Container wird übermorgen abtransportiert.« Er schloss die Tür, schaltete den Ventilator ein und bat Linda, Platz zu nehmen.

Linda wartete. Noch war sie sich nicht sicher, wie viel sie dem Mann anvertrauen konnte.

»Henning Fries wurde erschossen, hat man uns gesagt. Sind Sie deshalb hier?«

Was sollte diese Frage? Linda wich aus. »Ja und

nein. Ich bin Journalistin und komme eigentlich wegen der WM nach Südafrika«, log sie.

»Möchten Sie das Stadion sehen?« Rajahs Stimme klang freundlich und er ergänzte: »Immerhin war es so etwas wie Hennings Kind. Er war jeden Tag hier auf der Baustelle.«

»Wenn es Ihnen keine Mühe macht«, nahm Linda sein Angebot dankbar an.

Raghunandan Rajah führte sie über die Straße und unter der alles überragenden Front des riesigen Baus durch eine fast unsichtbare kleine Tür ins Innere des Stadions. »Das ist nicht der Publikumseingang«, erklärte er. »Ich habe auch nicht die Zeit, Ihnen den ganzen Komplex zu zeigen. Leider«, fügte er charmant lächelnd hinzu, »aber wenigstens die Dachkonstruktion müssen Sie gesehen haben, und natürlich den Skywalk.«

Minuten später starrte Linda staunend auf das imposanteste Stadiondach, das sie je gesehen hatte. Dicke Metallseile schienen die silbern glänzende Membran an dem gigantischen Stahlbogen aufzuhängen, der sich in seinem Scheitelpunkt, genau über dem Anspielpunkt in der Stadionmitte, wie ein Ypsilon teilte.

»Dort oben haben Sie den besten Ausblick über die Stadt, auf den Indischen Ozean und bis hoch in die Drakensberge«, erklärte Raghunandan Rajah. »Sie können entweder von Süden aus über Treppen zu Fuß hoch, oder von Norden aus per Fahranlage. 100 Meter dem Himmel von Durban entgegen. Ich glaube, Henning Fries war sehr stolz auf dieses Bauwerk.«

Linda schwieg kurz, um nachzudenken. »Gibt es

jemanden, mit dem Henning besonders gut befreundet war?«

»Warum möchten Sie das wissen?« Seine Stimme klang plötzlich ungewöhnlich streng.

»Na hören Sie mal. Henning Fries war ein guter Freund von mir. Er kommt direkt aus Südafrika nach Deutschland und stirbt plötzlich und unerwartet. Ich komme zwei Tage später nach Südafrika, dann ist es ja wohl erlaubt, dass ich mich erkundige, was er hier zuletzt noch gemacht hat und mit wem er zu tun hatte!«

»Sicher. Doch Sie wissen ja wohl auch, dass Fries … keines natürlichen Todes gestorben ist. Und ich habe irgendwie das Gefühl, dass die Journalistin in Ihnen darin eine Story wittert.«

»Und wenn es so wäre?« Linda war genervt. Dieser indische Facharbeiter hatte ihr keine Vorschriften zu machen, selbst wenn er der Sohn eines Maharadschas war!

Der Mann mit dem unaussprechlichen Namen schien ihre Verärgerung bemerkt zu haben, denn er lenkte plötzlich ein: »Geht mich natürlich nichts an. Sie müssen verstehen, dass uns Hennings Tod alle ziemlich getroffen hat. Er war hier einer der Chefs.« Raghunandan Rajah dachte nach. »Ich glaube, Sie sollten Paul Dhlomo anrufen. Er hatte viel mit Henning zu tun. Paul Dhlomo wohnt hier in Durban, ich schreibe Ihnen seine Handynummer auf.« Er kritzelte ein paar Zahlen auf einen Notizzettel und reichte ihn ihr. »Und darf ich noch wissen, mit wem ich das Vergnügen habe?«

»Linda Roloff. Hier ist meine Karte.«

»Wir müssen jetzt leider gehen, ich habe noch zu tun. Ich bringe Sie nach draußen.«

Vor dem Stadion verabschiedeten sie sich. Seine Finger waren lang, die Hand klein, fast weiblich und der Händedruck ohne Energie. Die schwarzen Augen blitzten sie an, als er ihr seine Visitenkarte reichte. »Falls Sie mal Lust auf indische Küche haben, rufen Sie mich an. Es gibt viele Inder in Durban, aber man muss sich auskennen. Es wäre mir eine Ehre, Sie auszuführen.«

Ein Lächeln umspielte seine schmalen Lippen, das sich verfinsterte, nachdem Linda den Stadionbereich verlassen hatte. Er nahm sein Handy und suchte einen Eintrag in der Namensliste. Kalkoen ging sofort ran. »Eine Journalistin schnüffelt hier rum«, warnte Raghunandan Rajah. »Kommt aus Deutschland und kannte Fries. Wollte was über seine Arbeit erfahren.«

»Und? Was hast du ihr erzählt?«

»Nichts. Ich habe sie zu Paul Dhlomo geschickt.«

»Warum nicht zu Mthetwa?«

»Der ist nach Kroonstad gefahren«, antwortete der Inder.

»Kroon…?«, hörte er die Stimme am anderen Ende, die plötzlich abbrach. Es folgte eine lange Pause, in der er schon befürchtete, das Netz könne zusammengebrochen sein, als die Stimme sich barsch und ungehalten wieder meldete: »Was zum Teufel macht der Kaffer in Kroonstad?«

Entsetzen klang in Kalkoens Tonfall, das Raghu sich

nicht erklären konnte. »Keine Ahnung; er hat nicht mit mir darüber gesprochen.«

»Woher weißt du dann …?«

»Es gehört zu meinem Job. Er hat im Internet recherchiert. Alles, was es über Kroonstad an Informationen gibt.«

»Hat er sich dabei für etwas Besonderes interessiert?«

»Das kann man so sagen. Das Gefängnis. Er hat jeden Link verfolgt, den es dazu gibt.«

»Verflucht! Weiter, was noch?«

»Er hat sich die Route ausgedruckt und ein Hotel gebucht.«

»Hast du noch mehr herausgefunden?«

Raghu spürte förmlich die Ungeduld und Neugier seines Gesprächspartners und auf einmal wurde ihm klar, woran das lag. Seine strengen Gesichtszüge wurden daher von einem schadenfrohen Grinsen aufgeweicht, als er antwortete: »Er sucht einen ehemaligen Häftling.«

»Wen?«

Raghu hielt sich den Hörer vom Ohr, so schrill war die Stimme geworden. Er stellte sich die Gesichtszüge des anderen vor, seine mahlenden Kiefer, die seine Nervosität kaschieren und seine Aufgeregtheit unter Kontrolle bringen sollten. Er wusste, dass der Mann seine Gefühle durch Bewegungen seines Mundes verriet. Zuckende Mundwinkeln und mahlende Backenzähne waren sichtbare Zeichen von Anspannung. Der Inder, der es gewohnt war, jedes Detail an seinen Mitmenschen zu registrieren, hatte dies schon bei ihrer ersten Begegnung festgestellt. So nervös, wie die Stimme jetzt durch den Hörer drang, musste das untere Gesichtsfeld in diesem Moment einem Erdbeben gleichen.

»Welchen Häftling sucht er?«, kläffte die Stimme und glich dabei dem Bellen eines scharfen Dobermanns.

»Er hat in den Mails keinen Namen genannt«, log Raghu, der sich darüber im Klaren war, dass er sich in eine brenzlige Lage manövrieren würde, sobald er mit der ganzen Wahrheit herausrückte. Vielleicht hatte er bereits zu viel gesagt. Er wusste, dass Kalkoen über jeden Schritt seiner Leute unverzüglich in Kenntnis gesetzt werden wollte. Nicht erst, wenn die Dinge bereits liefen. Und er wusste, dass uThembani Mthetwas Verdacht sich gegen ihn richtete.

Raghu überlegte scharf, wie er weiter vorgehen sollte, denn er hatte das Gefühl, langsam aber sicher zwischen zwei Fronten zu geraten. Für ihn selbst, den in Durban geborenen Tamilen, spielte es keine Rolle, wer wirklich zu den Opfern des Anschlags zählte, für ihn ging es nur um die Tat, die perfekte Planung, das unentdeckte Entkommen, die Tarnung und das Wissen, dass er bei einem großen Spiel ganz weit vorne dabei war. Wie bei dem Anschlag auf das Taj Mahal Hotel in Mumbai vor über einem Jahr.

Er war kein Fanatiker und auch kein Held. Erst recht kein Märtyrer. Er war ein Strippenzieher im Hintergrund, ein Puppenspieler, ein Scharlatan der bösen Tat. Es war ihm egal, für wen er seinen Auftrag ausführte, es war nur wichtig, dass er gelang. Dafür stand der Name Raghunandan Rajah.

Daher hatte er den Zulu gewähren lassen, als er seinen Plan, nach Kroonstad zu fahren, aufdeckte. Egal, was er dort herausfand, es würde nichts an der Ausführung des Attentats ändern. Sollten sich doch die Schwarzen und Weißen, die alten Feinde des vergangenen Südafrika, zerfleischen, die Bomben waren sicher versteckt, die Zünder hatte er selbst programmiert. Nichts und niemand würde den Einsturz des Skywalk verhindern können.

Während ihm diese Gedanken durch den Kopf gingen, beharrte der Mann am anderen Ende der Leitung auf einer Antwort.

Aber der Inder blieb stur. Es schien ihm nicht angeraten, sich zu offenbaren. »Ich habe mich nicht weiter darum gekümmert«, log er, »es war mir nicht wichtig genug.«

»Na gut, wie du willst«, zischte Kalkoen. »Aber halt die Augen auf. Wenn du was herausfindest, meldest du dich. Und Paul weiß ja wohl, was er mit der neugierigen Journalistin zu tun hat.«

»Wenn Paul das nicht weiß, wer denn dann«, kommentierte Raghu und hielt damit das Thema für beendet.

Olifants Goud, Mpumalanga

Noch am Abend desselben Tages – die Gäste waren fast alle zu Bett gegangen – saß Alan Scott allein auf der Veranda von Olifants Goud. Das seltsame Verhalten Dr. Goldbäcks und die Aufschrift auf dem Kästchen waren ihm nicht mehr aus dem Kopf gegangen. Nasana, eine kleine Urwaldrepublik in Zentralafrika, von einem Despoten regiert, Gorillaland. Schließlich war ihm eingefallen, wer ihm helfen konnte.

Joe Looman. Fünf Jahre war das her. Die Geschichte mit den gewilderten Nashörnern in Kenya, damals, als er Linda kennengelernt hatte. Später war Joe in den Kongo geflogen, wo er die letzten Jahre für ein Waldelefantenprojekt zuständig gewesen war. Danach hatte er in Ruanda gearbeitet. Joe war seither auch mehrmals in Nasana gewesen, das wusste Alan. Mit viel Glück würde er ihn in Kigali erreichen.

Er hatte Glück.

»Mensch, Scottie, alter Gauner«, begrüßte ihn Joe am Telefon. »Wo steckst du, was verschafft mir die Ehre?«

»Gut, dass ich dich erreiche, Joe. Bin zurzeit in Südafrika auf einer Farm. Hör mal, ich muss dich was fragen!«

»Schieß los, Alter. Was kann ich für dich tun?«

»Sagt dir der Name ...«, Scott schielte auf die Notiz, die er sich von der Aufschrift des Metallkästchens gemacht hatte, »... N'kuwaloobo etwas? Das muss irgendwo in Nasana sein. Du treibst dich doch dauernd dort herum?«

»N'kuwaloobo?«, wiederholte Joe, »na klar, 'n kleines Dorf am Ukewelefluss. Bin auf dem Flussschiff mit einigen Expeditionen dort vorbeigekommen. Nasana ist sonst nicht so mein Ding. Zu unsicher. Politisch instabil. Dauernd Unruhen und Militärputsch. Aber in N'kuwaloobo haben wir immer übernachtet. Warum fragst du?«

»Kann es sein, dass es dort eine Klinik gibt? N'kuwaloobo Medical Clinic?«

Scott hörte nur ein Knacksen in seinem Handy, für kurze Zeit schien die Leitung tot zu sein, doch dann hörte er Joes Stimme wieder mitten im Satz: »… alter Arzt aufgebaut hat, ich glaube, sogar aus Südafrika. Ein Quertreiber und Außenseiter, so viel ich weiß. Hab mich mal ziemlich lang mit ihm unterhalten. Hat wohl vor Jahren versucht, in Kigali Fuß zu fassen, aber die wollten ihn hier nicht. Zu schräge Denke, der Alte, Rassismus und so. Ein Burenkämpfer, der heute noch von der Apartheid träumt. Bin nicht sonderlich mit ihm klar gekommen. Seinen Namen weiß ich nicht mehr.«

»Was fällt dir sonst noch zu ihm ein?«

»Er hat die Schwarzen Kaffer genannt, das ist mir damals sofort aufgefallen. Und er hat die Buren als den erfolgreichsten weißen Stamm in Afrika bezeichnet. Warum willst du denn das alles wissen?«

»Wir haben hier einen etwas seltsamen Typen auf der Farm. Deutscher Arzt, macht ein ziemliches Geheimnis um seinen Rucksack. Ich konnte heute einen Blick hineinwerfen und habe die Aufschrift N'kuwaloobo Medical Clinic gelesen. Jetzt möchte ich einfach wissen, was …« Weiter kam er nicht, denn Joe fiel ihm ins Wort: »Warte mal, da fällt mir gerade was ein! Mann, dass ich da nicht gleich drauf gekommen bin!«

»Was ist denn, was hast du?«

»Da stand was in der Zeitung, noch gar nicht lange her. Zwei Wochen vielleicht. Es hat ein Feuer gegeben. Die Klinik existiert nicht mehr. Alles abgefackelt.«

»Und dieser Arzt?«

»Tot. Ich such dir den Artikel raus, hast du ein Faxgerät?«

Alan suchte Jeffs Visitenkarte und gab Joe die Nummer.

»Man hat hier immer von geheimen Experimenten in der N'kuwaloobo Medical Clinic gemunkelt. Ein Freund von mir, der bei der Kigali Police arbeitet, hat sogar erzählt, dass sie da biologische Kampfstoffe entwickeln. Aber die Regierung von Nasana hat keine Kontrollen durchgeführt. Die konnten machen, was sie wollten. Na ja, jetzt ist das alles erst mal vorbei.«

»Joe, schick mir den Artikel, wenn's geht, noch heute Nacht. Ich setz mich neben das Fax und warte.«

Sie verabschiedeten sich.

Alan goss sich einen Glenlivet Single Malt aus Jeffs gut sortierter Whiskybar ein und harrte in dem kleinen Büroraum neben dem Faxgerät aus. Die Worte Joes gingen ihm nicht mehr aus dem Kopf. Biologische Kampfstoffe! Er sah diese seltsamen Glasfläschchen vor sich, in dem Kästchen, das der Arzt in seinem Rucksack hütete wie sein Allerheiligstes.

Jeff van Rossen hatte Kontakt zur Universität in Pretoria, wo es eine medizinische Fakultät gab. Wenn man nur den Inhalt dieser Fläschchen dort untersuchen lassen könnte …

Er stand auf und schlich nervös durchs Haus. Es war spät, doch er hatte noch Hunger. In Ulla van Rossens Vorratskammer wurde er fündig. Die abgelegene Farm war auf Vorräte angewiesen, sie konnten es sich nicht leisten, jede Woche zum Einkaufen zu fahren. In dem gekühlten Raum fand sich alles, was das Herz begehrte. Alan nahm sich eine Büchse Bohneneintopf aus dem Regal und wollte das Licht schon wieder ausmachen, als sein Blick bei Ullas Kosmetikvorrat hängen blieb. Seifen, Cremes, Shampoo, Rasierwasser, Parfüm. Die Flakons erinnerten ihn an die Fläschchen in Goldbäcks Rucksack. Fast dieselbe Form. Und wenn er nun …?

Seine Gedanken wurden unterbrochen vom Surren des Faxgeräts. Eine halbe Minute später hielt Alan Scott ein DIN-A4-Blatt mit einem nur schwer zu entziffernden Artikel in der Hand. Ein schwarz verwischtes Foto zeigte ein verkohltes Haus vor qualmenden Baumskeletten. Alan setzte sich und las, so gut es ging. Danach stellte er sich nur eine Frage: Was hatte Dr. Goldbäck auf Olifants Goud mit dem abgefackelten Labor in Nasana und dem im Feuer umgekommenen Urwalddoktor zu tun?

Dienstag, 8. Juni 2010, Umfolozi, KwaZulu-Natal
Noch 2 Tage

Das Reptil lag träge und meisterhaft durch das verwelkte Laub der Mopanesträucher getarnt auf dem Boden und rührte sich nicht. Es war mit über einem Meter Länge eines der größten Exemplare seiner Art, doch der Körper wirkte mit dem kurzen Schwanz und dem massigen Umfang plump und ungelenk. Es vertraute auf die Tarnung seines graubraunen Schuppenkörpers mit den schwarzen und gelben quer gebänderten Ornamenten, der sich perfekt in die Umgebung einfügte und das Reptil wie ein Stück Holz aussehen ließ. Ahnungslose Beute näherte sich bis auf wenige Zentimeter dem lauernden Muskelpaket, dann fuhr der dreikantige Kopf mit geöffnetem Rachen in Sekundenbruchteilen nach vorn und die zentimeterlangen Giftzähne bohrten sich wie kleine Dolche in das Fleisch des Opfers. Allerdings wartete die große Viper seit Tagen vergeblich.

Sie war eine Jägerin der Nacht und nutzte die Sonnenstunden nur, um ihren wechselwarmen Körper aufzutanken. Jetzt, in der Dämmerung, lag sie auf der Lauer, regungslos harrend, todbringend. Sie registrierte alles, was sich in ihrer Umgebung bewegte, bekam sogar Geräusche mit, obwohl sie kein Trommelfell besaß.

Sie nahm die Erschütterungen von Schritten wahr, nur das Trippeln eines Kleinsäugers, das sich durch die Schwingungen auf ihr inneres Ohr übertrug, dann fuhr die gespaltene Zunge aus der kleinen Öffnung ihres Mauls und nahm den Geruch der Beute auf. Mithilfe des Jacobsonschen Organs in zwei Höhlungen des Munddachs analysierte sie die Duftpartikel und registrierte die Maus als mögliches Beutetier. Das Licht der untergehenden Sonne spiegelte sich in ihren senkrecht geschlitzten Pupillen, die sich nach Einbruch der Dunkelheit öffnen und ihr das Sehen in der Nacht ermöglichen würden. Die Maus fest im Blick und ihr Züngeln, bestätigten ihr, dass das Opfer näher kam.

Die Schlange reagierte mit äußerster Konzentration, jeder Muskel ihres Körpers angespannt, der Hals in einem leichten S gekrümmt, um im richtigen Augenblick mit voller Wucht zuschlagen zu können. Plötzlich irritierten sie Erschütterungen, die aus einer anderen Richtung kamen. Ihre Zunge fuhr erneut heraus, doch sie nahm keinen beunruhigenden Duft wahr.

Der Feind, der sich in ihrem Rücken anschlich, hatte das Reptil seit Tagen beobachtet und ihren Sonnenplatz ausgekundschaftet. Jetzt näherte er sich gegen den Wind, der ihr seinen Geruch zutragen konnte, und so, dass die tief stehende Sonne seinen Schatten nicht auf sie warf. Er hielt den gegabelten Stock wie einen Speer in der Hand, zielte und stieß zu.

Die Puffotter nahm das Rascheln wahr und sah die Maus blitzschnell verschwinden, ohne auch nur die geringste Chance auf einen Angriff gehabt zu haben. Im selben Augenblick traf sie ein harter Schlag hinten an ihrem Kopf. Sie wehrte sich mit der ganzen Kraft ihres Schuppenkörpers gegen den Druck in ihrem Genick, dem sie sich durch keine Bewegung entwinden konnte, und stieß die puffenden Laute aus, die ihr den Namen gegeben hatten. Sie wurde hoch gehoben und verschwand in einem weichen, dunklen Nichts.

Bushman band den Leinensack zu und lächelte

zufrieden. Er wusste, dass die Schlange seit Tagen nichts gefressen hatte und hungrig und aggressiv war. Und voll Gift. Sie würde ihre Beute bekommen, in wenigen Tagen, in dem Hotel in der Provinz Gauteng, in welchem die deutsche Fußballnationalmannschaft abgestiegen war.

Mittwoch, 9. Juni 2010, Durban
Noch 1 Tag

Linda hatte keine Skrupel, am Abend allein über die Strände Durbans zu bummeln. Zum einen war sie umgeben von einer bunten Menge badender und sich in der Abendsonne räkelnder Menschen aller Hautfarben, zum anderen umschloss ihre rechte Hand das Pfefferspray in ihrer Hosentasche, das sie selbst im beschaulichen Tübingen abends bei sich trug, seit sie zweimal kurz vor ihrer Wohnung unheimliche Begegnungen hatte.

Der endlose Strand von Addington Beach zog sich die Halbinsel von The Point entlang, flankiert von Swimmingpools und zahlreichen Hochhäusern; auf der anderen Seite lag das große Hafenbecken in der Bay of Natal.

Linda bestellte sich ein Curry in einem der zahlreichen indischen Restaurants, dazu ein Glas Pinotage, und setzte sich so, dass sie aufs Meer hinaussah und den vorbeifahrenden Ozeanriesen nachblicken konnte, die den Hafen von Durban verließen.

Während ihres Strandspaziergangs hatte sie sogar das imposante Dach des Moses-Mabhida-Stadions erkennen können.

Jetzt zog sie wieder die Notizen hervor, die sie seit Hennings Tod mit sich trug. Seine letzte Botschaft an sie: *Linda! Habe Komplott entdeckt. Es geht um alles! Kann nichts beweisen. Der Weg in den Himmel birgt den Tod. Muss mit dir reden, nur mit dir. Sofort, sonst zu spät. Morgen 24 Uhr. Ich ruf dich noch an. Henning.*

Eigentlich hatte sie die Zeilen nur routinemäßig überflogen, wie sie es in letzter Zeit so oft schon getan hatte, doch nun zuckte sie zusammen, stolperte über eine Formulierung, die ihr bisher am rätselhaftesten erschienen war: *Der Weg in den Himmel birgt den Tod.*

Der Weg in den Himmel!

Sie dachte an die Worte des Inders im Stadion: ›100 Meter dem Himmel von Durban entgegen.‹

Der Skywalk! Warum war sie nicht schon eher darauf gekommen? Sie hätte es nur zu übersetzen brauchen. Sky-Walk – Himmels-Weg – der Weg in den Himmel! Das also war es.

Noch einmal las sie Hennings Nachricht: ein Komplott, das mit dem Skywalk zu tun hatte? Etwas, das mit dem Bau zusammenhing? Doch nein, er sprach vom Tod. Ein Anschlag? Musste er deshalb sterben?

Linda überlegte nicht lange. Da sie die Nummer der Olifants Goud Farm herausgefunden hatte, rief sie dort an und fragte nach Alan Scott. Er sei mit einem

Gast zum Flughafen nach Nelspruit gefahren, erklärte die Frau am anderen Ende der Leitung. Linda hinterließ ihre neue Handynummer und bat, man möge Alan ausrichten, er solle sie dringend zurückrufen.

Sie verstaute ihr Handy in ihrer Tasche, als ihr Blick auf einen der Tische im Inneren des Restaurants fiel. Sie war sich zunächst nicht sicher, zu unwahrscheinlich schien ihr der Zufall. War es möglich, hier in Durban auf eine Freundin aus Deutschland zu treffen? Unschlüssig blieb sie sitzen und beobachtete die Frau, die ebenfalls allein hier zu sein schien. Plötzlich sah die andere zu ihr herüber, ihre Blicke kreuzten sich, ein Lächeln huschte über das bekannte Gesicht. Sie hatte sie ebenfalls erkannt.

Linda hatte sich nicht getäuscht. In dem kleinen indischen Restaurant in Durban saß, fünf Tische entfernt, Karin Fleischer, die Freundin Hennings. Was um Himmels willen machte sie in Südafrika?

Linda beschloss, es herauszufinden, stand auf und ging auf den Tisch zu. Nachdem sie sich begrüßt hatten, erfuhr sie, dass Karin wie sie am Tag nach Hennings Ermordung nach Südafrika geflogen war, allerdings nach East-London und von dort aus nach Durban. Zu seiner Beerdigung wollte sie wieder zurück sein, doch wegen der Obduktion der Leiche war damit nicht vor Ende nächster Woche zu rechnen.

»Als sie mir sagten, dass man ihn ermordet hat, habe ich sofort den Flug gebucht«, erzählte sie und ihre Stimme war zu einem Flüstern gesenkt. »Sein Tod muss mit diesem verdammten Job in Südafrika zu tun haben.«

Linda zuckte zusammen. Ihre Gedanken vor wenigen Minuten!

»Wie kommst du darauf?«

»Er hat mir so komische Sachen erzählt. Wollte nach Hamburg, total frustriert, weil sie statische Änderungen genehmigt haben, die er so nie geplant hatte. Irgendein Typ aus Dubai hatte sich durchgesetzt und Henning war so durcheinander!«

»Hat er dir von einem Verdacht erzählt, den er hatte?«

»Nein, das nicht. Er meinte nur: Da stimmt was nicht. Mehr hat er mir nicht gesagt.«

»Hat er irgendwelche Namen genannt?«

Karin schüttelte den Kopf. »Ich weiß nur aus seinen Mails, mit wem er hier zusammengearbeitet hat. Ich weiß nicht, wem ich vertrauen kann. Ein guter Freund von Henning war ein Kollege namens Merheim, ebenfalls Bauingenieur, der in Kapstadt wohnt.«

»Was ist mit seinen Vorgesetzten?«

»Sein Chef hat mir am Telefon kondoliert und das war's. Der Stellvertreter war nicht zu erreichen. Ich bin derzeit etwas ratlos. Wenn ich diesen Merheim in Kapstadt nicht treffe, weiß ich auch nicht …«

»Hast du ihn angerufen?«

»Es ging keiner ran. Aber ich flieg trotzdem hin. Ich muss es wissen. Er ist meine letzte Chance.«

»Sonst hast du keine Anhaltspunkte?«

»Doch, warte«, sie kramte in ihrer Tasche nach einem Infoblatt über das Stadion von Durban und las zwei Namen vor, die sie dort notiert hatte: »Der Sicherheitsingenieur heißt uThembani Mthetwa. Henning hat mal geschrieben, dass er ihm diesen Job nie gegeben hätte. Und dann ist da noch ein Ingenieur namens Paul Dhlomo.«

»Paul Dhlomo?«, runzelte Linda die Stirn. War das nicht der Name, den ihr der Inder genannt hatte? Der Mann, an den sie sich wenden solle, um mehr über Hennings Arbeit herauszufinden. »Und was ist mit diesen beiden?«

»Nichts. Ich habe keine Adressen oder Telefonnummern und beim Stadion habe ich niemanden angetroffen.«

»Warte mal!«, sagte Linda, »ich hab da vielleicht eine Idee.«

Sie suchte in ihrer Tasche die Nummer, die ihr der Inder aufgeschrieben hatte, griff zu ihrem Handy und wählte. Doch zu ihrer Enttäuschung stieß sie nur auf die Nachricht, dass die Person momentan nicht erreichbar sei.

»Wen hast du angerufen?«, wollte Karin wissen.

»Diesen Paul Dhlomo.«

»Woher hast du seine Nummer?«

Linda berichtete kurz von ihrem Zusammentreffen mit dem Inder. »Wir versuchen es später noch einmal. Irgendwie müssen wir auch so weiterkommen!«

»Du bist also auch wegen Henning hier?«

Linda erzählte ihr, was sie für nötig hielt. Nicht alles, immerhin so viel, dass Karin Bescheid wusste. Sie erwähnte nicht, dass sie die Zeugin war, als er erschossen wurde und verschwieg auch, dass sie selbst verdächtigt wurde, und sich der Verhaftung durch ihre Flucht nach Südafrika entzogen hatte.

Karin hatte ruhig zugehört. Für eine Frau, deren Freund eben erst erschossen worden war, machte sie einen äußerst gefassten Eindruck. Doch Linda wusste, dass das täuschte. Der Mensch war in solchen Extremsituationen fähig, sämtliche Emotionen zu kontrollieren und sie ahnte, dass Karin in dem Augenblick zusammenbrechen würde, wo sie aufhörte, nach dem Grund für Hennings Ermordung zu suchen. Alles, was sie momentan tat, lenkte sie von der Realität und von ihrer Trauer ab. Falls sie je dahinter kam, wer Henning erschossen hatte, würde sie danach in ein Loch fallen, aus dem sie ohne fremde Hilfe nicht mehr herausfinden würde.

»Und was hast du als Nächstes vor?«, fragte Linda schließlich.

»Ich will morgen nach Kapstadt, Merheim aufsuchen.«

»Findest du nicht, dass es ziemlich gefährlich ist, dich so allein auf die Suche zu machen?«, meinte Linda und dachte bei ihren Worten daran, dass sie im Begriff war, sich derselben Gefahr auszusetzen.

»Hättest du keine Lust, mich zu begleiten?«, hoffte Karin, als ob sie ihre Gedanken erraten hätte.

»Warum nicht?«

Sie waren schließlich beide aus demselben Grund nach Südafrika gekommen. Um den Mörder von Henning Fries zu finden.

Donnerstag, 10. Juni 2010, Gauteng, Südafrika
Noch wenige Stunden bis zum Beginn der Fußballweltmeisterschaft

Er fühlte sich wohl in diesem Hotel. Es lag zwar außerhalb des Stadtzentrums von Pretoria, jedoch waren der Mannschaft Unternehmungen auf eigene Faust ohnehin untersagt worden. Hier am Ufer des Hennops River gab es einen eigens für die WM erbauten Trainingsplatz mit Flutlicht, und Doc Fox konnte von der Terrasse seiner Suite aus die Hagedaschs, graugrün schimmernde Ibisse, die so hießen, weil sie nervend ständig ›haha-dah‹ riefen, durch den parkähnlichen Garten stolzieren sehen.

Das Hotel selbst hatte etwas Ehrwürdiges, Viktorianisches mit seiner Sandsteinfassade und den verspielten Säulen, Torbögen und Zinnen. Die Eleganz wurde im Inneren fortgesetzt, Komfort stand an erster Stelle, gepaart mit verspielter Romantik und stilvollem Ambiente. Jogi Löw hatte trotz früher Dunkelheit noch einmal ein Lauftraining angesetzt, um die Anpassung der Mannschaft an die Witterungsbedingungen im winterlichen Südafrika zu gewährleisten.

Danach war Doc Fox früh zu Bett gegangen, die Tage waren anstrengend und kalt und er hatte das warme Bad genossen. Die Unruhe, die die Mannschaft jetzt unmittelbar vor dem ersten Spiel plagte, war auch auf ihn übergegangen, das lange Warten hatte ein Ende und das war auch gut so.

Er las noch ein wenig in Mandelas ›Der lange Weg zur Freiheit‹, dann machte er das Licht aus und lauschte dem leisen Zirpen der Zikaden, das durch die leicht geöffnete Terrassentür zu ihm hereindrang. Er war es gewohnt, zu Hause bei offenem Fenster zu schlafen und auch hier in diesem Hotel fühlte er sich sicher genug, um wenigstens in den ersten Stunden der Nacht die Terrassentür noch offenstehen zu lassen. Die Enge in seiner Brust war seit Tagen wie weggeblasen.

Ein leises Kratzen ließ ihn aus seinem noch leichten Schlaf aufschrecken. Es klang wie das Schleifen von Sandpapier über trockenem Holz. Oder Fingernägel auf Glas? Das Geräusch kam von der Tür. Doc Fox lauschte. Wieder kratzte es. Dreimal. Rhythmisch. Dann wieder Pause. Sah er einen Schatten, draußen vor der Tür? Ohne Licht zu machen, schlich er ans Fenster und spähte hinaus.

Die romantische Außenbeleuchtung des Hotels hob die Silhouetten der Bäume gegen den dunklen Abendhimmel ab, reichte aber nicht aus, seine Terrasse anzustrahlen. Draußen war alles ruhig, kein Mensch zu sehen. Kopfschüttelnd ging er wieder in Richtung Bett, als ihn das Zischen herumfahren ließ. Nein, kein Zischen, es war ein jähzorniges Fauchen, das er so noch nie gehört hatte. Er suchte an der Wand nach dem Lichtschalter, kurz darauf erstrahlte der Raum in hellem Licht und er blieb wie angewurzelt stehen.

Die Puffotter stieß dieses Geräusch nur aus, wenn sie sich aufs Äußerste bedroht fühlte. Gerade eben erst war sie diesem warmen dunklen Gefängnis entkommen und auf einen kalten, glatten Boden geschleudert worden, ihre Zunge hatte ein Gemisch aus Düften und Gerüchen ertastet, das ihr Angst machte. Ihre Pupillen hatten sich geöffnet und sie hatte den großen schwarzen Umriss wahrgenommen, der sich unbeholfen in der ungewohnten Umgebung bewegte. Sie hatte sich zusammengeringelt und ihr Fauchen hören lassen, doch die schwarze Bedrohung war trotzdem zögernd näher gekommen.

Der erste Mannschaftsarzt der deutschen Nationalmannschaft sah die Schlange zustoßen, spürte den Schmerz wie von zwei stechenden Nägeln, die sich in seine linke Wade bohrten, gleichzeitig durchfuhr ihn ein Hitzestoß, der ihn fast zu Boden riss. Sein linker Fuß schien plötzlich zu glühen, das Blut zu kochen. Wie ein Blitzschlag durchzuckte ihn der Gedanke: Er war von der Schlange gebissen worden!

Schlagartig fühlte er wieder diesen Druck auf seinem Brustkorb und während er sich schwer atmend auf das Bett setzte und mit brüchiger Stimme seinem Teamkollegen am Handy zu erklären versuchte, was passiert war, glitt die Puffotter durch die offene Terrassentür hinaus in die Nacht, in die Freiheit.

Durban

An jenem Abend brauchte Linda lange, um einzuschlafen. Zu viel ging ihr durch den Kopf. Die Begegnung mit dem Inder am Stadion. Ihr Verdacht, dass der Skywalk Ziel eines Anschlags sein könnte. Das unerwartete Zusammentreffen mit Karin.

Kaum war sie in dem kleinen Privatzimmer, das noch für zwei Nächte frei gewesen war, in einen unruhigen Dämmerzustand gefallen, riss sie der nervige Klingelton ihres neuen Handys aus dem Schlaf. Sie schleppte sich zu dem kleinen Tisch, auf dem ihr Handy am Ladegerät hing und drückte auf die grüne Taste. »Hallo?« Ihre Stimme klang müde, kühl und unfreundlich.

»Linda? Sprichst du noch mit mir?«

Alan! Sie hörte seine Stimme, hatte sich allerdings vorgenommen, nicht über ihre Beziehung mit ihm zu sprechen. Sie überging daher seine Frage und antwortete in nüchternem Ton: »Danke, dass du zurückrufst. Ich brauche deine Hilfe. Ein Freund von mir ist ermordet worden. Er hat in Südafrika auf einer Stadionbaustelle gearbeitet. Hast du eine Minute Zeit?«

Die Stimme am anderen Ende schwieg. Alan hatte sich offensichtlich eine andere Begrüßung erhofft. Schon befürchtete Linda, er könne aufgelegt haben, als sie hörte: »Klar, worum geht's?«

Jetzt störte sie sein sachlicher Tonfall, doch sie fuhr fort: »Was könnte hinter dieser Botschaft stecken – warte …«, sie suchte nach der Notiz und las vor, »*Hoffnung = Sub Africa.* Kannst du damit etwas anfangen?«

Alan zögerte. »Hoffnung Südafrika?«, wiederholte er schließlich.

»Nein. *Sub Africa*. Oder kann das ein Schreibfehler sein?«

»Nein. ›Sub Africa‹ ist eine junge Untergrundbewegung in Südafrika, die für ziemlich viel Unruhe sorgt. Manche sprechen sogar von einem Terrornetzwerk.«

»Und was kann das bedeuten: *Hoffnung gleich Sub Africa?*«

»Keine Ahnung. Von wem stammt das?«

»Eine Botschaft, die der Ermordete kurz vor seinem Tod erhielt.«

»Kann er denn selbst etwas mit ›Sub Africa‹ zu tun gehabt haben?«

»Das glaube ich nicht. Ich habe das Gefühl, dass er einer Schweinerei auf die Spur gekommen ist. Könnte es sein, dass diese Organisation einen Anschlag während der WM geplant hat?«

»Ich weiß es nicht. Die ganze Sache klingt jedenfalls ziemlich dubios. Warst du schon bei der Polizei?«

»Nein.« Sie zögerte. »Ich habe ein Problem, Alan. Die glauben in Deutschland, dass ich diesen Mann umgebracht habe. Und ich habe Angst, wenn ich jetzt hier zur Polizei gehe …«

»Du bist in Südafrika!«, unterbrach Alan. »Meinetwegen?« In seiner Stimme schien etwas Hoffnung mitzuschwingen.

»Nein, Alan. Nicht wegen dir«, erwiderte sie eine Spur zu hart. »Ich bin in Durban. Weil der Ermordete hier gearbeitet hat.«

»Durban? Dorthin reist einer unserer Gäste morgen. Zu einem WM-Spiel. Muss einer der Mannschaftsärzte bei den Deutschen sein. Fred Goldbäck, sagt dir der Name was?«

»Goldbäck?« Sie überlegte, ob sie den Namen schon einmal gehört hatte. »Wieso? Was ist mit ihm?«

»Komischer Typ. Hab ein paar Game Drives mit ihm hier auf Olifants Goud gemacht. Glaube, dass mit ihm etwas nicht stimmt. Er tut sehr geheimnisvoll. Schleppt irgendwelche Ampullen mit sich herum, die aus einer abgefackelten Klinik in Zentralafrika stammen. Die haben dort mit biologischen Waffen experimentiert. Sorry, Linda, wahrscheinlich geht die Fantasie mit mir durch, aber ich dachte, wenn ich schon mit dir …«

Linda unterbrach ihn: »Kein Problem, Alan, das klingt wirklich sehr merkwürdig. Ich ruf morgen Babs an, die kann ja mal recherchieren. Über einen Mannschaftsarzt beim DFB muss etwas herauszubekommen sein. Ich fliege nach Kapstadt. Da lebt ein Kollege des Ermordeten. Mit ihm will ich noch reden.«

»Linda?« Alans Stimme klang besorgt.

»Ja?«

»Pass bitte auf dich auf.«

»Ja, sicher.«

»Du hast jetzt meine Handynummer wieder.«

Sie wartete.

»Rufst du mich an?«

»Mhm.« Sie wagte noch nicht, aufzulegen und spürte, wie ihr Herz schlug.

Schließlich fragte er: »Wenn du mich brauchst …«

Die Leitung knisterte und sie war sich nicht sicher, ob er sie noch hörte, als sie flüsterte: »Ich brauche dich immer.«

»Ich liebe dich«, hauchte er.

»Ich weiß«, sagte sie. Dann legte sie auf.

Sie schlief unruhig in dieser Nacht und schreckte

hoch, als sie glaubte, vor ihrem Zimmer Geräusche zu hören. Sie war froh, als die Rufe der Halbmondtaube den Morgen ankündigten.

Freitag, 11. Juni 2010, Camps Bay, Kapstadt
Beginn der Fußballweltmeisterschaft

Die Stadt war im Fußballfieber. Am Abend spielte im African-Renaissance-Stadion Uruguay gegen Frankreich.

Die beiden Frauen hatten Pech. Niemand öffnete auf ihr Klingeln.

»Hier müsste man wohnen«, seufzte Linda und genoss den Blick hinunter auf den menschenleeren Strand von Camps Bay und die blaue Weite des Atlantiks. Karin war an der Gartenmauer entlanggelaufen und hatte versucht, einen Blick durch eines der vergitterten Fenster zu erhaschen.

»Unten vom Strand aus kommt man auch nicht in den Garten«, berichtete sie, als ein SAPS-Wagen vor ihnen hielt, ein fettwanstiger Uniformierter ausstieg und auf den Hauseingang Merheims zuschritt. Karin und Linda beobachteten, wie er die Tür öffnete und das Haus betrat. Er schien ihren neugierigen Blick gespürt zu haben, denn er blieb stehen und wandte sich um: »Kann ich Ihnen helfen?«

»Vielleicht«, erwiderte Karin zögernd und kam zusammen mit Linda näher. »Wir suchen Leonard Merheim, aber er scheint nicht zu Hause zu sein. Und als Sie kamen, haben wir uns gewundert, weshalb die Polizei einen Schlüssel zu seinem Haus hat.«

Der Uniformierte kratzte sich am Kopf und suchte nach den richtigen Worten. »Sehen Sie, das ist so«, erklärte er schließlich, »Mister Merheim kann gar nicht zu Hause sein, denn er ist ... gestorben.«

»Er ist tot?«, hakte Karin ungläubig nach. »Oh, mein Gott!«

»Und nachdem Sie hier sind, ist er wohl keines natürlichen Todes gestorben?«, fügte Linda hinzu.

Der dicke Polizist schüttelte den Kopf. »Man hat ihn erschossen. Ihn und seine Frau. Echt übel. Es sah wie eine Hinrichtung aus.«

Karin und Linda starrten sich betroffen an.

»Wann war das?« Lindas Stimme zitterte.

»Knapp eine Woche her. Darf ich fragen, in welchem Verhältnis Sie zu dem Toten standen?« Der Polizist stellte sich als Constabler John Chuene vor. Die beiden Frauen nannten ihre Namen und Karin antwortete: »Leonard Merheim war ein Kollege meines Freundes.«

»Verstehe. Und was wollten Sie von ihm?«

Karin wollte gerade antworten und ihm von der Ermordung Hennings berichten, als Linda ihr ins Wort fiel. »Wir sind dringend auf der Suche nach einer Telefonnummer. Mister Merheim hätte da Bescheid gewusst.« Karin sah sie stirnrunzelnd an, da sie mit Lindas Worten nichts anzufangen wusste, doch Linda zwinkerte ihr bedeutungsvoll zu.

»Eine Telefonnummer?«

»Ja.« Linda machte eine Pause und beobachtete den

Polizisten. Er schien nicht einer der Schnellsten zu sein und schon gar nicht gewohnt, allein Entscheidungen zu treffen.

»Ob es wohl möglich wäre, einen Blick in das Haus zu werfen?«, versuchte sie vorsichtig. »Vielleicht finden wir die Nummer irgendwo an einer Pinnwand oder so?«

Constabler Chuene zögerte, dann meinte er: »Wenn Sie mir keine Schwierigkeiten machen, lasse ich Sie kurz herein. Aber nichts berühren oder verändern, Sie wissen schon!«

Linda nickte und Karin flüsterte: »Was soll das? Was für ein Theater machst du dem denn vor? Und von welcher Telefonnummer sprichst du?«

»Pst!«, machte Linda, »ich erklär dir alles später.«

Der Constabler führte sie in den Flur, wo ein kleines Telefontischchen stand. In der Ladestation steckte ein dunkelblaues Telefon, daneben lag ein Handy, fast dasselbe, das Linda hatte. Chuene beobachtete sie, wie sie die Notizen an der Pinnwand überflog und ihre Augen über die Visitenkarten huschten. Ihr Blick blieb an den drei Buchstaben haften, die auf einigen der Nachrichten standen.

»Hallo Leo … Nachricht für Leo … Leos Lieblingswein«, überflog sie murmelnd die Nachrichten.

Nur beiläufig hatte sie Merheims Vornamen Leonard registriert. Doch genannt wurde er offensichtlich Leo.

Die drei Buchstaben tanzten vor ihren Augen. L – E – O. Hüpften. Veränderten ihre Position. Leo – Elo – Ole – Oel.

»Und – ist die Telefonnummer dabei?«, wollte Chuene neugierig wissen.

Oel!

»Bitte?« Linda schreckte auf. »Sieht nicht so aus«, murmelte sie geistesgegenwärtig. »Haben Sie was dagegen, wenn ich noch das Telefonverzeichnis in seinem Handy durchblättere?«

»Hm. Meinetwegen«, brummte der Constabler. »Aber Sie werden nichts finden. Die Jungs haben da auch schon gesucht. Ich muss im ersten Stock nach einem Ordner sehen. Für die Ermittlungen. Bin gleich wieder da.« Linda hörte, wie der übergewichtige Polizist keuchend die Wendeltreppe in den ersten Stock erklomm. Rasch griff sie nach Merheims Handy. Die Tasten waren nicht gesperrt. Sie öffnete das Mitteilungsprotokoll. Nichts. Offensichtlich hatte Merheim alles gelöscht. Klar, sonst hätte die Polizei das Handy sichergestellt.

»Was suchst du eigentlich?«

»Gleich! Pass lieber auf und sag mir, wenn der Dicke zurückkommt!«

Hoffnung = Sub Africa. Oel.

War Leo der unbekannte Absender?

Das Handy half ihr jedenfalls nicht weiter. Schade. Wäre ja auch zu einfach gewesen, dachte Linda. Die Nachricht auf Hennings Handy stammte von einem unbekannten Absender, erinnerte sie sich. Es war eher unwahrscheinlich, dass Henning Merheims Nummer nicht abgespeichert hatte.

Sollte also ihre Vermutung stimmen und Leo Merheim tatsächlich die mit *Oel* signierte Nachricht an Henning verfasst haben, musste er sie von einem anderen Handy aus abgeschickt haben. Oder dieses hatte eine zweite Pin-Nummer, um geschäftliche und private Anrufe zu trennen. Sie selbst genoss diesen Komfort auf ihrem Handy.

Linda lauschte. Der Dicke rumorte im oberen Stockwerk.

Auf der Rückseite des Handys prangte ein vierstelliger Zahlencode. Die Pin-Nummer? Linda tippte die 6223 ein. Dazu die 02, wie bei ihrem Handy, wenn sie auf die private Karte umstellte. Fehlermeldung.

Verflixter Mist!

Zweiter Versuch.

Dreimal war möglich. Sie schaltete blitzschnell. Leo hatte die Buchstaben seines Namens von hinten nach vorn geschrieben. Dann vielleicht auch die PIN? Lindas Daumen tippte 322602. ›Successful‹, bestätigte das Display.

Die Mitteilungen tauchten auf. Linda wählte die letzte der gesendeten. Ein kurzer Text erschien: *Hoffnung = Sub Africa. Oel.* Volltreffer!

»Er kommt!«, flüsterte Karin.

Linda ließ das Handy in ihre Hosentasche gleiten. Sie fragte sich, ob die südafrikanische Polizei bei Überprüfung des Handys auf die zweite PIN und somit auf diese Meldung gestoßen war. Nun war sie sich jedoch sicher, dass Henning Fries und Leo Merheim aus demselben Grund ermordet worden waren.

Die beiden Frauen bedankten sich bei Constabler John Chuene für seine freundliche Unterstützung und ließen sich seine Karte geben. Linda beförderte ihn zu seinem Stolz gar zum Inspector, als sie sich verabschiedete. Im Anschluss gingen sie zwischen den Häusern hindurch an den Strand und setzten sich auf einen der runden, von Wind und Wellen glatt geschliffenen Steine in die Sonne.

»Kannst du mir jetzt sagen, was das sollte?«, bohrte Karin ungeduldig. »Wir erfahren, dass dieser Leonard Merheim und seine Frau ebenfalls ermordet wurden, und du suchst seelenruhig nach einer Telefonnummer?«

»Ja«, erklärte Linda, »und ich könnte wetten, dass sie vom selben Täter getötet wurden wie Henning.«

»Wie kommst du denn darauf?«

»Ich hab dir doch erzählt, dass mich Henning dringend sprechen wollte.« Karin nickte und Linda fuhr fort. »Henning hat eine geheimnisvolle SMS aus Südafrika erhalten. Signiert mit den Buchstaben O – E – L. Ich konnte damit nichts anfangen, bis ich eben festgestellt habe, dass sich Leonard Merheim auch Leo nannte. Er war es, der Henning diese SMS geschickt hat! Merheim und Henning sind irgendeiner Sache auf den Grund gekommen, die mit dem Stadion in Durban zu tun hat, da bin ich mir sicher! Ich habe das beschissene Gefühl …« Linda unterbrach, denn im selben Augenblick vibrierte ihr Handy. Eine Nummer aus Südafrika blinkte auf dem Display.

»Hallo?«, sagte sie, wie immer, wenn sie den Anrufer nicht kannte.

»Sie haben bei mir angerufen!«, behauptete eine männliche Stimme.

Linda runzelte die Stirn. Der Typ, von dem der Inder gesprochen hatte!

»Helfen Sie mir«, bat sie dennoch, »ich bin mir nicht sicher, wer Sie sind.«

»Ein Freund von Henning Fries«, antwortete die Stimme. »Können wir uns treffen?«

»Wo?« Lindas Stimme zitterte.

»In den Drakensbergen.«

Nördlich von Durban, so viel wusste sie. »Wann?«

»Ich habe ein paar Tage ein Chalet im Lower Tendele Camp. Ich erwarte Sie.«

»Und noch mal – wer sind Sie?«

»Paul Dhlomo, ein Kollege von Henning und ein Freund«, verriet er und legte auf.

Samstag, 12. Juni 2010, Durban
Der Tag vor dem Spiel

Der weiße Mann stand auf der Terrasse seiner Villa und ließ seinen Blick über die Weite des Indischen Ozeans gleiten. Die weiß getünchte, von Glasscherben bedeckte Mauer, und das grüne Stahltor, das die Einfahrt des gepflegten Grundstücks zur Außenwelt abriegelte, ließen ihm sein Haus wie einen Käfig, sein Heim wie ein Gefängnis erscheinen und der Anblick bohrte sich wie Dornen in seine Augen.

Der Gin Tonic im schmalen Longdrinkglas, von einer Limettenscheibe verziert und durch drei Eiswürfel gekühlt, schmeckte ihm nicht mehr und er hasste es, sich den Sonnenuntergang durch Anblick gerollten Stacheldrahts verderben lassen zu müssen. Wie lange war es her, seit sich zum letzten Mal Freunde zum Braai, dem traditionellen südafrikanischen Grillen, in seinem Garten eingefunden hatten? Monate? Jahre?

Seit die nächtlichen Raubzüge der schwarzen Banden in den weißen Wohngebieten wieder zugenommen hatten, Überfälle in den schwach beleuchteten Nebenstraßen an der Tagesordnung waren und sich immer mehr Schwarze erdreisteten, sich in den Vorgärten und sogar mitten in den Gartengrundstücken weißer Hausbesitzer einzunisten, war keiner seiner Freunde mehr seinen Einladungen gefolgt. Sie schimpften alle über die neue Politik Südafrikas, die den Schwarzen dieselben Rechte einräumte wie den Weißen, doch keiner unternahm etwas dagegen, er war der Einzige, der sich der ›Afrikaner Weerstandsbeweging‹ gegen Mandela angeschlossen hatte.

Er hatte es satt. Satt, wie ein Gefangener im eigenen Land zu leben, nach außen abgeschottet durch Elektrozäune und Gittertore, Stacheldraht und Selbstschussanlagen. Seit über zehn Jahren sah er zu, wie das Land seiner Väter, Land, für das sie ihr Blut gegeben hatten, verrottete und verfaulte, wie das, was sie geschaffen hatten, vor die Hunde ging.

Sein Hass hatte sich ins Unermessliche gesteigert, nachdem in die leer stehende Villa der Boers eine ganze Zulusippe eingezogen war und den gepflegten Garten innerhalb weniger Tage in ein Elendsquartier für ihre gesamte Verwandtschaft verwandelt hatten.

Er war einer der letzten Weißen, der hier noch die

Stellung hielt, in Capetown waren ganze Siedlungen von ihren weißen Besitzern verlassen worden, Häuser wurden geplündert und Gärten verwüstet, während ihre Besitzer bei der Arbeit waren, ohne dass die Regierung etwas dagegen unternahm.

Vor zwei Jahren hatte er seinen Vetter Jaap in Orania besucht, da war die Welt noch in Ordnung und ausschließlich weiß. Hier war der Traum der Apartheid Wirklichkeit geworden, ein weißes Heimatland. Warum konnte es nicht in ganz Südafrika so sein? In Orania hatte er Professor Strijdom getroffen und sein Plan, nein, seine Vision war greifbare Realität geworden.

Jetzt, einen Tag vor der Erfüllung dieses Traums, stand plötzlich alles auf dem Spiel.

Sonntag, 13. Juni 2010, Royal Natal Nationalpark, KwaZulu-Natal
Der Tag des Spiels

Nach einer Übernachtung in Belleville erreichten Linda und Karin am frühen Morgen die Drakensberge. Karin hatte sofort angeboten, Linda zu begleiten, und der war es nicht unwohl, dem unbekannten Informanten nicht allein begegnen zu müssen. Sie hatte Alan noch eine kurze SMS über ihr Vorhaben geschickt, jedoch keine Antwort erhalten.

Im Norden der Drakensberge, auf einer Höhe von immerhin 1.600 Metern, lag das Lower Tendele Camp, ein beliebtes Touristenziel im Hochtal des

Tugela River, mit atemberaubender Aussicht auf die Felswand des 500 Meter hohen und fünf Kilometer langen, senkrecht abfallenden Amphitheaters inmitten des Royal Natal Nationalparks.

Unter anderen Umständen hätte Linda den Anblick genossen, diese majestätischen *Berge der Drachen*, die nichts anderes sind als das Ergebnis einer Millionen Jahre andauernden Flusserosion. Quathlamba – *Wand der Speere* nennen die Zulu den steil abfallenden Bergrand, dessen Gipfel Linda unwillkürlich an die wilden, zerklüfteten Schluchten des Grand Canyon oder die Türme in den Arches erinnerten.

Sie hatte Paul Dhlomo auf dem Handy angerufen, als sie die Hütten des Camps erreicht hatten und sah kurz darauf einen hoch gewachsenen Mann, der sie an die Massai Ostafrikas erinnerte, hinter einem Zuckerbusch hervortreten und ihr zuwinken. Das musste er sein, der Maschinenbauingenieur, der sich selbst als Kollege und Freund von Henning Fries bezeichnet hatte.

Er begrüßte Linda mit dem ihr geläufigen afrikanischen Dreiergriff und sie stellte Karin als Hennings Freundin vor.

»Raghu erzählte mir, Sie seien hier, um die Todesumstände von Henning Fries aufzuklären«, kam er ohne lange Vorrede auf den Punkt. »Tragisch, dass er so ums Leben kommen musste.«

Linda stimmte zu. »Können Sie sich erklären, wer ein Motiv haben konnte, ihn umzubringen?«, begann sie vorsichtig.

»Das ist schwer zu sagen. Ein erfolgreicher Mann wie Henning hatte viele Neider. Einige Bauingenieure aus Südafrika hätten gerne seine Stelle gehabt.«

»Aber warum hat man ihn erst jetzt getötet, als der Bau vollendet war?«

Paul Dhlomo zuckte die Schultern. »Wir stehen alle vor einem Rätsel. Raghu meinte, Sie bringen das Stadion in Verbindung mit seinem Tod? Haben Sie dafür irgendwelche Gründe?« Er sah sie mit finsterem Blick an, doch dann umspielte ein Lächeln seinen Mund, das ihn sympathisch machte.

»Ich habe meine Gründe«, antwortete sie zögernd, »und würde von Ihnen gerne ein bisschen mehr über Hennings Arbeit erfahren. Wer waren seine Kollegen, wie war sein Team, mit welchen Problemen hatte er zu kämpfen? Können Sie uns dazu etwas sagen?«

Paul Dhlomo nickte. »Dazu kann ich Ihnen eine ganze Menge erzählen. Was halten Sie davon, wenn wir eine kleine Wanderung durch dieses schöne Land am Tugela machen? Es gibt hier eine Schlucht, in der zu keiner Stunde des Tages die Sonne scheint. Man sieht von dort aus den zweithöchsten Wasserfall der Welt. Nur der Salto Angel in Venezuela ist höher als die Tugela Falls.«

»Ich fürchte, wir haben nicht die richtigen Schuhe für eine solche Tour«, wandte Linda ein und deutete auf die Sandalen an ihren Füßen.

»Oh, das geht gut«, beschwichtigte Paul Dhlomo und zeigte auf seine verstaubten schwarzen Halbschuhe, die ebenfalls nicht sehr wildnistauglich aussahen. »Wir können ja umkehren, wenn es Ihnen zu beschwerlich wird.«

Linda sah Karin fragend an und diese stimmte zu. Eine Wanderung in dieser herrlichen Landschaft würde sie auf andere Gedanken bringen. Bevor sie sich aufmachten, schickte Linda Alan eine weitere SMS.

Auf ihre erste hatte sie noch immer keine Antwort erhalten.

Durban

Der weiße Mann hatte keinen Schlaf gefunden und saß in seinem Jagdzimmer, wo zu anderen Zeiten ein Feuer im Kamin gelodert hatte und ihn die Trophäen seiner Safaris an seine guten Tage als großer weißer Jäger erinnerten. Heute starrten sie nur tot von den Wänden, die Schädel von Oryx, Büffel, Rhino und Wasserbock. Was, wenn dieser verdammte Zulu es schaffte, seine wahre Identität aufzudecken?

Seine Hand streichelte über das Löwenfell, das neben dem Porträt von Cecil Rhodes an der Wand hing und er dachte an die beiden Schwarzen, die auf dieser Jagd ihr Leben gelassen hatten. Der Löwe war abgesprungen, mit seiner tödlichen Kugel im Leib, aber das Vieh war zäh, und sein Wille zu überleben hatte ihm imponiert. Er hatte die beiden Fährtenleser zu Fuß hinter dem waidwunden Löwen hergeschickt, doch sie hatten sich fast in die Hosen gemacht, diese feigen Hunde. Als der Löwe angriff und sie davonrannten, erschoss er beide.

Danach tötete er den Löwen.

Heute war es wieder ein Schwarzer, der ihm Schwierigkeiten zu machen drohte. Doch egal, was er herausfand, es würde zu spät sein. Die Bombe würde hochgehen, die Phiolen würden bersten und die tödlichen Viren sich in den Atemwegen der Schwarzen festfressen. Niemand konnte das aufhalten. Dafür war es jetzt zu spät.

So, wie er es geplant hatte, würde niemand hinter dem Attentat einen Weißen vermuten. Er selbst hatte dafür gesorgt, dass das Terrornetzwerk ›Sub Africa‹ ins Visier der Ermittler gelangen würde. Ein entsprechendes Bekennerschreiben würde im Redaktionsbüro der Cape Times landen.

Danach würden die ersten Schwarzen an einem geheimnisvollen neuen Fieber sterben. Man würde vielleicht auf Spuren stoßen, die nach Nasana führten, die schließlich im Nichts der verrauchten Trümmer der N'kuwaloobo Medical Clinic enden würden. Niemand würde auf die Idee kommen, seinen Namen damit in Verbindung zu bringen, niemals!

Man würde es Terroristen aus aller Welt zutrauen, Spuren finden, die zu Parallelen in Indien und im Nahen Osten führten. Nicht umsonst hatte er Raghunandan Rajah und Abdulrahman bin Hadid für sich arbeiten lassen.

Der Araber war es auch, der sich nun um den Zulu kümmern würde, da er ohnehin einen Hass gegen den Schwarzen schob. uThembani Mthetwa war in den

Händen Abdulrahmans gut aufgehoben. Gefährlicher war dieser Inder. Ein gerissener, verschlagener Kerl, der so tat, als könne er kein Wässerchen trüben. Und doch war er es, der mehr als alle anderen über die Operation Bescheid wusste. Er wusste mehr, als der Zulu je herausfinden würde, dessen war er sich sicher. Und er traute ihm zu, aus diesem Wissen Profit zu schlagen.

Seine Vergangenheit würde ihn einholen, ausgerechnet jetzt, zum falschen Zeitpunkt! Der Mann, den sie alle nur belächelten und Kalkoen – *Truthahn* – nannten, wegen seiner Auswüchse und faltigen Hautlappen im Gesicht. Der Mann, dessen auffällige Gesichtswucherung das Einzige war, was ihn noch heute mit dem berüchtigten Gefängnisaufseher von Kroonstad verband.

Der stellvertretende Lead Construction Inspector Gys de Kock fluchte.

Er musste die Sache selbst in die Hand nehmen.

Er hatte nur noch wenige Stunden Zeit.

Er ging zum Waffenschrank, holte die Walther-Pistole und zwei Schachteln Munition hervor und lud das Magazin. Er hatte lange keinen Fangschuss mehr abgegeben.

Seine Augen leuchteten seltsam, als er im Morgengrauen nach draußen zu seinem Wagen ging.

Der Wintermorgen war noch kühl, als die beiden Frauen ihre Rucksäcke mit einer Literflasche Mineralwasser und die Windjacken aus dem Wagen nahmen, und Paul Dhlomo auf einem schmalen, von zahlreichen Proteen, roten Natal-Lampenputzern und Palmfarn gesäumten Pfad ins Vermaans Valley folgten.

Die Stämme mancher Bäume leuchteten schwarz verkohlt, im fahlen Dämmerlicht jedoch trieb junges Grün, teilweise mannshoch, zwischen den Felsen. Die drei Wanderer schienen die einzigen Menschen hier oben zu sein. Weiter vor ihnen kreuzte lediglich ein Trupp Paviane den Weg zum Policeman's Helmet, einem seltsam geformten Felsen.

Linda zog das Handy aus der Tasche. Noch immer wartete sie auf eine Antwort von Alan, doch zu ihrem Entsetzen musste sie feststellen, dass es schon hier kein Netz mehr gab. Sie waren mit Paul Dhlomo in der Wildnis allein.

Ihr Führer schritt wortlos voran, machte keine Pause und schien nur eine schnelle Entfernung vom Camp im Auge zu haben. Bald lag das Flusstal 100 Meter unter ihnen und vor ihnen ragte die Wand des Amphitheaters wie eine gigantische Mauer in den klarblauen Himmel. Kurz darauf führte der Weg durch einen kleinen Wald wieder hinunter zum Flussbett, das sie zweimal durchquerten. Dann ging es im Balanceakt über Steine und Felsbrocken entlang des Canyons zur Öffnung der Klamm, wo nach

100 Metern das Wasser zu tief wurde und es keine Trittsteine mehr gab, um weiter in die Schlucht einzudringen.

Hier, wo der klare Tugela sich aus dem Tunnel heraus seinen Weg in die Freiheit bahnte, legte Dhlomo eine Pause ein. Als Linda begann, ihm Fragen zu stellen, stand er auf und schlug vor: »Ich werde Ihnen gleich alles beantworten, aber zuvor möchte ich Ihnen den Wasserfall zeigen. Sind Sie schwindelfrei?«

Karin schüttelte den Kopf, doch Linda nickte, als Dhlomo auf eine Hängeleiter zeigte, die senkrecht über einen braunen Felsen vielleicht 20 Meter nach oben führte.

»Von dort oben haben Sie den schönsten Blick zu den Tugela Falls. Sie können hier auf uns warten«, schlug er Karin vor und deutete auf eine Sandbank im Fluss, »wir sind gleich wieder zurück!«

Linda folgte dem Mann durch den knöcheltiefen klaren Bach zu der frei über den steilen Felsabhang baumelnden Kletterleiter, die aus zwei stabilen Seilen und dazwischen verknoteten Holzsprossen bestand. Einige davon schienen morsch zu sein, was Paul Dhlomo nicht störte. Er ergriff die untersten Sprossen und kletterte ohne zu zögern nach oben. Linda folgte ihm.

Oben angekommen zeigte er hinüber zur Basaltwand des Amphitheaters, wo, einem dünnen weißen Schleier gleich, der Tugela in einem tosenden Wasserfall in drei Stufen die über 800 Meter hohen Felsen hinunterstürzte. Linda wurde mulmig bei dem

Anblick und sie achtete nicht auf Paul Dhlomo, der sich an seinem Gürtel zu schaffen machte und heimlich ein Messer hervorzog.

»Was glauben Sie, Paul, warum hat man Henning wirklich getötet?«, fragte Linda.

»Ich glaube, das hat mit der Geschichte dieses Landes zu tun«, antwortete Paul Dhlomo geheimnisvoll. »Nicht weit von hier«, raunte er »liegt das Blood River Monument. Haben Sie schon mal davon gehört?« Sie schüttelte den Kopf. »Es erinnert an die Schlacht der Voortrekker gegen die Zulu im Jahre 1838. Über 3.000 Zulu starben damals im ungleichen Kampf gegen die Weißen, die von Andries Pretorius angeführt wurden. Nach ihm hat man die Hauptstadt dieses Landes benannt.«

Linda glaubte auf einmal in seiner Stimme den Anflug von Hass mitschwingen zu hören und ergriff das obere Ende der Leiter, um wieder nach unten zu klettern.

»Es war eine Schmach für die schwarzen Männer, denn Pretorius hatte nur 464 Männer, die Zulus zählten an die 10.000 Krieger.«

Linda hörte Pauls Stimme, ohne seinen Worten zu folgen. Zu sehr konzentrierte sie sich auf den Abgrund, der sich unter ihr auftat und auf die Leiter, die mit einem Mal zu schwanken schien, sich hin und her bewegte und ihr fast schwindelig werden ließ.

»Glauben Sie nicht, dass es gerecht ist, wenn sich die Schwarzen endlich rächen, nach über 150 Jahren?«

Sie überhörte seine Frage, versuchte, mit ihren

schwitzenden Händen Halt auf dem morschen Holz der Sprossen zu finden und mit ihren glatten Sohlen nicht abzurutschen. Mehr und mehr kam die Leiter ins Schlingern und Trudeln und als sie mit einem Aufschrei nach oben sah, bemerkte sie Dhlomo, der sich über den Felsen gebeugt und die Seile der Leiter mit beiden Händen ergriffen hatte.

»Sie haben leider Pech, meine Liebe. Sie werden diesen Triumph nicht mehr erleben. Man wird Sie dort unten finden, abgestürzt, tot. Man wird den Kopf schütteln und sagen, warum müssen diese unvernünftigen Touristen mit Sandalen an den Füßen eine Klettertour wagen. Und in der Zeitung wird man morgen lesen: Tod einer deutschen Journalistin überschattet WM in Südafrika! Und für Ihre Freundin lasse ich mir auch noch etwas Nettes einfallen!«

Paul Dhlomo stand direkt über ihr, den Oberkörper über den Felsvorsprung gebeugt, und bewegte mit übermenschlichen Kräften die Leiter hin und her. Sie hörte ihn lachen. Höhnisch, laut, grell. Das Lachen eines Siegers.

Linda wurde gegen die Felswand geschleudert und blutete an beiden Händen. Sie erblickte das Messer, das in seiner rechten Hand aufblitzte und sah mit vor Entsetzen geweiteten Augen, wie die Klinge eines der beiden Seile zerfetzte. Die Leiter kam aus dem Gleichgewicht, das durchtrennte Seil trudelte ins Freie und sie hing frei schwebend über dem gähnenden Abgrund. Nur das zweite Seil gab der Leiter noch Halt, doch schon hatte Dhlomo die Klinge angesetzt.

Plötzlich hallte ein Schrei zwischen den Wänden und das Echo trieb ihn schaurig wieder zurück. »Yongaaama! – …ongaaama! – …aaama!«

Paul Dhlomo erschauderte, als er seinen einstigen Kampfnamen hörte, sein Kopf fuhr nach oben, die Klinge hörte zu schneiden auf und er versuchte, den Rufenden zu entdecken.

»Ja, sieh mich an!«, hallte es zu ihm herüber und er sah den Mann drüben auf dem gegenüberliegenden Felsen stehen. »Erinnerst du dich an mich?«, schrie er. »Hier, sieh her, vielleicht erinnerst du dich dann?« Mit einem Ruck hatte er sich die seltsam bunte Wollmütze vom Kopf gerissen und Paul Dhlomo erkannte, dass der Mann keine Haare und keine Ohren hatte. Bilder aus der Vergangenheit tanzten vor seinen Augen.

Er hörte das Zischen des Streichholzes, roch das Benzin und fühlte die Hitze, die von dem brennenden Gummi ausging. Er hörte den Jungen kreischen, dem er diese Schmerzen zufügte und sah, wie sich die schwarze, heiße Reifenmasse wie glühende Lava in seine Haut fraß.

Als er daran dachte, krachte der Schuss und Paul Dhlomo stürzte, mit einem kleinen runden Einschussloch in der Stirn, tot in den Abgrund.

Linda hörte den dumpfen Aufprall des Körpers, als die Leiche unten auf die Felsen schlug.

Karins Schrei gellte zu ihr herauf.

Zur selben Zeit, 24 Kilometer nordöstlich, Oliviershoek Pass

uThembani Mthetwa hatte Kroonstad am frühen Morgen verlassen. Er musste unbedingt vor Harrismith nach Süden in den Royal Natal Nationalpark abbiegen, um Paul Dhlomo so schnell wie möglich davon zu unterrichten, welcher Lüge sie alle aufgesessen waren.

Der Zulu war gerade von der R712 Richtung Oliviershoek Pass abgebogen, als er im Rückspiegel das Motorrad bemerkte, das sich ihm mit großer Geschwindigkeit näherte.

Die Maschine fuhr dicht auf ihn auf, obwohl er schon fast 150 Stundenkilometer draufhatte. Mthetwa fuhr nach der nächsten Kurve bewusst langsam, um dem Drängler noch vor Erreichen des Passes Gelegenheit zum Überholen zu geben. Tatsächlich schob sich das Bike an ihm vorbei, scherte jedoch knapp vor ihm wieder ein und bremste scharf ab.

Mthetwas Fuß trat das Bremspedal durch, um einen Auffahrunfall zu vermeiden, und seine flache Hand schlug auf die Hupe. Der Motorradfahrer verringerte weiterhin sein Tempo, fuhr dabei aber so weit in der Straßenmitte, dass der Zulu keine Chance hatte, zu überholen. Dann ließ er die Maschine ausrollen, hob als Stoppzeichen die Hand, stellte sein Bike quer zur Straße und stieg ab.

Der Helm vermied, dass er die Gesichtszüge erkennen konnte, doch das wallende Gewand, das er statt Motorradkleidung trug, fiel Mthetwa sofort auf. Der Motorradfahrer näherte sich der Fahrertür und ehe der Zulu reagieren konnte, hatte er die Tür aufgerissen und ihn, der nicht angeschnallt war, am Kragen gepackt und aus dem Wagen gezerrt. Der Faustschlag traf ihn hart, er taumelte zurück und prallte gegen die Karosserie seines Wagens. Jetzt nahm der Angreifer seinen Helm ab und Mthetwa starrte in das bärtige Gesicht des Arabers.

»Paul sagt, du willst Rache?«, zischte Abdulrahman bin Hadid und schlug ihm erneut ins Gesicht. »Mein Volk kennt das Gesetz der Blutrache! Du hast einen Sohn der Bani Owaddin beleidigt und geschlagen. Hier hast du, was du verdienst!«

Wieder und wieder fuhr die Faust auf ihn nieder, der Zulu wand sich im Dreck und mobilisierte seine Kräfte. Als der Araber von ihm abließ, blieb er mit dem Gesicht im Staub liegen und rührte sich nicht. Seine Hand aber tastete vorsichtig nach seinem Gürtel und dem darin steckenden Griff des Zuluschwerts, das der berühmteste aller Zuluführer, Shaka, zur erfolgreichsten Waffe seines Heeres gemacht hatte.

Shakas harte Ausbildung war gefürchtet gewesen in seinem Regiment. Um ihre Füße zu härten, ließ er seine Soldaten barfuß auf spitzen Dornen tanzen, wer sich weigerte, dem wurde als Todesstrafe von Shakas Keulenträgern mit einer kräftigen Armbewegung der Kopf umgedreht oder der Schädel eingeschlagen. Die weitaus schmerzhaftere und langsamere Tötungsart war das Pfählen seiner Widersacher bei lebendigem Leib.

Mit Keulen wurden im Feuer gehärtete Bambusspieße in den Mastdarm der Verurteilten getrieben, danach ein Strick unter den Achseln durchgezogen und das Opfer auf einen Baum gezogen, wo es nach stundenlangem Todeskampf verendete. Shakas Schreckensherrschaft, die Mfecane, endete erst, als er durch die Hand seines Halbbruders Dingane starb. Doch das Kurzschwert, das er in die Zuluarmee eingeführt hatte, blieb bis zum heutigen Tag die Waffe seines Stammes.

»So, Zulu!«, flüsterte der Araber und beugte sich über den am Boden Liegenden, »jetzt werde ich dich reiten wie ein Kamel!« Er ließ sich auf den Zulu fallen und drückte ihm seine Knie auf den Rücken. Mthetwa keuchte und versuchte Luft zu holen, doch das Gewicht des Arabers lag auf ihm wie ein Mühlstein. Abdul begann zu schaukeln, mit den Knien zu wippen und schließlich mit seinem ganzen Gewicht auf und ab zu federn. Der Zulu spürte, wie seine Rippen sich bogen und ein keuchendes Grunzen entrang sich seiner Kehle.

Tugelaschlucht

Paul Dhlomo war tot.

Linda sah sich ängstlich nach dem Schützen um, der von den Felsen auf der anderen Seite des Tugela aus auf ihn gezielt hatte, blieb aber in Deckung. Es war ihr klar, dass sein Mörder nicht geschossen hatte, um ihr in der bedrohlichen Situation das Leben zu retten. Es sah viel mehr nach einer Hinrichtung aus. Sie schauderte, als sie das runde Loch in Paul Dhlomos Stirn vor sich sah. Die Sekunde hatte genügt, um das Bild in ihr Gedächtnis zu brennen. Mit einem Kopfschuss niedergestreckt wie Henning Fries.

Ein Zufall?

Sie war hastig und flink wie ein Gecko über die glatten Sprossen der schiefen Hängeleiter nach unten geklettert und am Fuß der Felswand hinter einen großen Steinbrocken gesunken, um kein leichtes Ziel abzugeben. Jetzt kam sie langsam wieder zu Atem und dachte an Karin. Wo steckte sie? Sie hatte auf der Sandbank im Fluss auf sie warten wollen, doch sie war verschwunden.

Vorsichtig spähte sie hinter dem Felsbrocken hervor, unsicher, ob der Täter auf sie wartete. Würde er sie als Zeugin beseitigen? Aber warum hatte er dann nicht gleich auf sie geschossen, solange sie noch wehrlos und als deutliches Ziel in der Leiter hing? Ihre Augen suchten die Umgebung nach Bewegungen ab. Im Wald, der sich über den felsigen Hängen jenseits der Tugelaschlucht erstreckte, bewegten sich nur die Äste der Bergfeigen leicht im Wind. Dicke Wolkentürme bauschten sich von Westen her auf, dort, wo der Wasserfall in die Schlucht stürzte, schien es zu regnen.

Linda richtete sich langsam auf, bereit, sich bei der geringsten Bewegung oder dem leisesten Geräusch blitzschnell auf den Boden zu werfen. Die grauen Wolken zogen jetzt langsam vor die Sonne und nahmen den Felsen ihr grelles Leuchten, bis auf das leise

Plätschern des Tugela, der glasklar über die runden Kiesel rauschte und den Ort täuschend friedlich erscheinen ließ, war nichts zu hören.

Sie sah auf ihr Handy. Kein Empfang. Wo war Karin?

Linda verließ in gebückter Haltung ihr Versteck und schlich durch das flache Wasser des Tugela hinüber zur Sandbank in der Flussmitte. Karins Fußspuren zeigten in Richtung Schlucht! Linda folgte den Abdrücken, bis sie am Ende der Sandbank im Wasser verschwanden. Sie nahm eine Bewegung am Eingang zur Schlucht wahr und verharrte. »Karin?«

Die Frau tauchte aus dem Schatten der Schlucht auf und blickte sich ängstlich um. »Ist er weg? Der Mann, der auf dich geschossen hat?«

Sie kam vorsichtig näher. »Ich weiß es nicht. Aber er hat nicht auf mich geschossen.«

»Ich hab dich doch gesehen, wie du in den Abgrund gestürzt bist!«

Karin starrte sie mit geöffnetem Mund an. »Er hat auf Paul Dhlomo geschossen. Da drüben liegt er. Er war es, den du gesehen hast.«

»Und ich dachte schon, du …«, stammelte Karin.

»Los komm!«, forderte Linda sie auf, »lass uns zusehen, dass wir hier wegkommen!«

Zögernd ließen Karins Hände die Felswand los, an die sie sich bisher gedrückt hatte und sie balancierte zitternd über die Steine, die aus dem Flussbett ragten. Linda streckte ihr den Arm entgegen, den Karin dankbar wie ein Rettungsseil ergriff und sich zu Linda herüberzog.

»Hast du den Kerl gesehen, der geschossen hat?«, fragte Linda.

Karin nickte. »Er stand dort oben, unter den Bäumen. Da, auf dem Felsvorsprung. Ich habe ihn sofort erkannt, obwohl er nach dem Schuss gleich weggetaucht ist.«

»Du hast ihn erkannt? Was soll das heißen?« Linda packte sie am Oberarm und sah ihr direkt in die Augen. Karin wich ihrem Blick aus.

»Er saß im selben Flugzeug wie ich. Neben mir.«

»Was? Auf dem Flug nach Südafrika?«

»Ja. Damals, als ich Henning besuchte. Er hat zusammen mit mir in Frankfurt eingecheckt.«

»Der war schon mal in Deutschland? Das heißt ja«, meinte Linda leise und nachdenklich, »er könnte auch jetzt wieder dort gewesen sein …«

»Wie meinst du das?« Karin schien auf einmal wieder gedanklich bei der Sache zu sein.

»Er könnte in Stuttgart gewesen sein und Henning erschossen haben«, flüsterte Linda.

»Aber … was bringt dich auf den Gedanken?«

»Die Art, wie er den Mann hier getötet hat …« Sie schwieg und kaute auf der Unterlippe, während ihr Blick an der Leiter hinaufwanderte, an deren unterem Ende, von hier aus nicht einsehbar, die zerschmetterte Leiche lag.

»Wurde der hier auch durch einen Kopfschuss …?«

Linda nickte. »Mitten in die Stirn.«

Das Geräusch polternder Felsbrocken schreckte sie auf. Dort oben, wo die Leiter an einem Seil hängend über die Felskante ragte, erschien die dunkle Gestalt eines Mannes, der sie mit funkelnden Augen fixierte. Der kahle, ohrenlose Schädel glänzte im Licht der letzten Sonnenstrahlen, die noch den Weg durch die Wolkendecke geschafft hatten, als er zu ihnen herüberwinkte.

»Das ist er!«, flüsterte Karin ehrfurchtsvoll, »der Mann aus dem Flugzeug!« Linda erschauderte bei dem Gedanken, dass dies der Mörder Hennings war, der sich jetzt, behände wie ein Mantelaffe in den Urwaldwipfeln am Mount Kenya, am intakten Seil der Hängeleiter nach unten gleiten ließ, seine Waffe über den Schultern.

»Wie – ist – er – dort – hin – auf – ge – kom – men?« Karins Worte kamen stockend. Linda packte sie mit beiden Armen, drehte sie in die andere Richtung und drängte sie über das Flussbett zurück in die Schlucht.

»Los, da hinein!«, zischte sie und wies auf die Spalte, aus der der Tugela gurgelnd ins Freie drängte. Da, in der Dunkelheit, ohne Spuren zu hinterlassen, konnten sie mit etwas Glück dem Mörder entkommen, der sich wahrscheinlich an ihre Fährten heften würde, um die beiden Zeuginnen zu beseitigen.

Bushman sah, als er die Talsohle erreicht hatte, die Frauen in der Felsenschlucht verschwinden. Er kannte den Weg des Tugela und wusste, dass die Schlucht keinen anderen Ausgang hatte. In ihrem Inneren wurde sie immer enger und das eiskalte Wasser immer tiefer, bis zu einem Punkt, wo es nicht mehr weiterging. Die Frauen mussten zurückkommen. Doch der Regen, der oben in der Geierregion des Amphitheaters schon eingesetzt hatte, würde den klaren Bach in wenigen Minuten zu einem tosenden Fluss anschwellen lassen und den beiden Frauen keine Chance lassen. Das Wasser würde sie für ihn erledigen.

Oliviershoek Pass

uThembani Mthetwa rang nach Luft. Das Gewicht des Arabers, der sich rittlings auf seinen Rücken gesetzt hatte, schnürte ihm die Atemwege ab und die Schmerzen drohten ihm die Lunge zu zerreißen.

Mit voller Wucht ließ sich das Muskelpaket immer wieder auf seinen Rücken krachen, ohne sich je ganz von ihm zu erheben. Mthetwa hatte, so wie Abdul mit seinen Knien seine Oberarme auf den Boden presste und die rechte Hand des Arabers wie eine Eisenzange sein Genick umklammerte, keine Chance, sich aus eigener Kraft zu befreien. Zunge und Lippen waren voll Sand und Erde, Staub blockierte seine Atemwege, er schwitzte, spürte das Kratzen der feinen Gräser in seinen Augen und versuchte verzweifelt, mit einer Hand an das Schwert unter seinem Körper zu gelangen.

Doch sein eigenes Gewicht und das des Mannes verhinderten, dass er den Griff frei bekam. Seine Finger krallten sich in das Gras.

Das Wasser stieg nicht allmählich an. Es kam wie ein brauner Minitsunami durch die Schlucht gewalzt und schob fassdicke Baumstämme und Wurzeln vor sich her.

»Hörst du das?«, hatte Karin noch vor einer Minute gefragt, nachdem sie sich Meter um Meter in die immer enger werdende Schlucht vorgewagt hatten, stets in der Hoffnung, einen Seitencanyon zu entdecken, der ihnen ein Entkommen ermöglichte. Doch das Wasser war immer tiefer geworden, reichte Linda schon längst bis zur Gürtelschnalle, und die Kälte des Gebirgsbachs machte ihnen zu schaffen. Irgendwie schien er reißender geworden zu sein, ob das nur an der Enge seines Betts lag? Nachdem sie den ersten Donner wahrgenommen hatte, hatte Linda angsterfüllt nach oben gesehen, wo durch einen schmalen Spalt Licht eindrang, und man einen grauen, wolkenverhangenen Himmel erahnen konnte.

Jetzt, da auch Karin den Donnerschlag gehört hatte, schrie Linda panisch: »Wir müssen zurück! Los schnell, komm!«

Wurde das Geräusch des in der schmalen Schlucht rauschenden Wassers lauter? Linda hatte vor Jahren bei einer Reise durch die Canyonlands in Amerika einen Gebirgsbach erlebt, der nach Regenfällen in den Bergen in Minutenschnelle zu einem reißenden, alles umwälzenden Fluss angeschwollen war. Sie selbst hatten auf ihren Campingstühlen im klaren Wasser gesessen, um die Füße zu kühlen, als die Ranger alle Leute aus dem Wasser geholt hatten. Drei Minuten später hatte eine braungraue Wasserwalze alles mitgerissen, was nicht tiefe Wurzeln besaß oder tonnenschwer war. Für ein Dutzend Wanderer in einer Schlucht oberhalb des Campingplatzes war jede Hilfe zu spät gekommen. Ihre Leichen hatte man Tage später am Ufer des wieder ruhig dahinplätschernden Baches gefunden.

Daran dachte Linda, während sie händeringend nach einem Ausweg suchte. Das Rauschen des Wassers schwoll fortwährend an, der ferne Donner der tosenden Flut kam unaufhörlich näher. Selbst wenn sie rannten, konnten sie den Ausgang der Schlucht unmöglich vor der Wasserwalze erreichen.

Lindas Blick erfasste einen kleinen Felsvorsprung, gerade breit genug für zwei Menschen, etwa einen Meter über ihren Köpfen. Doch wie dort hinauf gelangen? Sie erinnerte sich an die Kletterspiele aus ihrer Kinderzeit. In ihrer schwäbischen Heimat hatten sie es ›Spitzbubenleiterle‹ genannt. Sie legte beide Hände wie betend mit gefalteten Fingern ineinander und hielt die gerade nach unten ausgestreckten Arme vor sich unter die Wasseroberfläche.

»Los, steig auf meine Hände«, wies sie Karin an, die vor Kälte zitterte, »und zieh dich rauf.« Sie deutete mit ihrem Blick auf den Felsvorsprung. Karin trat mit einem Fuß in Lindas Steighilfe, hielt sich an ihren Schultern fest, stieß sich mit dem anderen Bein ab. Das war wegen des Wassers, das ihr bis zu den Hüften reichte, nicht leicht, aber der zweite Versuch gelang.

Gerade noch erreichte sie mit ihren Händen den Felsen und stemmte sich keuchend nach oben. Ein Knie folgte, dann hatte sie genügend Halt, um sich auf das kleine Plateau zu ziehen. Sie sah nach unten, wo Linda noch immer im Wasser stand.

»Hilf mir hoch, reich mir deine Hand!«, schrie Linda und kämpfte mit ihrer Stimme gegen den Lärm des Wassers an. Karin kauerte sich auf den Boden des Felsvorsprungs und streckte ihre Hand nach unten. Linda suchte sich den größten Stein unter ihren Füßen, stieg hinauf und reckte sich nach oben. 20 Zentimeter fehlten!

Jetzt brach die Wasserfront tosend durch die Klamm, schob große Holzstücke, ja halbe Bäume als Fracht vor sich her, die sich zwischen den engen Felswänden verkeilten, überschwemmt wurden und wieder fortgerissen von der Kraft der Wassermassen. Linda riss die Augen auf, als sie die Wasserwalze heranfluten sah. Ein dicker Ast jagte auf sie zu, sich ständig in den Strudeln um die eigene Achse drehend. Einen Meter vor ihr hing er plötzlich fest und bog sich unter der Macht des reißenden Wassers.

Linda stemmte einen Fuß auf den verkeilten Ast, fühlte, dass er standhielt und sprang wie ein Reckturner nach oben. Ihre Hände flogen über die Felskante und klammerten sich fest. Der Ast gab nach, als sie ihren Fuß abdrückte, und wurde von der Wassermasse mitgenommen. Wie eine gewaltige schwarze Wand raste die Hochwasserwelle auf sie zu, über einen Meter höher als der bisherige Wasserspiegel des Tugela.

Sie schaffte es gerade noch, ihre Beine über den Felsvorsprung zu ziehen und sich an Karin festzuklammern, als das Rauschen und Rasen des donnernden Wassers an ihnen vorbeitoste.

Oliviershoek Pass

Mthetwas Finger fühlten die harte Oberfläche des Steins, der aus dem grasigen Boden hervorragte. Seine Fingerspitzen kratzen die Kanten frei, schabten Boden und Graswurzeln weg und gruben sich in die trockene Erde, bis er den faustgroßen Brocken mit seiner Hand umschlossen hielt.

Er wartete, bis sich der Araber wieder erhob, um sich erneut mit seiner ganzen Kraft auf ihn fallen zu lassen, dann wühlte er den Arm unter seinem Körper hervor und zertrümmerte mit dem Stein die Kniescheibe seines Gegners wie zerberstendes Glas.

Der Araber jaulte auf vor Schmerz, sein Opfer nutzte die Schrecksekunde, um an den Griff des Schwerts zu gelangen, zog es unter seinem Leib hervor und schwang es so, dass es dem Araber den Oberarm fast komplett durchtrennte. Abdul schrie auf und sackte in sich zusammen, hellrotes Blut färbte den Sand zwischen den Grashalmen dunkelbraun. Der Zulu richtete sich auf und wälzte den schweren Körper Abduls, der auf ihm gelandet war, von sich herab. »Jetzt sollst du büßen, du Schwein!«, schrie uThembani Mthetwa.

Ein zweiter Hieb seiner furchtbaren Waffe trennte dem Araber den Arm vom Rumpf. Jaulend wie ein Hund zappelte er im Sand, kreischend fand sein Schmerz den Weg aus seinem Körper, seine Füße stampften ins Leere, der heile Arm schlug wild um sich, doch der Zulu stand ohne sichtbare Regung auf.

Zu viele Menschen hatte er schon sterben sehen. Er dachte an die Pfähle, die Shaka seinen Feinden noch im Angesicht ihres Todes ins Gedärm getrieben hatte.

Er sah sich um. Der wie ein Speer geformte Ast, der dort am Boden lag, kam ihm für seinen Zweck wie gerufen. Er ignorierte die flehenden Augen seines Gegners und versah Minuten später seinen Schwertgriff mit einer weiteren Kerbe.

Den Rest würden die Hyänen erledigen.

Tugelaschlucht

»Verdammt, wir müssen hier raus!«, schrie Linda und versuchte, den Lärm des Wassers zu übertönen. Der Gedanke, hier in der Tugelaschlucht festzusitzen und nicht verhindern zu können, dass auf den Skywalk des Stadions Durban ein Anschlag verübt werden sollte, machte sie verrückt. Sie hatte den Eindruck, dass der Pegel des Wassers schon wieder sank, und doch schien es ihr zu riskant, von dem rettenden Felsvorsprung ins Flussbett zu springen und sich mit dem Wasser aus der Höhle treiben zu lassen. Der Gedanke war ihr vor wenigen Minuten gekommen, als ein dicht belaubter Busch an ihnen vorübergetrieben war. Wie groß war die Chance, auf diese Weise getarnt an dem Mann vorbeizukommen, der vielleicht noch immer am Eingang zur Schlucht auf sie wartete?

Linda war eine gute Schwimmerin, sogar Taucherin mit internationalem Brevet, doch selbst ein Tauchgang im kalten dunklen Bodensee war nicht zu vergleichen mit einem Sprung in das eiskalte reißende Wildwasser des Tugela.

Sie warteten weiter.

Durban

Raghunandan Rajah saß vor seinem PC und ließ die Bilder auf dem Arbeitsschirm tanzen. Klickklickklick machte die Maus, als er eines nach dem anderen öffnete und plötzlich innehielt.

Das faltige Truthahngesicht leuchtete ihm entgegen, zehn Jahr jünger vielleicht, Hautlappen und Tränensäcke etwas weniger stark ausgeprägt und teilweise im Schatten der Mütze verborgen, wie sie die Aufseher des Gefängnisses von Kroonstad zu jener Zeit trugen.

Der Zulu hatte sich also nicht geirrt! Kalkoen war nicht der Mann, der er zu sein vorgab. Er war in Wirklichkeit einer der übelsten Rassisten, der seit dem Ende der Apartheid nicht mehr aufzufinden war. Wenn es Mthetwa gelungen war, die Hintergründe dieses Verschwindens aufzudecken, hatten sie Kalkoen in der Hand.

Raghunandan Rajah fuhr herum, als er das kalte Metall an seiner Schläfe spürte. Er war zu sehr in den Anblick der Bilder vertieft gewesen, um den Luftzug zu spüren, als die Tür sich geräuschlos geöffnet hatte und der Mann hinter ihn getreten war.

»Das war's dann, Rajah! Du hast genug geschnüffelt!«, fauchte Kalkoen und der Inder wagte nicht, sich umzudrehen.

»Du solltest nicht abdrücken, Kalkoen. Aus zwei Gründen.« Der Inder hatte beschlossen zu pokern. »Es ist mir egal, wer du in Wirklichkeit bist. Solang ich lebe, kann ich schweigen. Aber wenn ich tot bin, wird die Welt die Wahrheit erfahren.« Er verstummte, um seine Worte wirken zu lassen. Der andere rührte sich nicht.

»Wie meinst du das?«, fragte Kalkoen schließlich.

»Ganz einfach: eine Frage der Programmierung.« Raghu deutete auf den PC. »Ich bin nicht naiv. Die Wahrheit über dich ist so hinterlegt, dass sie morgen automatisch veröffentlicht wird.« Er machte eine bedeutungsvolle Pause. »Und nur ich allein kann das verhindern. Das ist der eine Grund.«

»Und der andere?«

»Die Bombe.«

»Was ist damit?«

»Nun, der Araber hat sie eingebaut. Und du wirst sie zünden.« Er machte eine Pause und betonte jedes

Wort: »Mit der notwendigen Verzögerung, die dir erlauben wird, das Stadion vor der Explosion rechtzeitig zu verlassen. So habe ich es geplant. Wenn du verstehst, was ich meine!«

Kalkoen nickte. Er hatte verstanden.

»Die Bomben sind meine Lebensversicherung«, erklärte der Inder trotzdem. »Ich bin kein Anfänger. Wenn du mich erschießt, kann verdammt viel schiefgehen. Vielleicht schaffst du es dann nicht mehr lebendig aus dem Stadion, weil die Zündung zu früh erfolgt?«

»Und woher weiß ich, dass du nicht bluffst?«

»Das ist dein Risiko. Erschieß mich, und du wirst es herausfinden.«

Kalkoen zischte wütend, steckte die Pistole ein und verließ den Raum.

Raghunandan Rajah holte Luft und wandte sich wieder seinem Rechner zu. Es war an der Zeit, die Zündung vorzubereiten. So wie er es geplant hatte.

Tugelaschlucht

Der Weiße, der sich in einem Jeep dem Canyon näherte, trug Safarikleidung und auf seinem Kopf saß eine Legionärsmütze, die bei Sonne das Dreitagebartgesicht beschattete. Alan Scott war mit Jeff van Rossen mehrmals zum Wandern im Royal Natal Nationalpark gewesen und kannte den Weg zur Tugelaschlucht.

Er hatte Lindas erste SMS am Vortag gelesen und sich sofort auf den Weg gemacht. In ihrer zweiten Mitteilung hatte ihm Linda am Morgen das Ziel ihrer Wanderung mitgeteilt. Mit dem Jeep befuhr er routiniert den schmalen Pfad und war nur einmal irritiert stehen geblieben, als er geglaubt hatte, einen Schuss zu hören.

Auch jetzt verharrte er und lauschte. Das Rauschen des Wassers war lauter geworden, nahm zu. Vor ihm, wo die Felsen sich teilten, lag der Eingang zur Schlucht. Dorthin wollte Linda mit diesem Paul Dhlomo wandern.

Wirre Gedanken waren ihm durch den Kopf gegangen, seit er Olifants Goud verlassen hatte. Er hatte diesen seltsamen Arzt zum Flughafen nach Nelspruit gebracht, und sich überlegt, ebenfalls von dort über Johannesburg nach Durban zu fliegen. Dann, nachdem er von Lindas SMS über ihre Reisepläne informiert worden war, hatte er kurzfristig einen Flug nach Pietermaritzburg gebucht, von wo aus es nur halb so weit bis in die Drakensberge war.

Die Information, die er von Jeff van Rossen, dem Besitzer von Olifants Goud bekommen hatte, war besorgniserregend gewesen und er wusste, dass es wichtig war, Linda so schnell wie möglich zu erreichen.

Das Rauschen des Wassers war zu einem mächtigen Tosen angestiegen und nach der letzten Wegbiegung stand er dem reißenden Wildwasser des Hochwasser führenden Tugela gegenüber. Eine Minute später befand er sich am Eingang des Canyons. Von

Linda, ihrer Freundin und dem Mann, mit dem sie sich getroffen hatte, fehlte jede Spur.

Oliviershoek Pass

Mthetwa hatte nicht mehr die Zeit, Paul Dhlomo in den Drakensbergen aufzusuchen und ihm die Wahrheit über den Mann zu verraten, dem sie alle blind vertraut hatten. Von wegen, Kalkoen hatte mit dem ANC sympathisiert und war dafür sogar ins Gefängnis gewandert. Alles Lüge! Ebenso die Geschichte von seiner Freundin, dem Zulumädchen.

Was stimmte, war die Tatsache, dass er sich in Kroonstad aufgehalten hatte, allerdings nicht als Gefangener, sondern als einer der brutalsten und am meisten gehassten Aufseher. Mthetwa hatte die Fotos gesehen und das Gesicht erkannt. Kalkoen hieß damals Andries van Wyk und hatte unter den Gefangenen den Ruf eines Sadisten und Folterknechts.

Als die Apartheid kurz vor ihrem Ende gestanden war, hatte sich Andries van Wyk Gedanken über seine Zukunft gemacht und richtig kalkuliert, dass er eine neue Identität brauchte, um in einer Politik zu überleben, in der ehemalige Gefangene zu Helden und sogar zu Präsidenten wurden.

Also vertauschte er in den Tagen, als die politischen Häftlinge ihre Freiheit erlangten, seine Rolle mit der eines Gefangenen. Er half etwas nach, damit ein lebenslänglich Verurteilter namens Gys de Kock in jenen Tagen das Zeitliche segnete und sorgte dafür, dass sich niemand um die Leiche kümmerte. Van Wyk schaffte den Toten bei Nacht aus dem Gefängnis, verbrannte ihn zwischen den Müllbergen am Rand der Stadt und nahm die Identität de Kocks ein.

Niemand nahm Notiz davon, dass der Gefängnisaufseher Andries van Wyk von einem Tag auf den nächsten verschwunden war, zu viele hatten sich aus dem Staub gemacht, als sie die Zukunft der Apartheid untergehen sahen. Erst recht niemand vermutete in dem gebeugten, stinkenden, unrasierten Gefangenen Gys de Kock den sadistischen Aufseher von Kroonstad. Andries van Wyk verschwand von der Bildfläche, sobald er das Gefängnistor hinter sich gelassen hatte, und begann unter dem Namen Gys de Kock ein neues Leben.

Als ehemaliger politischer Gefangener mit weißer Hautfarbe hatte er es bald geschafft, das Vertrauen der neuen schwarzen Elite zu erlangen und sich in die Kreise der Politiker um Nelson Mandela zu schmuggeln. Seine Fähigkeiten als Manager brachten ihm immer mehr Posten und wichtige gesellschaftliche Stellungen ein, unter anderem die des stellvertretenden Lead Construction Inspectors beim Stadionbau in Durban.

Nie hatte jemand an der Identität Gys de Kocks gezweifelt. Niemand außer uThembani Mthetwa. Und er hatte noch mehr herausgefunden, nachdem er die richtige Fährte aufgenommen hatte: Gys de Kock war, bevor er nach Durban gekommen war, einer der engsten Vertrauten von General Boer in Orania. Der war einer der ehemaligen Befehlshaber in der südafrikanischen Armee und hatte vor über zehn Jahren die ›Weiße Volksfront‹ für einen nationalen ›Afrikaanderstaat‹ ins Leben gerufen.

Eines stand für Mthetwa daher außer Zweifel: dieser Gys de Kock, den sie alle Kalkoen – *Truthahn* – nannten, und der vorgab, aus Rache gegen die Weißen zu kämpfen, stand nie und nimmer auf der Seite der Schwarzen. Wenn er als Drahtzieher eines Anschlags in Erscheinung trat, zündete dieser Mann die Bomben niemals gegen seine eigene Rasse, sondern gegen die Rasse Mthetwas.

Der Zulu ließ die Leiche Abduls im Dreck liegen und machte sich auf den Weg nach Durban.

Tugelaschlucht

»Linda?«

Sie erkannte Alans Stimme trotz des Wassers, dessen Tosen zwar zurückgegangen war, aber zwischen den Wänden der Schlucht immer noch heftig und laut rauschte. Auch der Pegel war gefallen und sie hatte sich schon vor Minuten entschlossen, in das Bett zu springen und sich vor die Höhle treiben zu lassen. Doch Karin hatte sich mit Händen und Füßen gewehrt.

»Der knallt uns da draußen ab!«, hatte sie geschrien, »der wartet nur darauf, dass wir auftauchen.«

Linda hatte sich gerade entschieden, den Ausbruch

allein zu versuchen, als sie jemanden ihren Namen rufen hörte.

»Alaan!«, schrie sie zurück, so laut sie konnte, aber das Rauschen des Tugela schien ihre Stimme zu verschlucken.

»Und wenn es gar nicht Alan ist?«, zweifelte Karin. »Oder wenn es eine Falle ist? Vielleicht hat der Kerl Alan in seine Gewalt gebracht und zwingt ihn, dich zu rufen?«

Doch Linda schüttelte den Kopf. Sie hatte Alans Stimme erkannt und war sich sicher, dass er da draußen auf sie wartete, und nicht rufen würde, wenn man ihn dazu zwänge.

»Pass auf!«, flüsterte sie Karin zu, »ich lass mich da hinaustreiben und wenn du deinen Namen rufen hörst, und zwar Vor- und Zunamen, ist alles okay und du kannst nachkommen. Verstanden?«

Karin nickte und half Linda, von dem Felsvorsprung in das kalte Wasser zu klettern. Linda wartete, bis ein meterlanges Holzstück vorüber trieb, hängte sich an und ließ sich von der Strömung des zwar noch schnell fließenden, aber nicht mehr ungestümen oder gar gefährlichen Flusses ergreifen.

Nach einigen Minuten, in denen das eisige Wasser ihre Kleidung durchdrang und sie bis auf die Haut durchnässte, sah sie den Ausgang der Schlucht und tauchte, so gut es ging, unter. Die Gestalt, deren Schattenriss sie dort entdeckte, war nicht die des Mannes, der auf Paul Dhlomo geschossen hatte. Sie tauchte wieder auf und schrie, so laut sie es im kalten Wasser treibend konnte: »Alaaan!«

Alan Scott, der die Umgebung nach Linda und Karin abgesucht und dabei die Leiche Paul Dhlomos gefunden hatte, sah den Körper einer Frau im Wasser treiben und sprang in den Fluss, der hier, unbeengt von den schmalen Wänden der Schlucht, langsamer floss und die ungebändigte Kraft des Hochwassers schon wieder eingebüßt hatte. Nur Geröll und Schlamm, entwurzelte Sträucher und niedergewälzte Vegetation zeugten noch von der Wasserkraft, die hier vor wenigen Minuten geherrscht hatte.

Alans starker Arm umfasste Lindas Hand und zog sie zu sich heran, dann packte er sie mit beiden Händen und riss sie aus der tiefen Flussmitte in den flacheren Bereich. Linda kam unsanft auf die Beine und taumelte, von Alan gestützt, ans rettende Ufer.

»Alles in Ordnung mit dir?« Besorgt streichelte er ihr nasses Gesicht.

Linda nickte vor Kälte schlotternd und gab ihm einen zittrigen Kuss auf die Wange. Sie waren im Streit auseinandergegangen, doch das schien Lichtjahre her zu sein. Sie lag in den Armen des Mannes, den sie liebte, und nur das schien in diesem Augenblick zu zählen. Er erwiderte den Kuss und sie genoss das vertraute Gefühl, ließ es nicht zu, dass diese Berührung endete und vergrub ihre nassen Finger in seinen Haaren.

Heulend vor Glück und bibbernd vor Kälte wärmte sie sich an ihm und dachte erst nach einigen Minuten daran, Karin das vereinbarte Zeichen zu geben.

»Bist du einem Mann begegnet, einem Einheimischen, ohne Ohren?«

»Nein«, antwortete Alan, »aber ich habe eine Leiche gefunden, dort drüben, am Fuß einer Kletterleiter.«

Linda nickte. »Das ist Paul Dhlomo. Ich erzähle dir gleich alles. Karin ist noch in der Schlucht.«

Sie riefen beide, damit es besser zu hören war, wie verabredet Karins Vor- und Zunamen und einige Minuten später lag auch sie erschöpft und frierend auf der verschlammten Sandbank am Ufer des Tugela.

Alan suchte, während sich die Frauen im Jeep in Wolldecken wickelten und aufwärmten, nach Spuren von Paul Dhlomos Mörder, doch das Einzige, was er einige Meter flussabwärts am Ufer in einem Dornbusch fand, war eine Wollmütze.

»Hast du eigentlich etwas über diesen Goldbäck herausgefunden?«, fragte Alan, als sie sich auf den Rückweg machten.

»Nein. Ich hatte noch keine Gelegenheit, mit Babs zu telefonieren. Aber etwas anderes hat sich geklärt. Die kryptische SMS, weißt du noch: *Hoffnung = Sub Africa. Oel?*« Alan nickte. »Sie stammte von Leo Merheim. Wir wollten ihn in Kapstadt aufsuchen, jedoch war er da bereits tot. Ich vermute, dass er genau wie Henning Fries sterben musste, weil er zu viel wusste. Nur der Inhalt dieser SMS ist mir nach wie vor ein Rätsel.«

»Vielleicht kann ich dir weiterhelfen. Ich habe Jeff van Rossen gebeten, sich die Worte mal durch den Kopf gehen zu lassen. Er hat sie mir auf Afrikaans und Zulu übersetzt. Eines ist mir aufgefallen. Du hast mir die Namen einiger Leute von der Stadionbaustelle genannt. Einer davon war uThembani, richtig?«

»Ja«, bestätigte Linda, »uThembani Mthetwa. Der Sicherheitsingenieur. Was ist mit ihm?«

»Nun«, dehnte Alan und betonte jedes Wort, »sein Name. uThembani bedeutet Hoffnung!«

»Nein!«, entfuhr es Linda. *uThembani = Sub Africa!* »Wir müssen sehen, dass wir nach Durban kommen. Um halb neun ist das Spiel. Wenn der Sicherheitsingenieur Mitglied bei ›Sub Africa‹ ist, muss er aufgehalten werden.« Sie zerrte ihr Handy aus der Tasche. »Mist! Nass. Reagiert nicht. Hast du deines?«

»Ja, aber wen willst du anrufen?«

»Die Polizei!«

Moses-Mabhida-Stadion, Durban

Das Spiel der Deutschen Nationalmannschaft im Moses-Mabhida-Stadion hatte begonnen. Die Vuvuzelas der Fußballfans röhrten unter dem gigantischen Membrandach, als die Trillerpfeife des Schiedsrichters ertönte und der Anstoß unter dem Scheitelpunkt des Skywalk erfolgte.

»Wir schaffen es nicht mehr rechtzeitig!« Linda war verzweifelt.

Sie hatte versucht, die Polizei zu informieren. Der genervte Beamte, der den Notruf entgegengenommen hatte, war offensichtlich überfordert oder hatte ihren Anruf für einen Scherz gehalten. Jedenfalls hatte er sich nicht so angehört, als ob er etwas unternehmen wollte.

Wieder und wieder wählte Linda auf Alans Handy die Nummer von Constabler John Chuene, dessen Karte Karin in ihrer Tasche gefunden hatte. Doch was konnte der Constabler aus Capetown bewirken? Würde er ihren Verdacht ernst nehmen?

»Wie weit noch?«

»Zehn Kilometer.«

Für uThembani Mthetwa war es kein Problem, in den VIP-Bereich zu gelangen. Zum einen kannte er seit der ersten Bauphase alle Wege in dem monströsen Bauwerk, zum anderen sicherten ihm seine schwarze Uniform und der Zugangscode in seinem Ausweis als Sicherheitsingenieur des Stadions Zutritt zu allen Bereichen.

Die anderen Wachleute und Sicherheitskräfte kannten ihn und nickten ihm freundlich zu, als er kurz nach dem Anpfiff mit schnellen Schritten über die Treppen der Haupttribüne nach oben eilte.

»Wir kommen zu spät. Los, fahr schneller!« Linda versuchte ihre Hysterie zu unterdrücken. Ihr Handy vibrierte. Rauschen, Störgeräusche. Plötzlich war John Chuene in der Leitung.

Schneller, als sie es ihm zugetraut hatte, verstand er, was sie sagte. Er erinnerte sich an ihre Begegnung im Hause Merheims und versprach, ihren Verdacht sofort an die Kollegen vor Ort in Durban weiterzugeben.

uThembani Mthetwa durchkämmte mit raschen Schritten die VIP-Lounges und suchte mit zu Sehschlitzen verengten Augen nach dem Mann, der in genau drei Minuten die Detonation auslösen würde. Die Bomben tickten.

Linda schaltete das Autoradio ein. Das Dröhnen der Vuvuzelas übertönte fast die Stimme des Reportes. Das Spiel wurde live übertragen.

Kopfball von Ballack. Tor! Deutschland lag mit 1:0 in Führung, zehn Minuten vor Ende der ersten Halbzeit.

Karin hatte den Stadtplan auf dem Schoß und dirigierte Alan über die R102 Richtung Stadion. Linda fluchte, als sich der Verkehr am Natal Technikon staute.

Der Unparteiische hatte soeben Freistoß für die Deutschen gegeben.

uThembani Mthetwa sah die beiden Polizisten in der Tür zum VIP-Bereich auftauchen und wusste sofort, dass sie hinter ihm her waren. Im selben Augenblick entdeckte er Kalkoen, der sich, das Handy in der Hand, nach hinten abgesetzt hatte. Die Polizisten hatten ihre Funkgeräte im Einsatz und gaben irgendwelche Kommandos weiter, während sie ihn nicht aus den Augen ließen.

Kurz darauf tauchten vier weitere Beamte des SAPS auf.

Er sah auf die Uhr.

Kalkoen war noch 20 Schritte entfernt.

Mthetwa wurde unsanft am linken Arm gepackt. »Kommen Sie mit und machen Sie kein Aufsehen. Ihre Waffe!«, schrie der Corporal gegen den Lärm der lautstarken Vuvuzelas an.

Mthetwa tat erstaunt, händigte dem Polizisten aber seine Dienstpistole aus.

»Ihr Handy, los!«

»Ich habe es in meiner Tasche gelassen. Da vorne, auf dem Sitz«, log er und bewegte sich ein paar Schritte auf Kalkoen zu.

»Lassen Sie das! Welche Tasche?«

»Da vorne.« Er zeigte willkürlich auf einen schwarzen Aktenkoffer, der unter einem Stuhl lag.

»Was ist, wenn er da die Bombe drin hat?«, hörte er den Corporal unsicher flüstern.

»Sie machen einen Fehler, verdammt!«, versicherte Mthetwa, »ich war als Sicherheitsingenieur während des Baus hier im Stadion verantwortlich. Nehmen Sie diesen Mann fest!«

»Wen?«

»Hier den Weißen mit dem Handy in der Hand. Los, machen Sie schon!«

»Das ist der Construction Inspector des Stadions, was soll das?«

»Dann nehmen Sie eben uns beide fest! Es geht um Sekunden.«

uThembani Mthetwa fühlte, dass es keine Alternative mehr gab. Er musste alles auf eine Karte setzen. Mit seiner rechten Hand griff er sich an den Rücken, um sich zu kratzen. Er fühlte den Griff seines Schwerts, zog es unter dem schwarzen Hemd hervor, riss sich von den überrumpelten Polizeibeamten los, die zwar ihre Waffen zogen, aber nicht sofort zu schießen wagten.

Mit drei Sätzen stand der Zulu hinter Kalkoen, als dieser gerade konzentriert auf sein Handy starrte.

Die Straße war wieder frei und sie rasten über die Umgeni Road Richtung Stadion. Der Skywalk ragte wie die Wirbelsäule eines Brontosaurus in den Himmel.

Ballbesitz der Deutschen. Pass von Schweinsteiger.

Noch zwei Minuten bis zur Zündung. Kalkoen schmunzelte.

Alan brachte den Wagen mit einer Vollbremsung direkt vor dem Haupttor des Stadions zum Stehen. Bewaffnete Polizisten und uniformierte Securityleute bewachten die Zugänge, ein Beamter des SAPS kam mit grimmigem Blick auf sie zu und brüllte Alan an, er könne hier nicht halten.

Podolski hatte freies Schussfeld und zog durch.

Noch eine Minute.

Linda stieß die Beifahrertür auf und rannte auf den Eingang zu.

Tor!

Ein schwarzgekleideter Bodybuildertyp versperrte ihr den Weg.

2:0 für Deutschland!

Noch 30 Sekunden.

Deutschland war erneut im Ballbesitz, als der Zeitpunkt kam, die Zündung auszulösen.

Die Finger des Bodybuilders schlossen sich wie Eisenklammern um ihre Handgelenke, als sie sich an ihm vorbei zu drängeln versuchte und laut »Help! Emergency!« rief. Wut und Verzweiflung übermannten sie, als sie erkannte, dass sie keine Chance hatte, die Katastrophe aufzuhalten.

Als der weiße Daumen auf die Taste drücken wollte, fuhr Mthetwas Schwert durch die Luft und durchtrennte Kalkoens Handgelenk.

Scheppernd landete das Handy auf dem Boden.

Das Spiel endete mit einem Sieg Deutschlands.

Freitag, 18. Juni 2010, Flughafen Durban

Linda hatte sich am Flughafen von Alan Scott verabschiedet, der noch ein paar Tage auf Olifants Goud bleiben und danach in einer Erbschaftsangelegenheit nach Namibia reisen wollte. Ob und wann er nach Deutschland zurückkehren würde, wusste sie nicht.

»Wir haben doch alle Zeit der Welt«, hatte er auf ihre Frage geantwortet. Das Lied von Louis Armstrong aus dem James-Bond-Film ›Im Geheimdienst ihrer Majestät‹ war ihr in den Sinn gekommen. Ein Film ohne Happy End, daran erinnerte sie sich. Und das letzte Lied von Satchmo.

Alan hatte sie noch einmal geküsst, bevor sie zum Abflugterminal gegangen war. Als sie sich ein letztes Mal umdrehte, war er verschwunden.

Jetzt saß sie neben Karin Fleischer in der zwölften Reihe des Lufthansaflugs von Johannesburg nach Frankfurt. Karin starrte schweigend aus dem Fenster, als Linda fragte: »Hast du mir nicht noch etwas zu sagen?«

»Was meinst du?« Karins Blick war merkwürdig leer.

Linda zögerte und suchte nach den passenden Worten. »Mir ist im Laufe der letzten Tage einiges klar geworden«, begann sie vorsichtig. »Du wolltest Henning an Weihnachten in Südafrika besuchen und bist ziemlich deprimiert nach wenigen Tagen zurückgekehrt. Als er mit mir telefonierte, hat er deinen Besuch mit keinem Wort erwähnt. Das hat mich schon damals etwas gewundert.« Sie machte eine bedeutungsvolle Pause. »Ich kann mich erinnern, dass du gut geschossen hast. Warst immer die beste Schützin beim Vereinspokalschießen.«

Karin starrte nach wie vor ins Leere, doch ihre Mundwinkel zuckten nervös. Als sie weiter schwieg, fuhr Linda fort: »Was mich aber am meisten irritierte, war, dass du wusstest, wie Henning erschossen wurde. Der Kopfschuss war eine Tatsache, die die Polizei geheim halten wollte. Ermittlungstaktik, sagte der Kommissar.« Erneut eine Pause, und dann betonte Linda jedes Wort: »Ich kann es nicht beweisen, Karin. Aber ich weiß, dass du es warst, die Henning erschossen hat.«

Karin starrte auf den Monitor vor ihrem Sitz, der die Flugroute anzeigte. Sie waren über der Kalahari.

»Er hat dir erzählt, dass er sich mit mir in Stuttgart treffen wollte?«, vermutete Linda weiter.

Karin nickte, fast unmerklich.

»Dass er Angst hatte?«

»Mhm.«

»Und was noch? Dass er dich verlassen würde?«

Tränen füllten Karins Augen und rollten langsam über ihre Wangen. Linda kannte die Antwort. »Es war wegen Kim Merheim?«

»Ja.« Karins Schluchzen verschluckte fast die Worte, die jetzt stoßweise kamen: »Am Telefon wollte er nicht mehr mit mir reden. Ich solle kapieren, dass es aus sei, sagte er. Es hätte alles keinen Sinn. Kim würde sich von ihrem Mann trennen. Da habe ich das Gewehr meines Vaters genommen. Er hat einen Waffenschein. Von ihm habe ich das Schießen gelernt. Dann habe ich am Stadion auf Henning gewartet und ihn erschossen …«

Linda suchte nach ihrem Kalender und kramte den Zettel mit ihrer Notiz hervor.

»Was ist das?«, fragte Karin mit tränenerstickter Stimme.

»Das waren die letzten Worte, die ich von ihm gehört habe.« Er hat den Tatort und die Tatzeit selbst bestimmt, dachte sie.

Die Stimme des Kapitäns drang aus dem Cockpit und unterbrach ihre Gedanken. »Meine sehr geehrten Damen und Herren«, hörte sie, »Deutschland hat soeben das zweite WM-Spiel in Südafrika gewonnen. Wir sind auf dem Weg zum Weltmeister!«

Die Mörderin neben ihr entzifferte die rasch gekritzelte Zeile: *Mercedes-Benz-Arena um Mitternacht …*

EPILOG

In den südafrikanischen Zeitungen war nur in einer Randnotiz von der Festnahme eines offensichtlich Verrückten im Stadion Durban zu lesen, der einen der Stadionmanager mit einem Zuluschwert attackiert hatte. Radiostationen und Fernsehen brachten eine kurze Meldung.

Die wahren Zusammenhänge erfuhr die Öffentlichkeit nie.

Die abgetrennte Hand des stellvertretenden Construction Inspectors Gys de Kock konnte in mehreren aufwendigen Operationen, die von dem anerkannten Handspezialisten Dr. Fred Goldbäck durchgeführt wurden, angenäht und die Funktionsfähigkeit wieder zu einem großen Teil hergestellt werden.

Drei Tage nach ihrer Rückkehr aus Südafrika bekam Linda Besuch von Kommissar Jens Bosch. Er hatte ein Schreiben des SAPS bekommen, in dem sich die Kollegen aus Südafrika bei Linda Roloff für ihren wertvollen Hinweis bedankten.

»Die hatten diesen uThembani Mthetwa ohnehin schon auf ihrer Liste«, berichtete er. »Das Netzwerk ›Sub Africa‹ ist seit Jahren observiert worden. Dieser Leonard Merheim, den man in Kapstadt ermordet hat, war ein verdeckter Ermittler der ›Scorpions‹, einer Spezialeinheit der südafrikanischen Polizei gegen organisiertes Verbrechen.«

Ein südafrikanischer Computerspezialist indischer Herkunft und ein aus Mmabatho stammender Tswana mit vernarbtem, ohrenlosem Schädel, trafen unabhängig voneinander Anfang Juli 2010 in einem Terrorcamp in Pakistan ein. Da sie sich nicht kannten, konnten sie nicht ahnen, dass sie gemeinsam für das Netzwerk ›Sub Africa‹ gekämpft hatten.

Nach Ende der Fußballweltmeisterschaft in Südafrika wunderte sich der Reinigungsdienst des Moses-Mabhida-Stadions in Durban über zwei auf der Aussichtsplattform des Skywalk versteckte Flakons, die intensiv nach Damenparfüm dufteten.

Alan Scott erhielt zwei Tage nach Beendigung der WM einen Anruf von der Universität in Pretoria. Man hatte den Inhalt der von ihm eingereichten Phiolen aus der Medical Clinic in Nasana überprüft und war auf eine Flüssigkeit gestoßen, die aus unterschiedlichen Teilen Natriumchlorid, Schwefeltrioxid, Phosphorpentoxid, Natriumoxid und Kaliumoxid zusammengesetzt war.

»Und was bedeutet das?«, hatte Alan Scott gefragt.

»Jemand hat in die Phiolen gepinkelt«, war die Antwort.

Über das Motiv des Attentäters von Durban wurde nichts bekannt. Er verbüßt eine lebenslange Haftstrafe im Gefängnis von Kroonstad. Die Bomben in den Stahlhohlkästen des Skywalk wurden bis zum heutigen Tag nicht entdeckt.

ENDE

GMEINER-VERLAG UNTERSTÜTZT KINDERHILFSPROJEKTE IN SÜDAFRIKA

Von jedem verkauften Exemplar des Romans »Bombenspiel« spendet der Gmeiner-Verlag einen Euro an die Hilfsorganisation »kinder unserer welt – initiative für notleidende kinder e.v.« für Kinderhilfsprojekte in Südafrika.

»kinder unserer welt« wurde 1987 mit dem Ziel gegründet, die Lebensbedingungen notleidender Kinder in Afrika zu verbessern. Gemeinsam mit lokalen Partnerorganisationen betreibt der Verein derzeit fünf Hilfsprojekte für Kinder und Jugendliche in Äthiopien und Südafrika. Unter anderem hat es sich »kinder unserer welt« zur Aufgabe gemacht, verwaiste HIV-infizierte Babys und Kleinkinder aufzunehmen und ihnen für die kurze Zeit ihres Lebens liebevolle Zuwendung und Fürsorge zu geben. Um die Kinder bestmöglich zu versorgen, werden sie in Pflegefamilien oder familienähnlichen Einrichtungen untergebracht. Eine davon ist das Lambano Sanctuary in Johannesburg.

Die von »kinder unserer welt« monatlich bereitgestellten Pflegegelder werden dort für Milchpulver, Babynahrung und Windeln sowie für medizinische Betreuung verwendet, da die staatliche Unterstützung hierfür nicht ausreicht. In den drei Häusern des Lambano Sanctuary leben Kinder etwa gleichen Alters in kleinen Gruppen. In jedem Haus umsorgen eine Hausmutter und mehrere Sozialarbeiter die Kinder bei Tag und Nacht und bilden ihre »Familie«. Die älteren Kinder werden in der hausinternen Vorschule unterrichtet, können aber hoffentlich bald eine normale öffentliche Schule besuchen. Denn das Ziel ist, die Kinder in das gesellschaftliche Leben zu integrieren.

Der Autor des Romans, Edi Graf, ist selbst Mitglied des Vereins »kinder unserer welt«.

So können Sie helfen

Bitte unterstützen Sie unsere Initiative durch Mitgliedschaft, Spenden oder die Übernahme einer Patenschaft für die Projekte in Südafrika oder Äthiopien.

»kinder unserer welt« ist vom Finanzamt Würzburg als gemeinnützig anerkannt. Spenden können steuerlich geltend gemacht werden.

Spenden an:
kinder unserer welt
Bankverbindung:
Volks- und Raiffeisenbank Würzburg,
BLZ 790 900 00
für Spenden & Projekt-Patenschaften:
Konto 10 53 14 100
für Mitgliedsbeiträge:
Konto 53 14 100

Kontakt:
kinder unserer welt –
initiative für notleidende kinder e.v.
Geschäftsstelle:
Schönebecker Feld 23
68757 Bremen
Telefon: 0421/6396471, Telefax: 03212/109 0505
E-Mail: buero@kinderunsererwelt.de
www.kinderunsererwelt.de

Weitere Krimis finden Sie auf den folgenden Seiten und im Internet: www.gmeiner-verlag.de

EDI GRAF

Leopardenjagd

327 Seiten, Paperback.
ISBN 978-3-89977-778-9.

VON RACHE GETRIEBEN Er tötet seine Opfer wie ein Leopard. Die Leichen versteckt er auf Bäumen, seine todbringende Spur zieht sich vom Bodensee über den Schönbuch bis nach Afrika. Die Polizei jagt einen Mörder, der den Namen »Chui« – Leopard – trägt, und nur ein Ziel zu kennen scheint: Rache.

Auf der Liste seiner Opfer taucht auch der Name der Tübinger Journalistin Linda Roloff auf. Sie ahnt, dass nur einer sie retten kann: der kenianische Safariführer Alan Scott, der weiß, wie »Chui« denkt. Doch Scott ist seit Wochen in Afrika verschwunden …

EDI GRAF

Elefantengold

325 Seiten, Paperback.
ISBN 978-3-89977-691-1.

RUF DER WILDNIS Linda Roloff, Journalistin aus Tübingen, kann den Flug mit dem Zeppelin über den Bodensee nicht wirklich genießen. Der Mann, mit dem sie vor kurzem noch ein Interview geführt hatte, wurde ermordet. Seine Leiche trieb im wildromantischen Märchensee bei Tübingen. Und während sie bei ihren Recherchen auf Spuren stößt, die nach Südafrika führen, erreicht sie von dort der Hilferuf eines alten Freundes …

GMEINER

Wir machen's spannend

EDI GRAF
Löwenriss

325 Seiten, Paperback.
ISBN 978-3-89977-645-4.

AUF SPURENSUCHE IN AFRIKA Die Leiche im Raubkatzengehege der Stuttgarter Wilhelma und der mysteriöse Todesfall in der Nähe eines Löwenrudels in Kenia haben etwas gemeinsam: Beide Tote waren Mitbesitzer der Luxuslodge »Simba King« in der Masai Mara. Die Tübinger Journalistin Linda Roloff, die in Afrika recherchiert, glaubt nicht an einen Zufall und gerät in einen Strudel aus Ereignissen, die ihren Ursprung in einem ungeklärten Mord vor über 25 Jahren haben. Zusammen mit dem Safariführer Alan Scott entdeckt Linda das Geheimnis der »Simba King«-Lodge und bringt sich dabei selbst in tödliche Gefahr …

EDI GRAF
Nashornfieber

279 Seiten, Paperback
ISBN 978-3-89977-762-8.

VERSCHOLLEN IN AFRIKA Claudia Roloff erhält ein geheimnisvolles Päckchen aus Kenia von ihrem Bruder Rob, der in Afrika für eine Naturschutzorganisation gegen Nashornwilderei kämpft. Wenige Stunden später ist sie tot – vergewaltigt und ermordet auf einem Waldparkplatz in Tübingen. Alle Spuren deuten auf ein Sexualdelikt hin.

Nur Robs Exfrau, die Journalistin Linda Roloff, glaubt nicht daran. Sie vermutet einen Zusammenhang zwischen Robs Arbeit und dem Mord. Auf eigene Faust macht sie sich in Afrika auf die gefährliche Suche nach den Drahtziehern des Verbrechens …

GMEINER

Wir machen's spannend

Alle Gmeiner-Autoren und ihre Krimis auf einen Blick

ANTHOLOGIEN: Mords-Sachsen 4 • Sterbenslust (2010) • Tödliche Wasser • Gefährliche Nachbarn • Mords-Sachsen 3 • Tatort Ammersee (2009) • Campusmord (2008) • Mords-Sachsen 2 (2008) • Tod am Bodensee • Mords-Sachsen (2007) • Grenzfälle (2005) • Spekulatius (2003) **ARTMEIER, HILDEGUND**: Feuerross (2006) • Drachenfrau (2004) **BAUER, HERMANN**: Verschwörungsmelange (2010) • Karambolage (2009) • Fernwehträume (2008) **BAUM, BEATE**: Ruchlos (2009) • Häuserkampf (2008) **BECK, SINJE**: Totenklang (2008) • Duftspur (2006) • Einzelkämpfer (2005) **BECKMANN, HERBERT**: Mark Twain unter den Linden (2010) • Die indiskreten Briefe des Giacomo Casanova (2009) **BEINSSEN, JAN**: Feuerfrauen (2010) **BLATTER, ULRIKE**: Vogelfrau (2008) **BODE-HOFFMANN, GRIT / HOFFMANN, MATTHIAS**: Infantizid (2007) **BOMM, MANFRED**: Kurzschluss (2010) • Glasklar (2009) • Notbremse (2008) • Schattennetz • Beweislast (2007) • Schusslinie (2006) • Mordloch • Trugschluss (2005) • Irrflug • Himmelsfelsen (2004) **BONN, SUSANNE**: Der Jahrmarkt zu Jakobi (2008) **BODENMANN, MONA**: Mondmilchgubel (2010) **BOSETZKY, HORST (-KY)**: Unterm Kirschbaum (2009) **BOENKE, MICHAEL**: Gott'sacker (2010) **BÖCKER, BÄRBEL**: Henkersmahl (2010) **BUTTLER, MONIKA**: Dunkelzeit (2006) • Abendfrieden (2005) • Herzraub (2004) **BÜRKL, ANNI**: Schwarztee (2009) **CLAUSEN, ANKE**: Dinnerparty (2009) • Ostseegrab (2007) **DANZ, ELLA**: Rosenwahn (2010) • Kochwut (2009) • Nebelschleier (2008) • Steilufer (2007) • Osterfeuer (2006) **DETERING, MONIKA**: Puppenmann • Herzfrauen (2007) **DIECHLER, GABRIELE**: Engpass (2010) **DÜNSCHEDE, SANDRA**: Todeswatt (2010) • Friesenrache (2009) • Solomord (2008) • Nordmord (2007) • Deichgrab (2006) **EMME, PIERRE**: Pizza Letale (2010) • Pasta Mortale • Schneenockerleklat (2009) • Florentinerpakt • Ballsaison (2008) • Tortenkomplott • Killerspiele (2007) • Würstelmassaker • Heurigenpassion (2006) • Schnitzelfarce • Pastetenlust (2005) **ENDERLE, MANFRED**: Nachtwanderer (2006) **ERFMEYER, KLAUS**: Tribunal (2010) • Geldmarie (2008) • Todeserklärung (2007) • Karrieresprung (2006) **ERWIN, BIRGIT / BUCHHORN, ULRICH**: Die Gauklerin von Buchhorn (2010) • Die Herren von Buchhorn (2008) **FOHL, DAGMAR**: Das Mädchen und sein Henker (2009) **FRANZINGER, BERND**: Leidenstour (2009) • Kindspech (2008) • Jammerhalde (2007) • Bombenstimmung (2006) • Wolfsfalle • Dinotod (2005) • Ohnmacht • Goldrausch (2004) • Pilzsaison (2003) **GARDEIN, UWE**: Die Stunde des Königs (2009) • Die letzte Hexe – Maria Anna Schwegelin (2008) **GARDENER, EVA B.**: Lebenshunger (2005) **GIBERT, MATTHIAS P.**: Bullenhitze (2010) • Eiszeit • Zirkusluft (2009) • Kammerflimmern (2008) • Nervenflattern (2007) **GRAF, EDI**: Bombenspiel (2010) • Leopardenjagd (2008) • Elefantengold (2006) • Löwenriss • Nashornfieber (2005) **GUDE, CHRISTIAN**: Homunculus (2009) • Binärcode (2008) • Mosquito (2007) **HAENNI, STEFAN**: Brahmsrösi (2010) • Narrentod (2009) **HAUG, GUNTER**: Gössenjagd (2004) • Hüttenzauber (2003) • Tauberschwarz (2002) • Höllenfahrt (2001) • Sturmwarnung (2000) • Riffhaie (1999) • Tiefenrausch (1998) **HEIM, UTA-MARIA**: Totenkuss (2010) • Wespennest (2009) • Das Rattenprinzip (2008) • Totschweigen (2007) • Dreckskind (2006) **HUNOLD-REIME, SIGRID**: Schattenmorellen (2009) • Frühstückspension (2008) **IMBSWEILER, MARCUS**: Altstadtfest (2009) • Schlussakt (2008) • Bergfriedhof (2007) **KARNANI, FRITJOF**: Notlandung (2008) • Turnaround (2007) • Takeover (2006) **KEISER, GABRIELE**: Gartenschläfer (2008) • Apollofalter (2006) **KEISER, GABRIELE / POLIFKA,**

Alle Gmeiner-Autoren und ihre Krimis auf einen Blick